Né en 1920, **Louis Tamain** *est un médecin à la retraite aux multiples talents artistiques, notamment de sculpteur et d'écrivain. La trilogie* L'Encre violette, *dont les Éditions De Borée viennent d'achever la réédition, lui a permis de se faire connaître. Il est également l'auteur de nombreux autres romans, dont* Le Renard, *paru chez De Borée en 2007.*

L'Énigme de Fontary

Du même auteur

Médecin de campagne, collection Romans, De Borée, 2008.

Le Temps de l'école, collection Romans, De Borée, 2008.

L'Encre violette, collection Romans, De Borée, 2007.

Le Renard, collection Romans, De Borée, 2007.

Imprimé en France en décembre 2008
Dépôt légal : janvier 2009
ISBN : 978-2-84494-901-1
ISSN : 1769-1788

Louis Tamain

L'Énigme de Fontary

De Borée

À Françoise et Olivier,
très affectueusement.

Prologue

Souvenirs ?... certainement pas !

Énigme inventée de toutes pièces, mais dans un cadre où sont si solidement ancrées toutes mes racines, dans ce pays de Corrèze que j'aime pour ses qualités solides et ses petits défauts.

Fontary. Occasion d'évoquer la vie d'un des nombreux petits villages de chez nous qui, malgré les succès de « la pomme », se meurent lentement.

Pourtant, là, on y aime toujours la terre, l'argent, la chasse et les champignons, et là aussi, comme partout ailleurs, les femmes à l'occasion.

Amis lecteurs, un conseil si toutefois vous me lisez, ne commencez pas ce livre par ses dernières pages, son énigme en souffrirait et il y perdrait un peu de son attrait.

FONTARY DEVAIT SON NOM à une ancienne fontaine. Une fontaine qui, dans le passé, avait eu ses heures de gloire au point d'avoir été longtemps considérée comme sacrée dans l'esprit de la région. On lui attribuait alors des propriétés miraculeuses. Lesquelles ? Nul ne s'en souvenait plus. Un jour, sa source s'était perdue sans que l'on sache pourquoi et, dès lors, elle était sortie de la mémoire de Fontary. Seuls quelques grands vieillards avaient encore une vague idée de l'endroit où elle aurait pu se trouver.

Fontary était une petite commune isolée sur un territoire vallonné couvert de bois, de champs et de prés sur lequel des habitants, disséminés dans des hameaux éloignés, survivaient grâce à une maigre polyculture et à un élevage réduit. Aucune industrie, si modeste soit-elle, et à plus forte raison aucune usine, n'avait jamais eu l'idée de s'y implanter pour y faire fortune. Éloignée de tout centre sérieux, Fontary, depuis des décennies, était un village qui se mourait lentement et se vidait inexorablement de sa substance.

Il avait commencé par perdre son prêtre, puis, plus grave, dans la foulée, son boucher et son boulanger, et maintenant son école elle-même, par manque d'effectif, se trouvait menacée.

Petit à petit, Fontary avait perdu son autonomie et devenait de plus en plus tributaire de son chef-lieu de canton. Le pain, maintenant, ne lui arrivait plus que tous les deux jours dans un dépôt à l'épicerie de la Renée ; quant au boucher, il avait renoncé à venir : si l'on voulait un simple bifteck, il fallait se résoudre à faire une dizaine de kilomètres pour aller le chercher. Heureusement Fontary avait gardé une pompe à essence ! Chaque foyer ayant sa ou ses voitures, et chaque maison son congélateur, on avait toutefois réussi à s'adapter, bien que ce ne soit pas drôle tous les jours.

Un coin de campagne voué à la désertion, tout le monde l'aurait parié jusqu'à ces dernières années. Et l'on aurait eu tort car Fontary, contre toutes prévisions, ayant touché le fond de la catastrophe, venait de refaire surface dans d'admirables conditions. Dans une période difficile, voire chaotique, toute la région venait brusquement de muter. En un rien de temps, elle avait retrouvé un équilibre providentiel que personne, pas même les plus optimistes, n'aurait osé concevoir auparavant. Un équilibre qui allait la faire basculer d'un état de médiocrité séculaire à un état d'incroyable félicité.

Un miracle s'était produit, un miracle inattendu, le miracle de la pomme, la pomme, le fruit même du péché.

C'était arrivé un jour grâce à quelques pionniers (il peut y en avoir même en Corrèze) qui avaient eu l'idée de faire un essai en improvisant la culture du pommier dans la région. Cela s'était avéré aussitôt une très grande réussite.

Du jour au lendemain, des terrains qualifiés pauvres – malgré tous les efforts d'amendements possibles – avaient été considérés comme riches et avaient pris un essor exceptionnel. Cela avait fait école. Tout le monde s'y était mis. Les terres incultes avaient retrouvé la charrue et, comme par enchantement, avaient disparu. L'hectare se disputait maintenant à prix d'or.

En plein champ, des alignements de pommiers en espaliers, tendus sur piquets et fil de fer, naissaient mois après mois sous de larges protections de Nylon.

C'était certes un travail, mais ce travail payait.

De la pomme, rien que de la pomme, mais de toutes les espèces, qui toutes trouvaient preneurs jusqu'à la dernière. Il y avait de la demande. Il n'y en avait jamais assez. Le climat convenait, ni trop froid ni trop chaud, et le terrain s'avérait un terrain idéal, propice aux plus intenses productions.

Les portefeuilles s'étaient mis à gonfler. De vraies petites fortunes s'édifiaient. L'émulation jouait, les jalousies naissaient.

« Tu as vu ce que le Pierre a fait cette année ? J'ai appris que ça lui avait rapporté plus de vingt millions, rien qu'a la coopérative, et Dieu sait ce qu'il a pu vendre à côté ! L'année prochaine nous devons nous-mêmes y arriver, voire faire mieux. On va réduire l'élevage qui rapporte de moins en moins et défricher deux prés et deux taillis. Je vais tout planter en golden et sainte-germaine. »

Le profit était entré dans la course, le profit s'imposait. Le caractère des gens se modifiait ; on n'en était pas encore à se déchirer mais l'ambiance n'était plus empreinte de cordialité comme elle l'était autrefois.

« Il paraît que l'Adrien est malade, qu'il a un gros problème avec son ramassage.

– Vois, s'il n'avait pas eu les yeux plus gros que le ventre, il n'en serait pas là. C'est regrettable mais que veux-tu qu'on y fasse. Nous avons assez à faire chez nous. Chacun pour soit et Dieu pour tous. »

Le temps de chacun était devenu précieux, et un service comptait. Ce que l'on n'avait jamais vu non plus autrefois était arrivé. Au cours des grandes presses, Fontary à lui seul ne pouvait s'en tirer et devait faire appel à des mains étrangères.

Or tout se savait dans ce coquin de pays ! Et cela n'arrangeait rien. On se connaissait bien trop dans le détail entre voisins qui, pour la plupart, avaient même souvent entre eux des liens de parenté dus aux jeux des alliances locales et ancestrales. On s'appelait par son prénom, et de tout temps on s'était tutoyé comme on en avait pris l'habitude dès les bancs de la communale. Tout cela levait des barrières et ce n'était pas pour améliorer les relations de voisinage. Fontary faisait connaissance avec l'argent facile et grâce à ce dernier, en quelques années, tout évoluait trop vite au point que même les amitiés les mieux établies s'en ressentaient. Pourtant personne n'aurait dû avoir à envier, car l'aisance était manifestement évidente et n'avait oublié personne. Les hangars et les granges neuves poussaient autour de toutes les fermes où s'entassaient des caisses et des caisses, nécessaires aux cueillettes futures. Les tracteurs de chaque ferme suivaient régulièrement les évolutions du progrès. Les chaumières d'autrefois, abandonnées, ne servaient plus que d'entrepôts et avaient fait place à des maisons confortables avec antennes sur les toits. En vérité, rien ne manquait plus aux gens de Fontary. Un médecin et un pharmacien se tâtaient même pour s'y installer.

Il ne faudrait pas croire que cela excluait pour autant les doléances. On ne chasse pas d'un jour à l'autre les vieilles habitudes des défenses paysannes.

« La pomme ! oui, mais quel travail avant d'en tirer les premiers profits ! Et puis, c'est bien loin d'être tout bénéfice ! Il faut compter avec les gelées, avec la grêle... »

« Et puis, regarde l'élevage ! Parlons-en de l'élevage ! On y a bouffé tout ce que l'on voulait avec le veau sous la mère. Quant au porc ! cela n'a rien moins été qu'une catastrophe. » « Demandez donc au Robert ce qu'il a laissé dans sa porcherie toute neuve ! Il y a perdu tout ce qu'il a voulu. »

Malgré toutes ces grandes misères, clamées à tout vent, aucune propriété n'était plus à vendre à Fontary. Bien au contraire, chacun, par tous les moyens, cherchait à s'agrandir. Le moindre bout de terrain s'enlevait à n'importe quel prix, et c'était toujours une affaire.

Dans un village où il n'y a aucun espace libre pouvant tenir lieu de place, qui se résume en une quinzaine de maisons étroitement serrées les unes contre les autres sous leur toit d'ardoises et rangées sur guère plus d'une centaine de mètres, parler de centre peut paraître curieux. Et pourtant, pour qui fréquentait cette petite agglomération, ce centre existait bien, et ne se discutait pas.

Ni la mairie, bien que neuve, ni l'église avec son clocher tronqué, ni l'école réduite à sa classe unique ne pouvaient le revendiquer. La mairie fermée cinq jours sur sept était au bout du village, l'école à l'autre extrémité ; quant à l'église, à part les jours de mariage et d'enterrement, sans curé, elle n'attirait plus personne. En fait, c'était autour de trois maisons voisines se jouxtant les unes les autres que se concentrait tout l'intérêt du village. À elles seules, elles en monopolisaient toute la vie active. Ces éléments implantés là depuis toujours, sans conteste, se complétaient, et la disparition de l'un ou l'autre eût été inconcevable. Grâce à eux, une petite mais constante animation avait toujours empêché le village de mourir tout à fait.

« Tu iras chez Poulou voir où en est ma voiture, puis tu me prendras des cigarettes chez la Raymonde avant que de passer chez la Renée puisque ta mère a besoin de gros sel et de poivre. »

On était dimanche ! Aucune importance ! On savait que comme en semaine on pouvait se permettre, car tout était toujours ouvert à Fontary. Ni le Poulou, ni la Raymonde, ni la Renée, aussi bien un dimanche qu'un jour férié, n'auraient laissé quelqu'un dans l'embarras. On était là, on servait sans rechigner.

LE POULOU S'ÉTAIT INSTALLÉ sur l'emplacement de l'ancienne forge du pays. Un lieu bien connu de tous où, des années durant, l'Étienne, son père, avait sur des enclumes de quatre-vingts kilos réparé et forgé à longueur de journées les socs de toutes les charrues du pays. Là, il avait vu ferrer les bœufs et les chevaux avant qu'ils ne se raréfient et disparaissent pour toujours.

Poulou avait bien connu cette époque, mon Dieu pas si lointaine, où, encore gamin, il se réveillait tous les matins aux tintements des marteaux, et où dans la journée, sous le prétexte de se rendre utile, il allait tirer sur la chaîne du grand soufflet au milieu d'un flot d'étincelles qui volaient de tout côté. Petit, il avait aidé à l'allumage des grands feux nécessaires aux cerclages des grandes roues des charrettes et des roues plus lourdes des fardiers que traînaient encore d'énormes percherons.

Mais cela devait avoir une fin, et le Poulou en avait pris conscience et comprit que, s'il voulait survivre et faire face à ses affaires, il lui fallait se recycler. La forge, petit à petit, par la force des choses, avait été abandonnée. Finis les vaches, les bœufs et les roues de brouettes. Les tracteurs et les machines agricoles de toutes sortes avaient fait leur apparition et les avaient remplacés. Poulou, sans hésiter, avait rasé la forge paternelle et, sur le terrain conquis qui ne lui manquait pas, avait créé un dépôt d'engins : sarcleuses, faneuses, botteleuses, tout était là, bien visible, dans un ensemble de jaunes et de rouge vermillon attractifs et tentants.

Depuis plusieurs années, un vaste hangar lui servait de garage et d'atelier où, en permanence, des tracteurs y attendaient ses soins et ceux de ses deux apprentis.

Poulou avait réussi sa reconversion. Un diplôme de mécanique agricole, reconnu par des maisons de marques, et ses connaissances en mécanique générale en faisaient un des meilleurs garagistes de la région.

Du tracteur, Poulou passait volontiers, et sans difficulté, à la camionnette en panne ou à la moto récalcitrante, et chaque fois avec le même succès. Il connaissait néanmoins ses limites.

« Pierre, pour ta Peugeot c'est entendu, je veux bien m'en occuper, mais pour ta Citroën neuve ne compte plus sur moi. Je n'ai ni le matériel nécessaire ni les compétences. Tu sais, avec ces nouveaux engins, dont les moteurs sont inabordables tellement ils sont tassés sous le capot, il faut toujours un outillage particulier et être au courant. »

Poulou était connu de loin et très aimé dans le pays. Il faut reconnaître aussi qu'il était fort sympathique et toujours de la même humeur enjouée.

Dans son adolescence, il avait été un des piliers de l'équipe locale de football. Rapide, précis, efficace, il avait été apprécié et applaudi sur tous les terrains, et cela ne lui avait pas porté tort.

« Allez Poulou, montre-leur ce que tu sais faire avec un ballon ! »

Grâce à lui, son équipe avait changé par deux fois de catégorie. Ce sont des choses que même en vieillissant on n'oublie pas.

Poulou, depuis son mariage avec la Yvette, avait renoncé à faire partie de l'équipe régulière de Fontary, mais de temps à autre, en cas de nécessité, il dépannait. Uniquement comme gardien de but s'entend, car il n'avait plus ni la rapidité ni l'agilité d'autrefois qui lui permettaient de briller autant comme avant-centre que comme ailier.

Poulou travaillait le plus souvent en short et volontiers avec un maillot de l'équipe sur le dos lorsqu'il n'était pas torse nu.

Poulou, la trentaine à peine, avait su garder son allure juvénile. Les jeunes qui montaient lui vouaient un véritable culte et ne juraient que par lui. Pour les anciens, c'était le fils de l'Étienne et cela suffisait.

L'Yvette, malgré les deux bambins qu'il lui avait faits coup sur coup et qui lui donnaient bien du travail, le secondait. C'est elle qui assumait le service de la pompe pour l'essence, le super ou le gazole, une ministation moderne que le Poulou avait obtenue après bien des démarches grâce à l'intervention du Marcel, le maire, qui avait su faire valoir les distances importantes qui séparaient Fontary de toutes les autres stations les plus proches.

Comme Poulou, l'Yvette était d'un commerce agréable. N'ayant pas la langue dans sa poche pour y répondre, elle acceptait volontiers toutes les plaisanteries.

C'était elle qui s'occupait des pièces neuves à commander, qui tenait la comptabilité et surtout toutes les notes des clients. Et c'était bien ainsi, car dans ce dernier domaine, Poulou, que l'on arrivait facilement à fléchir, aurait laissé beaucoup de plumes.

« Poulou, je t'en prie, ne t'occupe pas de ça, laisse-moi faire mon travail. Je sais, c'est ton copain je veux bien, il n'en est pas moins vrai que tu viens d'y passer quatre heures et que tu as fait la vidange, changé toutes les bougies, plus le filtre à air. Alors va donc avec lui prendre un verre chez la Raymonde. Lorsque vous reviendrez, la facture sera faite. Je te la mettrai là, sur le bureau. »

Grâce à cela, le moins que l'on pouvait dire, c'est que les affaires du Poulou et de l'Yvette marchaient bien.

On allait facilement de chez Poulou chez la Raymonde. Une affaire s'ébauchait d'un côté et se concluait de l'autre. C'était une habitude.

BAR-TABAC-RESTAURANT, telle était formulée l'enseigne fixée au-dessus de la porte de la Raymonde. C'était à la fois peu et exagéré, car chez elle on trouvait beaucoup plus que dans un bar ordinaire, mais en revanche beaucoup moins que dans un vrai restaurant.

Concernant le bar, il n'y avait rien à dire : la Raymonde avait bien su tirer tout le parti possible de l'unique pièce basse, relativement étroite, qui était à sa disposition. Certes, elle aurait bien voulu l'agrandir, mais c'était manifestement impossible. Sur les conseils de Raoul, elle s'était donc résignée à tricher.

« J'ai vu ça dans bien des cafés, Raymonde, et même dans certaines maisons de passe. Il te suffit de couvrir un de tes murs sur sa totalité d'une glace. Tu vas voir, ça va te donner une profondeur et une luminosité que tu ne peux imaginer. »

Ainsi avait été fait. C'était un leurre auquel parfois un non-averti se heurtait, cela avait coûté, mais c'était une réussite du meilleur effet. Grâce à cela on n'était jamais seul chez la Raymonde.

Bien sûr, le bar avait un zinc. Long, large, confortable, il tenait toute une extrémité de la pièce. Perché sur de hauts tabourets ou debout, si l'on était grand ou pressé, on pouvait toujours y prendre à tout moment son verre de rouge, de blanc, de rosé ou son café normal ou décaféiné suivant l'heure ou l'envie que l'on avait.

Sur les étagères, un stock impressionnant de bouteilles à étiquettes, liqueurs douces, liqueurs fortes, whisky et une rangée d'apéritifs de toutes sortes témoignaient des grandes possibilités de la maison. La Raymonde, dans ce domaine, était rarement prise au dépourvu. Elle avait tout ou presque tout pour satisfaire les plus exigeants, d'autant plus qu'elle connaissait fort bien le goût de chacun de ses clients.

Dans l'espace resté libre de la pièce, Raymonde était parvenue à caser une demi-douzaine de tables qui, bien que serrées, étaient toujours prêtes à accueillir les non-pressés, les fatigués ou les joueurs de cartes. Enfin, à l'intention des jeunes buveurs de Schweppes et de Coca-Cola, qui parfois l'été au sortir de l'école venaient lui rendre visite, la Raymonde avait disposé deux jeux sur lesquels ils pouvaient se défouler. Un flipper aux circuits compliqués et bruyants et surtout un Baby-foot, un grand succès où l'on pouvait entreprendre à deux des parties interminables et gratuites…

Tel était le côté bar de la maison. Le côté tabac avait bénéficié de soins tout aussi attentifs pour un résultat tout aussi réussi.

On y trouvait bien sûr du gris en paquet mais aussi toutes les cigarettes que l'on pouvait désirer, toutes les marques avec ou sans nicotine, avec ou sans filtre et même les cigarillos que seul le Poulou fumait. On pouvait, ce qui n'était jusque-là jamais arrivé, demander un porte-cigarettes ; il y en avait. Il y avait même un ensemble de pipes dont deux ou trois en écume de mer qui attendaient le client depuis des années.

Au comptoir, on pouvait valider son Loto, gratter un Tac O Tac, un Morpion ou un Millionnaire. À ces jeux, on avait vu de temps à autre des clients gagner. Jamais de grosses sommes, mais des sommes malgré tout confortables. Cela se savait et c'était encourageant.

Depuis peu, la Raymonde avait demandé, sur l'injonction de certains habitués, l'attribution du P.M.U. C'était en bonne voie, promis pour très bientôt, et ce serait encore un plus très apprécié.

Chez Raymonde, on trouvait enfin des timbres fiscaux et d'autres pour des lettres que l'on pouvait mettre sur-le-champ dans une boîte des P.T.T. qui, près de la porte, était levée tous les matins par Firmin, le préposé du canton. Cela aussi était pratique et évitait toute perte de temps.

La Raymonde avait enfin toujours eu un dépôt de journaux. Un petit dépôt s'entend car, depuis longtemps, elle avait déterminé avec précision ses besoins en nombre et qualité, quotidiens courants, programmes de télé mais aussi quelques illustrés souvent demandés. *Elle* et *Lui* figuraient en bonne place. Il en fallait pour tous les goûts, et l'on ne risquait rien avec certains magazines toujours valables d'une semaine à l'autre. Avec eux, on pouvait stocker. Le tout était de faire de bons choix et de savoir attendre, un jour ou l'autre ils partiraient.

C'est du côté du restaurant, il faut bien l'avouer, la Raymonde n'ayant ni le temps ni la place pour tout mener à bien, que les choses laissaient indiscutablement un peu à désirer. Rien de sérieux n'était prévu en ce domaine et c'était un peu normal car la clientèle, plus que sporadique, ne le permettait pas.

Dire qu'on ne pouvait pas manger chez la Raymonde eût été faux. On le pouvait à la rigueur, mais sous certaines conditions. Certes, il n'était aucunement question d'y faire des banquets ou des réunions familiales de cinq ou six personnes, la salle ne convenait pas, mais deux couverts, matin ou soir, c'était malgré tout assez souvent possible.

Il arrivait que ces repas soient commandés d'avance dès le matin. Cela se voyait. Mais c'était rare, et restait en principe le cas de quelques voyageurs égarés ou de passage. En cette circonstance, la Raymonde acceptait toujours, mettait une nappe à carreaux sur l'une de ses tables et se surpassait à ses fourneaux. Le client était alors assuré pour un prix modique de son omelette aux cèpes, de son confit de canard, ou même de son poisson s'il le désirait. La Raymonde en avait toujours en réserve dans son congélateur.

Mais ce cas de figure demeurait une exception et cela, bien sûr, n'aurait pas permis de faire tourner sérieusement un restaurant.

En principe, les choses se déroulaient tout autrement. On entrait à deux dans la salle :

« Tu peux nous servir un apéro, Raymonde ? Le Poulou est en retard sur mon tracteur. Plutôt que de repartir pour revenir avec le Pierre dans une heure, pourrais-tu nous faire manger ? »

On reniflait. Cela sentait diablement bon. Les odeurs venaient de la cuisine ouverte et envahissaient tout le bar qu'elles parfumaient.

« Que fais-tu mijoter, Raymonde ? Ça a l'air bien bon.

– Un civet, René. Un civet de garenne. Allez, je peux vous garder. Il y en a pour deux. Il sera à point dans un quart d'heure. Installez-vous à cette table dans le coin derrière la porte. Vous ne serez pas dérangés si vous voulez parler. »

Si quelqu'un d'autre se présentait sur ces entrefaites ce n'était plus possible.

« Je regrette Adrien, je suis complet aujourd'hui. Tu comprends, je n'avais pas prévu. Je n'ai pas assez. Il faut m'excuser. J'ai déjà le René et le Pierre qui attendent. Tiens, si tu veux prendre un verre avec eux, c'est moi qui l'offre. »

C'était complet avec deux couverts ! Mais c'était ainsi. Un lapin n'a que quatre pattes et même si son râble est bien fourni, il y a des limites à ne pas transgresser si l'on ne veut pas faire mesquin.

Dans ces conditions, on le comprendra, il n'était pas question d'afficher un menu chez la Raymonde, encore moins de rêver à une carte. C'était toujours chez elle à la fortune du pot ou selon une improvisation de dernière minute, mais, si l'on était autorisé à s'asseoir à une table, on ne pouvait être déçu. La Raymonde était un cordon-bleu que se seraient disputés bien des restaurants.

RAYMONDE ÉTAIT NÉE À FONTARY. C'est dire qu'elle n'avait jamais eu d'autres horizons que son bar. À peine marchait-elle qu'elle trottinait déjà d'une table à l'autre, cherchant à aider sa mère, portant cigarettes ou allumettes à qui en demandait.

« Tu as une bien mignonne petite fille, Armandine. Regarde-moi ça, une vraie petite femme qui sera jolie, et qui t'aidera bigrement bien un jour. »

Elle avait grandi entre les tables et tout naturellement ses études primaires s'étaient déroulées à l'école du village. Ce qui permettait de comprendre que tous ses clients actuels, maintenant mariés, père de famille pour la plupart, et souvent cocus, elle les connaissait bien, les ayant tous vus eux et leurs épouses, en culottes courtes ou en jupettes, tirant la langue comme elle sur leur abécédaire.

Elle avait passé son certificat d'études avec facilité, et ses facultés intellectuelles hors du commun laissaient prévoir qu'elle pouvait se lancer dans des études avec succès. Hélas ! la vie brusquement en avait décidé autrement.

La chute d'un escabeau, un accident stupide en voulant atteindre une bouteille trop haut placée, avait entraîné la mort de l'Armandine. Les études pour Raymonde étaient terminées. Elle n'avait guère plus de douze ans quand la malchance s'était abattue ainsi sur la famille. Elle restait seule avec le père. Grande perche maigre, dès cet âge, elle avait dû seconder et prendre une part de plus en plus active dans la marche de la maison. Tous les travaux faciles ou pénibles lui revenaient. Le père, certes, s'occupait du commerce, mais c'est sur elle que reposaient la cuisine, le lavage, le repassage. Beaucoup trop de responsabilités pour un âge où il eût été beaucoup plus normal de vivre dans l'insouciance. Ce fut déjà une période très dure et ce n'était là qu'un début.

Une mort subite avait emporté le père. Un drame cette fois ! À dix-huit ans, elle se retrouvait bien totalement seule, sans frère ni sœur, sans oncle ni tante. Tout autre qu'elle, sans conseils ni grandes ressources, aurait paniqué, voire renoncé. Mais renoncer pour faire quoi d'autre ? Elle en avait pris son parti. Mûrie avant l'âge, elle avait décidé de faire face, de s'accrocher. Elle avait fait alors l'admiration du village.

« Tu crois qu'elle va s'en tirer, cette gamine ? Elle peut avoir besoin, demande-lui, Marie, si nous pouvons l'aider. »

Durant quelques années, la situation fut chancelante. Raymonde avait beaucoup pleuré. Elle vivotait. L'assurance et l'expérience ne viennent pas en un jour et ce n'est qu'avec l'âge qu'elle avait pu redresser la barre.

La période noire était terminée. Mais tout cela avait demandé du temps, et rien dans ces conditions n'ayant jamais encouragé aucun prétendant, Raymonde était restée célibataire. On ne lui connaissait encore aucun amoureux. Pourtant, l'échalas d'autrefois était devenu aujourd'hui, de l'avis général, une bien belle femme, une femme brune aux aisselles ombrées, aux allures énergiques, décidée, pleinement épanouie.

Toute en rondeurs équilibrées, évidentes et prometteuses, elle ne pouvait moins faire que de plaire, et il faut le reconnaître, maintenant, elle faisait l'unanimité.

« Tu es comme toujours en beauté, Raymonde. Avec ce décolleté, tu ferais damner un saint. »

Et beaucoup ne pouvaient se retenir, devant tant de richesses accumulées, de laisser de temps à autre une main s'égarer en direction soit de cette chute de reins devenue irrésistiblement ondulante entre les tables, soit vers cette paire de fesses dont on pressentait une fermeté à vérifier. Souriante, compréhensive, et flattée tout de même, Raymonde laissait faire. Outre le fait qu'elle n'était pas d'une nature absolument farouche, elle les connaissait bien, ces gros rustauds, tous mariés, souvent ventrus. Elle savait bien qu'ils étaient du reste, pour la plupart, plus maladroits et souvent plus timides qu'ils ne voulaient paraître et que, malgré leurs velléités, elle n'avait pas grand-chose à redouter. Sur la jupe ou le corsage, elle tolérait. Cela faisait partie des multiples agaceries et des risques permanents du métier. Une petite tape amicale sur des doigts trop entreprenants, tout en riant au besoin pour en tempérer l'effet, suffisait en général à calmer ces ardeurs. Mais il y avait avec la Raymonde certaines limites précises qu'elle ne permettait jamais de dépasser.

« Dis donc, Pierre, tu as fini, espèce de vieux cochon, de me peloter ainsi ? Tu veux que je parle à ton Adèle de tes propositions pour voir comment elle le prendrait ? Je l'ai vu, pas plus tard que ce matin… Mais non, va, grand nigaud ! Je ne lui dirai rien à ton Adèle. Tu sais bien que c'est quelque chose que je ne ferai pas. Mais tu t'arrêtes, et tu me laisses tranquille. Tu veux bien ? »

Seul Raoul pouvait prétendre à tout moment à quelques privautés et même à toutes les privautés dans l'intimité. Mais avec Raoul, c'était une autre affaire. Depuis longtemps déjà avec la Raymonde, il en avait acquis tous les droits.

Raoul avait fait une intrusion fulgurante et aussi inattendue dans la vie de Raymonde que ne l'eût fait un coup de tonnerre dans un ciel serein.

La journée terminée, Raymonde fermait sa porte lorsqu'il s'y présenta.

« Je ferme, je regrette, mais il est vraiment trop tard pour un repas, et je n'ai plus rien de prêt, qui plus est. »

L'homme n'avait pas bougé. Il était en blue-jean et chemisette à carreaux, une petite valise à la main. Manifestement Raymonde ne l'avait jamais vu. Il ne pouvait être du pays et, c'était aussi une évidence, il n'avait pas non plus l'allure d'un paysan. Maigre, il était plutôt grand mais très carré d'épaules, et la lumière au-dessus de la porte qui tombait de manière brutale sur ses avant-bras permettait de deviner en lui une force peu commune. Ses yeux d'un noir profond sur des traits qu'aucun muscle n'animait continuaient à regarder Raymonde. Il semblait attendre autre chose, une autre réponse.

« Eh non ! Je ne peux hélas ! rien vous indiquer près d'ici. Vous ne trouverez aucune auberge, aucun hôtel à moins de dix kilomètres. Vous êtes à pied ? »

Sans ouvrir la bouche, il avait fait oui de la tête.

« Je ne demanderais pas mieux que de vous faire souper, mais je n'ai plus rien à vous offrir à cette heure... Que puis-je vous proposer ? Une omelette si vous voulez à la rigueur, un peu de fromage... Du pain et du vin ? Oui, bien sûr, j'en ai. »

Cela lui convenait parfaitement. Raymonde avait rallumé la salle et s'était remise à ses fourneaux.

Elle le regardait maintenant manger lentement sur le coin d'une de ses tables, sans se presser, sans dire un mot, avec application, comme s'il n'avait été que 7 heures du soir alors que minuit venait de sonner.

Il avait dédaigné le couteau du couvert habituel et, de sa poche, en avait sorti un autre à cran d'arrêt à la lame longue et effilée. Sans faire la moindre miette, avec application, il coupait son fromage et son pain. On sentait l'homme fait aux situations difficiles, habitué à ne rien gaspiller. Économe dans ses gestes comme dans ses paroles, il n'avait ouvert la bouche que pour demander une autre bouteille d'eau. Il regardait avec attention la salle, de temps à autre Raymonde, et il lui souriait. Elle aurait pu avoir peur, seule, avec un homme qu'elle ne connaissait pas. Pas un seul instant l'inquiétude ne l'avait effleurée. Pourtant il suffisait d'ouvrir la page des faits divers dans les journaux qu'elle vendait... Hier encore... Elle aussi à son tour lui souriait.

Elle ne le repoussa pas lorsqu'il se leva, s'approcha d'elle et, sans rien dire, la pressa contre lui. Elle ne recula pas lorsqu'elle sentit sa braguette tendue et ses mains caresser ses seins avant que de descendre lentement le long de ses reins pour s'engager sans hésiter sous sa jupe et sa culotte. Et lorsque sur son lit, l'homme ayant placé sa tête entre ses cuisses et collé ses lèvres à son sexe, elle sentit monter en elle un orgasme dément qui l'avait laissé vidée, un orgasme comme elle n'en avait jamais ressenti dans ses recherches solitaires les plus folles, un orgasme comme elle n'en aurait jamais imaginé, elle comprit à l'instant que ce serait lui et lui seul, l'homme élu ;

l'élu à la fois de son cœur et de son corps. L'homme qui a envoûté, l'homme auquel on ne résiste plus, qui ne demande plus mais qui prend, sûr de lui et de tout acquiescement.

Il la pénétra sans ménagement dans sa moiteur consentante, et de nouveau elle plongea, une fois, plusieurs fois, en des brames affolants vers un monde où pour elle rien n'existait plus.

Ses tempes maintenant battaient douloureusement et un étau lui ceinturait la tête.

« Non arrête, je n'en puis plus. »

Ils s'étaient mis tous les deux sous la douche et, en partie remise, elle avait pu l'admirer.

Il ne pouvait avoir comme elle guère plus de la trentaine. Un athlète brun, beau dans toute sa nudité, couvert d'une épaisse toison noire qui allait en triangle de sa poitrine jusqu'au pubis. Un athlète comme elle avait pu en voir à l'occasion sur la couverture de ses illustrés. Elle n'avait pu se retenir. Elle s'était de nouveau frottée contre lui, dans cette opulence de poils, et de nouveau elle avait senti le désir la reprendre au plus profond d'elle-même. Il était prêt lui-même dans une évidence qui ne pouvait trahir.

« La dernière fois pour ce soir, je veux bien. »

Et cela s'était avéré la meilleure. Elle était restée en travers du lit, écartelée, un long moment sans plus de connaissance… Il fumait une cigarette lorsqu'elle avait enfin repris ses sens.

« Comment t'appelles-tu ? Mon prénom est Raymonde et toi ? D'où viens-tu ? Où vas-tu ? Je ne sais rien de toi !

– Qu'importe ! Je m'appelle Raoul. Je suis libre et, ma foi, je ne sais trop où je vais. Cela doit te suffire. Laissons tout ça de côté. »

Elle n'avait pas osé lui en demander davantage. Elle s'était réfugiée d'instinct au creux de son épaule, dans sa fourrure dense, et là, heureuse et repue, elle s'était endormie.

À 10 heures, sans qu'on sache pourquoi, la Raymonde n'avait toujours pas ouvert sa porte.

Il avait fallu frapper fort et à plusieurs reprises pour la voir enfin surgir les yeux gonflés, échevelée, encore en robe de chambre. Et sans fournir d'explications elle s'était remise à vendre ses cigarettes.

« As-tu un tournevis et un marteau, Raymonde ? Passe-moi les tous les deux, je vais fixer solidement la crémone de ta porte. Elle ne tient plus. J'ai vu ça hier au soir en entrant.

À midi, Raoul mangeait dans la cuisine en tête à tête avec Raymonde. Le soir venu, sans que la question n'ait eu à se poser, ils avaient ensemble retrouvé leur lit pour une autre nuit aussi blanche que la précédente.

« Raoul, tu sais que j'étais vierge encore hier !

– Même si tu ne l'avais pas été, cela n'aurait pas eu d'importance. Ne t'en excuse pas. Je m'en étais bien rendu compte… ça ne m'a pas gêné… maintenant tu ne l'es plus. »

Raoul, depuis lors, faisait partie de la maison. La première réaction de surprise passée, on s'était habitué. On ne s'étonnait plus. Raoul, pour tous, était l'homme de la Raymonde, un point c'est tout.

Beaucoup d'hommes des environs d'âge moyen encore célibataires l'enviaient. Regrettant de s'être fait souffler sous le nez une aussi belle occasion, et d'autant plus que maintenant, la Raymonde calmée et heureuse resplendissait plus que jamais. Cela faisait dix ans que cette situation durait, aussi solide en réalité que n'importe quel autre ménage de Fontary, même sans les liens du mariage.

Pourtant, même pour Raymonde, Raoul restait une énigme. Elle ne savait pratiquement que bien peu de choses sur lui. Pas une seule lettre ne lui était jamais parvenue, et elle ne connaissait toujours que son prénom. Un jour pourtant, dans le feu du désir, à genoux, à ses pieds, alors qu'elle voulait lui rendre un hommage de femme, elle avait pu déchirer un peu du voile de son mystère.

Il portait un tatouage !

Jusque-là, elle n'en avait rien su car elle n'avait pu le voir tellement il était perdu dans des volutes de poils au plein niveau de l'aine. Elle avait eu du mal à le déchiffrer. Ce n'était pas, en effet, un tatouage comme on a coutume d'en voir, classique et brillant. Ce n'était en fait qu'un simple matricule d'identité, une formule bien laconique, mais qui en disait fort long : *Légion Étrangère 1946-N° 3810.* Elle avait à cette occasion marqué un temps d'arrêt dans son effort appliqué. Il s'en était aperçu et bien sûr en avait compris la raison.

« Le passé est le passé, Raymonde. Il est l'affaire de chacun de nous. Il ne faut ni y penser ni en parler… Continue ce que tu as commencé. Tu es encore un peu maladroite, mais tu es en bonne voie. Voilà, c'est mieux ainsi mon amour. »

Les confidences s'étaient arrêtées là. Par la suite, il n'y avait guère eu de progrès. Deux ou trois exclamations en italien lorsqu'il se croyait seul, un reste d'accent qui ressortait de temps à autre et un goût immodéré pour toute une série de pâtes avaient convaincu Raymonde de ses origines italiennes.

Elle n'avait pu aller plus loin.

Naturalisé français en 1946, Raoul avait rompu définitivement avec son passé et ses origines, et elle avait bien compris qu'il désirait qu'il n'en soit plus question. À ceux qui, par hasard, faisaient preuve d'indiscrétion et d'insistance désagréable, il répondait par un sourire et un « ça ne vaut pas la peine d'en parler » qui clôturait et dissuadait toutes curiosités.

Pourtant son secret de légionnaire avait fini à la longue par transpirer.

Comment ?

La Raymonde là-dessus avait son idée. Seule une femme au cours d'une intimité qui n'avait pu qu'être totale avait pu connaître le tatouage et s'en être vantée. Or c'était une évidence dont il fallait s'accommoder : Raoul attirait les femmes comme la lumière les papillons. Ses allures de mâle en pleine puissance, souple et athlétique, le mystère qui planait autour de lui, ne pouvaient qu'attirer les convoitises. Raymonde en avait rapidement pris conscience et en avait souffert, tout au début du moins. Jalouse, elle n'avait pu s'empêcher de lui en faire le reproche.

« Laisse tomber, Raymonde. Tu es une femme. Tu ne peux pas comprendre. Il y a des moments où la dignité d'un homme est en jeu et où même s'il n'aime pas, il ne peut, sans perdre la face, se dérober. Mais sois tranquille, Raymonde, même sans être marié, tu es ma régulière. Je ne te quitterai sûrement pas pour une de ces pétasses, la plupart du temps mal lavées et qui constamment puent comme leurs chèvres. Tu es la seule que j'aime et que j'ai jamais aimée. »

Elle était rassurée, elle avait compris l'inutilité et même le danger de reproches qui de toute façon n'auraient rien changé. Elle n'avait pas insisté, convaincue que si elle tenait à garder cet homme, pour lequel rien n'était plus précieux que la liberté, mieux valait savoir ignorer en continuant de l'accepter comme il était.

« Je t'aime, Raoul. Tu as raison, tout cela a bien peu d'importance, c'est certain, mais dans la mesure du possible, sois gentil, évite de le faire lorsque tu le pourras. Cela me ferait tellement plaisir. »

Très vite, Raoul avait su prendre des initiatives dans la maison.

« Raymonde, il faut repeindre cette porte et ces volets, je m'en charge. Choisis toi-même la peinture qui te convient. Pour ma part, je verrais quelque chose de clair. Si tu crains qu'un blanc cassé soit trop salissant, et tu as peut-être raison, pourquoi ne pas mettre un vert tendre. Puis, tu sais, je crois que ce serait une bonne chose de remettre la cour arrière en ordre. Il suffit de la débarrasser de tout ce fatras qui l'encombre et de remettre son dallage en état. La treille d'herbemond maintenue en tonnelle, tu pourrais facilement y installer deux ou trois tables. Ce serait agréable pour qui voudrait y manger à l'ombre l'été. Tout cela ne serait pas un gros travail, je vais m'y mettre si tu veux. »

Il tenait le bar pendant que Raymonde faisait ses commissions à l'épicerie de la Renée ou lorsqu'elle partait une fois par mois, une matinée entière, chez son coiffeur.

Il s'avérait surtout efficace les jours de grandes presses, les dimanches, les jours d'enterrement ou de mariage, où il servait et rendait la monnaie.

À ce rythme, Raoul avait très vite été connu et accepté.

« Tu ne prends pas l'apéro avec nous, Raoul ?

– Si, mais dans ce cas, aujourd'hui, c'est moi qui vous l'offre, Monsieur le Maire. »

La Raymonde ne trouvait jamais rien à dire, elle savait que Raoul offrait à bon escient et qu'en pareille circonstance elle en aurait fait de même. De toute façon, Raoul pouvait toujours faire tout ce qu'il voulait, il avait toujours raison.

Raoul, depuis le début, s'était avéré tout particulièrement sobre. Il ne buvait le plus souvent que de l'eau.

« Veux-tu que nous ouvrions pour nous deux une bonne bouteille, Raoul ? C'est aujourd'hui dimanche et tu n'as pas bu de vin de toute la semaine.

– Oh ! Laisse donc ça, Raymonde, j'en ai bien assez bu à une époque. Tiens, donne-moi par contre une bouteille d'eau de Vittel, elle me fera autant de bien.

– Dis Raoul, le Poulou sort d'ici, il était venu voir si tu pouvais lui donner un coup de main. Il a un tracteur qui presse et il est en retard dans son travail.

– Bon, j'y vais. J'en profiterai pour lui demander s'il ne connaîtrait pas une Jeep d'occasion à vendre. Je crois qu'il serait bien d'en avoir une.

– Une Jeep ! Tiens ! Quelle drôle d'idée ! Tu crois vraiment qu'il n'y a rien de mieux aujourd'hui ?

– Raymonde, je connais les Jeep pour en avoir vu mourir pas mal entre mes mains. Ce sont des voitures robustes qui se tirent de tous les chemins, jamais en panne, et d'une mécanique facile, réglables au besoin avec un simple tournevis et une clef de vélo. »

Elle était loin d'être convaincue ; ce n'était pas à son avis la carrosserie idéale, mais pour faire plaisir à Raoul il y eut une Jeep à la maison.

Raoul était très apprécié dans la région. On le savait bricoleur, capable de véritables prouesses et, sachant qu'il était libre, on l'appelait volontiers chez les uns ou les autres pour n'importe quoi : une prise de courant qui ne fonctionnait plus, une machine à laver qui s'était bouchée, un aspirateur qui n'aspirait plus ou un fer à repasser qui ne chauffait plus. Il en résultait que son oisiveté était devenue rapidement bien relative.

Vallonné, couvert de bois, de taillis, de landes, de vastes prairies et de champs auxquels un étang de plusieurs hectares ajoutait son charme, Fontary s'était révélé un territoire de rêve pour Raoul.

Très vite, il en avait pris possession et arpenté plaines et vallons, et, très vite, il avait vu tout le parti qu'il pouvait en tirer. C'était une région giboyeuse en diable, et en Raoul sommeillait depuis probablement toujours un instinct de chasseur qui, devant pareille abondance, ne devait pas tarder de se doubler d'un solide instinct de braconnier.

Très vite, dans ce milieu idéal, Raoul avait succombé à cette passion. Ce n'était plus un secret pour personne, mais tout le monde fermait les yeux. Qui aurait pu s'en plaindre s'il prélevait de-ci de-là quelques lièvres ou quelques lapins qui en vérité mangeaient les récoltes ? Raoul ne faisait de mal à personne. C'était la nuit en général où il officiait. L'été, quand un chacun fatigué des journées harassantes dormait, ou l'hiver, lorsque tout le monde s'était frileusement retiré au coin du feu. Occultées par la nuit, ses sorties clandestines, silencieuses et secrètes, laissaient tout le monde indifférent, et certains qui en profitaient les encourageaient.

« Raoul n'est pas là, Raymonde ?

– Oh ! que si, Monsieur le Maire, il est dans la cour arrière. Tu peux y aller. Tu ne le dérangeras pas. Il n'a pas de secret pour toi. Il vient d'acheter deux furets et doit préparer quelques collets pour ce soir. Je sais qu'il a une commande. »

Avec le maire il ne pouvait y avoir d'indiscrétions. Il était lui-même, à jours précis, surtout les week-ends et par tous les temps, un de ses clients que, bien qu'exigeant, Raoul s'efforçait de soigner tout particulièrement.

La valise qui accompagnait Raoul le premier soir où il était arrivé chez Raymonde s'était avérée désespérément légère : un jean, une chemisette, une paire de savate et un nécessaire de toilette réduit à un rasoir et une savonnette en composaient l'essentiel pour ne pas dire le tout.

La Raymonde avait pris en main la situation. Elle l'avait sapé de neuf en un temps record et des pieds à la tête malgré toutes ses protestations. En quelques mois, elle lui avait acheté une véritable garde-robe dont d'ailleurs il se moquait.

« Des treillis, Raymonde ! C'est tout ce qu'il faut à un homme comme moi, et c'est ce que je préfère.

– Que veux-tu donc que je t'offre pour cette fin d'année ? »

Il avait donc, après la Jeep, eu un fusil. Un superposé, un browning superbe, un douze dont il rêvait, et depuis, en automne, tous les ans à l'ouverture, elle lui offrait son permis.

« Mais Raoul, que me demandes-tu là ? Tu sais bien où j'ai l'argent ? Prends ce que tu veux.

Il s'était procuré deux nasses de grande taille et un épervier géant lourdement plombé. Grâce à cet arsenal bien camouflé, à l'abri de tous les regards (Tanière, le garde fédéral, venait de temps à autre prendre un verre chez la Raymonde lorsqu'il était de passage), le Frigidaire de cette dernière en toute saison ne manquait jamais de garennes ni de poissons. Quelques habitués le savaient et pouvaient en profiter.

Raoul n'avait pas d'ennemis. Nouveau au pays, il ne traînait derrière lui aucune rancune familiale. Peu curieux et discret de nature, il avait des principes qui le mettaient à l'abri de tout conflit. Il ne voyait rien, n'entendait rien, et ne s'occupait jamais des affaires de qui que ce soit. On le lui rendait bien, et c'est ainsi que jamais Tanière n'avait entendu parler de lui. Et pourtant !

RAYMONDE AIMAIT LES ENFANTS. Lorsqu'ils lui rendaient visite pour l'achat d'un Coca Cola ou pour une quelconque bricole, ils étaient toujours reçus avec gentillesse et ne repartaient jamais sans leur bonbon ou leur rouleau de réglisse.

« Qu'est-ce qu'il te faut, mon Pierrot ? Des cigarettes pour ton père ? Ah ! bon voilà, c'est celles-là qu'il prend d'habitude... Tu travailles bien en classe ? Mais oui, mais oui, tu peux faire un Babyfoot, ça ne me dérange pas. »

Raoul n'était pas particulièrement attiré par les enfants. En vérité ils le laissaient indifférent. Taciturne, il acceptait leurs bavardages sans y répondre et ne faisait aucun effort avec eux. Malgré cela, les enfants, tous les enfants, admiraient et adoraient Raoul. Tout en lui les attirait. Pour eux, Raoul c'était l'inattendu, l'insolite, celui qui, contrairement aux autres adultes, n'était jamais pressé, qui avait assez de temps à perdre pour les écouter ou du moins pour faire semblant. On pouvait tutoyer Raoul, ce qu'on n'aurait jamais osé faire avec aucun autre, enfin on pouvait lui poser toutes les questions qui vous passaient par la tête même si on ne recevait jamais aucune réponse en retour.

« Raoul est-il là, Raymonde ? Est-ce qu'il a réussi à faire parler sa pie ? Je peux aller le voir ? »

Raoul, dans l'arrière-cour, acceptait à la rigueur une présence. Jamais deux à la fois. Être admis près de lui était ressenti par tous comme une marque de confiance exceptionnelle. Mais ce privilège entraînait certaines règles de conduite avec lesquelles, si l'on voulait pouvoir revenir un jour, il était prudent de se plier. La première condition était de savoir se tenir tranquille. On pouvait certes tout regarder, mais il n'était jamais permis de toucher à quoi que ce soit, et l'idéal pour éviter toute tentation était de mettre ses mains derrière son dos et de les y laisser.

« Mets-toi là, Pierrot, et surtout ne parle pas. Tu distrairais ma pie et elle ne doit entendre que moi si elle veut faire des progrès. »

On pouvait renifler, c'était permis, encore ne fallait-il pas le faire trop souvent.

C'était en général au printemps que Raoul entreprenait avec de jeunes pies ou de jeunes geais tombés du nid ces curieuses tentatives. Placés à l'étroit dans l'obscurité la plus totale sous un pot de fleurs retourné, c'est dans ces conditions que Raoul inculquait pour s'amuser à ses pensionnaires quelques rudiments de notre langage.

Après une quinzaine de jours d'efforts, deux séances par jour très régulièrement, il y arrivait. Une pie disait alors distinctement au petit bonheur la chance bonjour ou bonsoir, un geai arrivait à engager une conversation ; quant à un merle, il pouvait, s'il s'avérait doué, siffler *La Marseillaise* sans la moindre fausse note.

Les enfants étaient dans une admiration sans bornes devant de pareils exploits, d'autant plus que, sortis de leur pot de fleurs, Raoul laissait à tous ses pensionnaires une totale liberté et que, fait extraordinaire, ces derniers hors de la cage, même ayant atteint l'âge adulte et leur totale autonomie, ne cherchaient jamais à s'en aller. Ils évoluaient aux alentours de la maison et revenaient sans hésiter se percher sur l'épaule de Raoul où quelques graines faciles les attendaient. Raoul avait le don d'apprivoiser.

C'est ainsi qu'il avait eu un couple de tourterelles qui étaient mortes de vieillesse sans avoir procréé, un merle qui était devenu un brillant siffleur et qui savait appeler tous les chiens du quartier, mais aussi un corbeau qui lui, en revanche, avait battu tous les records.

Raoul l'avait recueilli blessé, l'aile cassée. Déjà adulte, durant quelques jours, il s'était défendu du bec et des griffes contre celui qu'il considérait comme un agresseur. Raoul n'en avait tenu compte, l'avait appareillé avec une petite planchette fixée à l'aile, soigné et nourri durant plusieurs semaines. Ce dernier, peut-être en reconnaissance, bien que totalement remis et libre de tous ses mouvements, n'était jamais reparti. Le régime qu'on lui servait (viande hachée, légumes assortis et variés) lui ayant convenu, il était devenu splendide, bien plus gros que tous les congénères de sa race. Son goût immodéré pour les noix avait légitimé son nom : Cacou, et une petite bague que Raoul lui avait fixée à la patte en faisait foi.

Il avait pris possession de toute la maison et, fait inhabituel pour un oiseau, n'y avait jamais fait la moindre saleté. Il évoluait de la cuisine au bar entre les bouteilles et sur toutes les tables au milieu des verres pleins ou vides, sans jamais en renverser un seul. Il se perchait aussi bien sur l'épaule de Raymonde que sur celle de Raoul, que sur la tête de n'importe quels clients. Ces derniers s'amusaient follement de lui. Cacou, familier avec tous, arrivait à tire d'ailes au moindre de leur appel. Cacou se promenait comme bon lui semblait dans la rue où il faisait régner la terreur parmi les chats et où il défiait sans hésiter les chiens les plus gros qui, devant son bec d'acier, finissaient par reculer.

Des années durant, Cacou avait réjouit le village de ses facéties et, compte tenu de la longévité reconnue à sa race, cela aurait pu durer fort longtemps s'il n'avait été victime un jour de sa gourmandise et de sa trop grande confiance envers les humains.

C'était l'époque des petits pois. Cacou les aimait d'une façon déraisonnable, à la folie, et c'est ainsi qu'il prit un jour l'initiative et l'imprudence d'aller se ravitailler directement à leur source dans un champ voisin. Habitué aux hommes, il n'avait pas jugé nécessaire de fuir comme l'eût certainement fait sans hésiter un de ses congénères à la vue d'un chasseur. Ce lui fut fatal.

« Je ne l'ai pas reconnu, Raoul, tu peux me croire. Ah ! si j'avais vu sa bague, tu penses bien qu'il aurait pu manger tout ce qu'il aurait voulu. »

Adrien en avait été malade et Raymonde avait pleuré lorsqu'on lui avait rapporté son cadavre.

Il y en a qui ont des chiens ou des chats. Raoul, lui, avait eu un renard. Il l'avait récupéré renardeau au cour d'un des gazages de Tanière, le garde-chasse. Les adultes avaient péri. Tanière avait accepté de lui donner un des petits.

« Si tu veux, Raoul, mais un seul. Choisis celui que tu veux et, tu sais, tu en seras responsable. Tu t'engages avec cette bête dans une aventure qui ne peut que te procurer des ennuis. »

Raoul était rentré à la maison ravi, sa boule de poils fauves roulée dans sa veste. Raymonde avait partagé son enthousiasme et s'était sur-le-champ investie : lait, viande crue et caresses à longueur de journée. Il fut baptisé Voyou. Roulé dans un couffin, le jeune renardeau grandit vite, libre de toutes contraintes. Tout au plus Raoul avait consenti à lui mettre un collier agrémenté d'un petit grelot qui permettait de le suivre dans ses déplacements. Un collier qui en aucun cas ne devait jamais servir à l'attacher.

« Raymonde, Voyou doit rester libre. Laisse-le sortir s'il le désire. »

La porte du bar n'était que rarement fermée. Voyou en profitait à longueur de journée.

Tout le bourg, puis tout le voisinage avait finit par le connaître.

« Poulou, regarde, regarde vite, mais j'ai la berlue ma parole ! Un renard ! Un renard vient de passer.

– Bien sûr ! Avec un collier ? Et une clochette ? Mais voyons ! C'est celui de la Raymonde.

– Ah ! c'est vrai ! J'en ai entendu parler. Mais elle le laisse courir comme ça dans la rue ? Gare aux poules !

– Oh ! ça ne risque rien. Il n'y touchera pas. C'est pire qu'un chien. Tu peux même le caresser si tu veux. Tiens, entends ce coup de sifflet. Tu vas le voir revenir. Raoul doit avoir envie de sortir et doit vouloir l'emmener avec lui. »

À l'entrée du bar, au soleil, au milieu de la volaille pendant l'été, roulé en rond auprès du poêle au milieu des clients l'hiver, Voyou se laissait vivre sans contrainte ni entrave à sa liberté. Il était devenu tellement familier que Raymonde avait même eu la surprise une nuit de grand froid de le trouver couché à ses pieds sous la couette du lit.

Et cela durait depuis plusieurs années.

« Raoul, je n'ai pas vu Voyou de toute la journée ! Je le croyais avec toi.

– Ne sois pas inquiète, Raymonde, il va revenir. »

Un jour, deux jours s'étaient écoulés. Pas de nouvelles de Voyou.

Cette fois, c'était le tour de Raoul d'être inquiet. Il était parti, sifflet en main, à sa recherche un peu partout, là où il avait coutume d'aller.

« Tu n'as pas vu mon renard, Adrien ? »

Personne ne l'avait rencontré. Huit jours ! Cette fois il n'y avait plus d'espoir de le revoir.

« Il n'a pas pu se perdre, Raymonde. S'est-il fait prendre dans un piège ? A-t-il été assez loin pour qu'un chasseur ne le reconnaisse pas et le tue ? À mon avis, Voyou est mort. »

Il n'en était rien. Raoul devait un jour avoir la clef de l'énigme. C'était un matin de chasse aux premières lueurs d'une aurore frileuse, à cette heure où l'une après l'autre les formes floues des lisières se libèrent de leurs brumes. Folette, sa chienne, avait hérissé son poil tout le long de son dos. En même temps qu'elle, Raoul avait vu. Une silhouette d'abord imprécise, mais qui rapidement s'était révélée.

Ne bouge surtout pas, Folette. Bien sûr, tu ne le connais pas, mais j'en suis sûr, c'est Voyou.

Voyou venait droit sur lui. Raoul distinguait maintenant parfaitement le collier auquel ne pendait plus aucun grelot. Manifestement, Voyou l'avait lui aussi reconnu. Il avançait sans hésiter, puis brusquement le renard, le grand renard, à cinq ou six mètres de lui, s'était arrêté, l'avait longuement regardé, puis, s'étant ressaisi, était reparti rapidement, avalé en un bond prodigieux par le premier fourré.

Raoul était resté sur place, retenant Folette, médusé, le cœur battant.

La chasse, ce jour, fut terminée. Il était rentré à la maison.

« Raymonde, tu peux me croire. C'était lui. Il ne nous a pas oubliés. Je l'ai vu dans ses yeux. Je suis sûr que, sans la présence de Folette, il serait venu jusqu'à moi. Mieux vaut ne parler à personne de tout cela. Je pourrais avoir des problèmes avec Tanière. Vois-tu, Voyou est parti au printemps. Je suis convaincu qu'il a fondé une famille. Il est excusable, Raymonde : l'appel de sa race, celui des bois et des grands espaces, sa vérité à lui ; c'est bien ainsi. »

« Tu viens avec nous dimanche, Raoul ? Nous organisons une battue aux renards. Ils pullulent aux alentours de la Garénie. »

Raoul était un chasseur remarquable. Un renard, même qu'entrevu, aussi furtive que soit l'apparition, n'avait aucune chance avec lui. Mais depuis sa dernière rencontre, Raoul n'épaulait même plus lorsqu'il en voyait un.

« Et si c'était Voyou, Raymonde ! Je ne me le pardonnerais jamais. »

« Raymonde, il ne faut pas en vouloir à ce pauvre Adrien d'avoir tiré sur Cacou. Tu vois bien dans quel état ça le met. Tu sais, d'un peu loin, tous les corbeaux se ressemblent et, vois-tu, il faut bien le reconnaître, ils font un mal considérable dans les petits pois. Allons ! Raymonde, ne pleure plus, ce n'est pas raisonnable. Je t'en élèverai un autre à la première occasion. En attendant, je vais essayer quelque chose. Quelque chose que je n'ai encore jamais réalisé mais que j'ai eu l'occasion de voir faire au Viêtnam par de vieux Chinois. Je vais naturaliser Cacou.

Raoul était habile. Il s'était appliqué et ce premier essai, de l'avis de tout le monde, était déjà remarquable. Il ne manquait qu'un rien pour une réussite totale, mais ce rien ne pouvait être mis sur le compte de la maladresse. C'était un point de détail qui venait de ce que Raoul, n'ayant pas d'yeux appropriés, avait dû y suppléer en les remplaçant par deux boutons noirs prélevés sur les bottines de la Raymonde. Évidemment, on ne pouvait moins faire que de remarquer ces accessoires de fortune. Ils furent d'ailleurs dès que possible heureusement remplacés pour un résultat parfait qui fut indiscutable et saisissant.

Cacou prit alors sans complexe et définitivement une place d'honneur sur les étagères basses du bar entre le porto et le pineau. Il y est encore. Il devait y faire école, car Raoul, bien qu'autodidacte en la matière, de ce jour sans trop le vouloir (mais il avait mis le doigt dans l'engrenage), fut considéré comme un spécialiste averti dans tous les travaux de taxidermie.

« Raoul, pourrais-tu me naturaliser ce perdreau ? Raoul, pourrais-tu m'empailler cet écureuil en lui faisant tenir un gland, une noisette ou une pomme de pin ? »

Les sollicitations étaient devenues si fréquentes que Raoul avait fini par se décider. Dans le fond ça l'amusait. Il avait donc résolu de s'équiper. Il s'était approvisionné en laitons fins, gros et moyens, et cela s'était avéré facile. Se procurer des yeux, pièces maîtresses incontournables, avait demandé en revanche plus de recherches. Grâce au *Chasseur français,* il avait fini par dégotter une maison spécialisée où il avait passé commande pour un stock étudié. Des yeux par paires, bien sûr, et de toutes sortes pour tous les oiseaux, passereaux, rapaces, en tailles et teintes différentes. Enfin, des yeux plus élaborés pour tous les animaux de la région : petits rongeurs, petits carnassiers, sans oublier les rats et les souris. Il avait maintenant l'assortiment nécessaire pour répondre en principe à toutes les exigences locales, assortiment onéreux tout de même, que Raymonde avait couvert sans discuter. Des difficultés dernières avaient surgi avec le savon de Becoeur, une pâte à base d'arsenic dangereuse et introuvable dans le commerce local, mais indispensable pour la bonne conservation des pièces.

Là encore, il avait dû avoir recours au *Chasseur français*. Mais enfin il était prêt.

« Raoul, je t'apporte une buse. Regarde cette bête. Je n'en ai jamais vu d'aussi grande.

– Je veux bien, Adrien ! Je ferai de mon mieux, mais je ne te promets rien... Non, non... Tu ne me paieras que si je réussis. N'en parle à personne avant d'avoir vu le résultat. »

Ce ne fut ni plus ni moins qu'un chef-d'œuvre. Un mètre cinquante d'envergure, ailes blanches et noires déployées, l'œil en feu, le rapace dans toute sa splendeur dévorait un pigeon qu'il maintenait entre ses serres sur une branche moussue.

Sur le buffet d'Antoine, au centre de sa salle à manger, fixé contre le mur, c'était d'un effet saisissant.

« Ma buse fait envie à tous ceux qui la voient. Raoul, combien je te dois ? Ton prix est le mien. »

Ce travail fut connu de fort loin. Les commandes s'étaient mises à affluer. En peu de temps, les dépenses engagées par Raymonde furent amorties.

Avant d'être livrées à leurs propriétaires, toutes les dernières créations de Raoul étaient chaque fois exposées sur les murs du café. Alouettes, grives, merles, vanneaux, bécasses dans leurs attitudes familières que tout le monde connaissait, mais aussi écureuils avec leurs noisettes, blaireaux avec leurs épis de maïs, genettes avec leurs victimes encore saignantes dans leurs gueules, tout ce petit monde avait finit par y passer. Une hure de sanglier tout comme une tête de biche y trouvèrent un jour leur place et durent y rester.

Il n'était pas de semaines sans qu'on n'apporte à Raoul de nouvelles pièces que l'on jugeait digne de son travail car toutes plus rares les unes que les autres : un héron cendré, une grue de passage, un balbuzard ou un butor des marais. Raoul, avec le temps, s'avérait un artiste indiscutable. Amoureux de la nature, guidé par un sens aigu de l'observation, il arrivait à rendre une vie intense à tout ce qu'il touchait.

L'arrangement de la cour arrière attenante au café en vue d'une extension possible à ce dernier, l'été sous la tonnelle « d'herbemond » (idée de Raoul), s'était avérée, malgré un dallage étudié, un échec complet.

Jamais Raymonde n'y avait dressé la moindre table, jamais aucun groupe de clients n'avait manifesté le moindre désir de s'y installer. À Fontary, il était évident que l'on vivait suffisamment en plein air et que personne ne recherchait pour boire son pernod ou faire sa partie de carte l'ombre ou le soleil tamisé d'une charmille aussi charmante soit-elle. À des visions bucoliques, tous préféraient la perspective des rangées de bouteilles du bar de la Raymonde. Ce qui aurait enchanté des citadins n'avait aucun sens pour des Fontariens.

Raymonde, il est vrai, n'avait pas fait grand effort pour imposer cette annexe qui, en vérité, n'aurait fait que compliquer son travail. Elle-même aimait le vis-à-vis de ses clients qui, de tous les environs, lui colportaient des nouvelles et entretenaient la vie de son café. Et la réciproque était d'ailleurs vraie car on venait pour prendre un verre au comptoir, pour parler et voir Raymonde. On ne venait pas là pour aller s'isoler dans un coin de cour.

Raoul n'avait ressenti aucune amertume devant ce piètre résultat qu'il n'avait certes pas prévu. Bien au contraire, il avait décidé d'en tirer parti, et sans hésiter avait annexé ce lieu pour en faire rapidement un territoire exclusif réservé à son atelier et à ses entrepôts personnels. Là, il rangeait ses filets, ses masses, les caisses de ses furets et, en permanence sur une longue table, ses fils de cuivre, ses pinces, ses scalpels, ses ciseaux ou ses scies minuscules nécessaires à sa taxidermie.

Tout cela convenait aussi parfaitement à Raymonde et, outre que cela débarrassait sa cuisine, elle aimait le savoir là à sa portée, là où à tout moment elle pouvait le retrouver.

« Tu es là, Raoul ?

– Bien sûr, Raymonde ! Tu as besoin de moi ?

– Non… mais je peux venir te voir ? Je n'ai personne cet après-midi… Bon, j'arrive. Je donne un tour de clef à la porte.

« Oh ! voyons, Raoul ! Si quelqu'un arrivait !

– Allons ! Raymonde ! Tu as fermé à clef ! Alors laisse faire, ils attendront. »

Ancien baroudeur, Raoul n'était pas exigeant et savait s'adapter à toutes les situations. Une chaise, un coin de table lui suffisaient, et Raymonde avait finit par prendre plaisir à la chose.

« Le temps de remettre un peu d'ordre dans mes affaires, je regarde qui frappe, et je reviens. Je veux voir ce que tu fais. »

Sous les yeux admiratifs de Raymonde, Raoul reprenait son travail, perçait des os, passait des fils, fixait des yeux, et sur des tablettes déjà préparées assujettissait son œuvre, cherchant sous tous les angles l'attitude exacte, le mouvement parfait dans l'équilibre si complexe de la vie.

À cette phase terminale, Raymonde était souvent invitée à donner son avis. Un avis dont Raoul ne tenait que rarement compte mais dont il résultait de réels prodiges que Raymonde s'empressait d'aller suspendre au-dessus de son comptoir, à l'admiration de tous.

« Raymonde, donne-moi ton point de vue. À part le dimanche ou les jours de fêtes où je peux te rendre quelques services, même avec la taxidermie, je suis bien trop souvent inoccupé. Ne crois-tu pas que je pourrais essayer d'ouvrir un petit commerce qui m'occuperait ?

– Un commerce, Raoul ! Mon Dieu ! Mais quel commerce vois-tu possible dans un petit patelin comme le nôtre ? Tu t'ennuies donc avec moi, Raoul ?

– Mais jamais de la vie, Raymonde ! Mais tu sais, j'ai une idée qui me trotte dans la tête depuis quelques semaines. Tu sais comme moi qu'à Fontary il y a autant de chasseurs que d'hommes. Pourquoi ne pas envisager ici un petit dépôt de fusils et de matériel de pêche ? Ce serait à mon avis possible. Si tu voulais, nous pourrions l'installer dans la pièce arrière dont nous ne faisons rien. On ne risque pas grand-chose d'essayer. J'ai manié des armes des années durant, ce serait un travail dans mes cordes.

Raymonde avait des doutes.

« Mais Raoul, ça va engager beaucoup d'argent. Tu sais, je suis limitée. »

– On commencera prudemment, Raymonde. Sur catalogue au besoin. Quant au dépôt, il suffit de s'en porter garant.

– Eh bien ! Raoul, si tu crois, je n'ai pas de grosses réserves mais tu peux en disposer. »

Il y eut donc ainsi à Fontary des cartouches à volonté pour tous les calibres, serties en plombs de 10, de 8, de 4, jusqu'à la chevrotine, et un dépôt de fusils en 16 ou 12, juxtaposés ou superposés, tout cela à des prix étudiés, bien abordables.

Raoul, en homme expérimenté, sans bavardages inutiles, pouvait donner tous les conseils qu'on était en droit d'attendre d'un technicien.

Certes, dans ce pays, on n'achetait pas un fusil tous les jours.

Dans la plupart des familles une pétoire faisait le bonheur de plusieurs générations. Il ne pouvait donc être question de réaliser de gros chiffres, malgré cela Raoul était bien l'homme qu'il fallait pour lancer pareille affaire. Elle avait donc démarré rapidement.

« Raymonde, où est Raoul ? Quand penses-tu que je puisse le voir ? J'ai un problème de percussion sur mon fusil. À cause de ça, j'ai laissé filer un lièvre qui pourtant m'était parti hier en plein découvert. Je voudrais pouvoir me rattraper dimanche prochain. Tu vois, je suis pressé. »

Raoul avait des notions solides de mécaniques. Il dévissait, démontait, nettoyait à l'essence et au pinceau, remplaçait, graissait et remontait. Deux jours après sa première sortie, l'Albert cueillait l'oreillard qui lui avait échappé.

« Raoul, je cherche des cartouches à broches. J'en avais une belle réserve, mais elle est épuisée. Pourrais-tu me trouver ça sur un de tes catalogues ?

– Des cartouches à broches ! Pour un vieux fusil à chien ! Mais mon pauvre Étienne, il y a longtemps qu'on n'en trouve plus ! Oh ! là là !

« Fais-moi voir ça ! Mais ma parole, ta pétoire date de la guerre de 70 ! D'où la sors-tu ? Mais c'est devenu un fusil de musée, ça !

– C'était le fusil de l'arrière-grand-père, et il en a tué des perdreaux et des lièvres, celui-là. Et j'y tiens.

– Alors Étienne, si tu y tiens, graisse-le et accroche-le au-dessus de ta cheminée en souvenir et en décoration, mais surtout ne t'en sers plus. Tu le verras quand même tous les jours et ça évitera qu'il t'éclate en pleine figure. Regarde, le canon est percé sur cinq ou six centimètres. Tu as de la chance qu'il ne t'ait pas déjà "pété" dans les mains. Il te faut te décider à en acheter un autre. Tu sais, aujourd'hui, il s'en trouve de très corrects et de relativement abordables. Tiens, regarde celui-là… Ah ! bon ! tu tiens à un juxtaposé. Tu as peut-être raison. Ça te changera moins. Alors prends celui-là. Tu vois, tu l'as déjà en main et il tombe bien. C'est quand même autre chose à tout point de vue… Oui, bien sûr, il a des extracteurs automatiques. Puis, si tu te décides, on verra pour la crosse qui me paraît un peu longue pour ton bras. Une petite rectification à sa base. Bien sûr, je te ferai ça gratuitement, ce n'est pas compliqué. »

On faisait confiance à Raoul, ce dernier faisait un prix. Étienne s'en tirait bien.

« Tu es gentil, Raoul. Tu fais un geste mais tu verras, tu te rattraperas, et je prendrai toutes mes munitions chez toi. »

Et Raoul souriait, sachant fort bien à quoi s'en tenir avec ces paysans économes en diable et pour lesquels une poignée de cartouches arrivait facilement à faire toute une année.

« Raoul, il me faudrait une carabine. Une 22 long rifle pour tirer des corbeaux qui me pillent toutes mes emblavures. As-tu ce qu'il me faut ? Bien ! Mais il faudrait que tu m'y adaptes une lunette et que tu la règles. Tu sais, ces bêtes sont méfiantes, pas moyen de les approcher avec un fusil ordinaire. Il faut pouvoir les tuer à plus de cent mètres.

– J'ai ton affaire, Adrien. Si tu veux, nous ferons ensemble le réglage en plein air et sur cibles, dimanche prochain. Tu verras, j'ai fait un chevalet de fixation et ce sera facile. Avec cet engin, si tu ne trembles pas bien sûr, il est certain que tu feras mouche à tous les coups. Heureusement que je n'ai plus mon Cacou !

– Ne me parle plus de ça, Raoul, ne me parle plus de ça ! »

« RAYMONDE, JE VAIS LAISSER TOMBER la pêche. Ça me tient de la place et ce n'est pas rentable. Je n'ai pas vendu une seule ligne ni un seul moulinet de toute la saison. Je liquide ce qui me reste et je me garderai que de la bricole, des Nylon et quelques hameçons par exemple.

– Tu feras comme tu l'entends, Raoul. C'est toi qui le vois, mon amour. »

« Poulou, quand tu auras une minute, viens donc me voir. Je veux te montrer quelque chose que j'ai ramassé hier au soir à la Garenne Verte. Bien sûr, tu n'en parleras à personne. C'est entre nous. Si ça arrivait aux oreilles des gardes, j'aurais sûrement des ennuis. Ils sont tellement cons !

– Mais, je ne vois rien, Raoul ! Passe-moi donc ta lampe. Je vois le foin qui remue.

– Regarde, regarde ! Tu n'en as pas vu un ?

– Oh si ! mais ce sont des petits lièvres ! Ils sont combien ? Où les as-tu trouvés ?

– Il y en a quatre. J'ai eu la malchance hier de tirer la mère. C'est une portée tardive. Elle était gorgée de lait. Je suis revenu dans le coin le soir. J'ai cherché, et j'ai fini par trouver le gîte. Ça n'a pas été facile de les attraper. Dans la nature, ils n'auraient pas fait long feu. Ils auraient été la proie des renards, ou ils seraient morts de faim. Raymonde va essayer de les nourrir au biberon. Elle a déjà commencé. Elle s'en occupera jusqu'à ce qu'ils puissent manger, et dès qu'ils seront assez solides, je les relâcherai. Ah ! je t'assure que j'ai regretté mon coup de fusil. Enfin, si je peux les tirer d'affaire, ce sera un moindre mal. Nous les retrouverons cet automne. »

L'épicerie de la Renée jouxtait sur la gauche le café de la Raymonde.

« Tu n'as pas l'air contente, Renée, ce matin, qu'est-ce qui t'arrive ?

– Parce que tu trouves que j'aurais matière à l'être ? Jamais le commerce n'a été aussi catastrophique. Tu sais, je viens de faire les comptes de ce mois ! D'ailleurs je n'avais pas besoin de les faire, je vois bien ce qui me reste, moins que rien. Je travaille, je me demande pourquoi !

– Tu as pourtant du monde, Renée, et toute la journée.

– Et je les vois venir pour quoi ? Pour le pain et deux ou trois bricoles pour la forme : un paquet de pâtes, un kilo de sel ou de sucre ! Avec ça, tu crois que je peux faire fortune. Tu sais, il ne faut pas se faire d'illusions, si je n'avais pas le dépôt de pain qui, tu le sais, ne rapporte rien, je ne verrais personne. Que veux-tu, les grandes surfaces ! il n'y en a que pour elles. Elles tuent tous les petits commerces et pourtant je suis à dix kilomètres de la plus proche. Vas-y faire un tour les samedis. Les gens y vont en famille, et ils en sortent avec de pleins Caddie, pour des 1 000 ou des 2 000 francs chaque fois. Et là, à la caisse, ils ne discutent pas. Par contre, si moi je leur vends un litre d'huile un franc de plus dans mon épicerie, alors ils crient au voleur et gueulent comme des perdus. Non tu vois, il y a des jours où j'ai envie de mettre la clef sous la porte et de fermer la boutique.

– Et si tu essayais avec la viande ?

– Tu penses bien que j'y ai pensé, mais ma pauvre Raymonde, il me faudrait un équipement terrible, dont une chambre froide et que sais-je encore ! Et puis tout ça ne pourrait être qu'un autre dépôt. Et la viande, tu sais, ça ne s'improvise pas. À moins d'être passé par une boucherie ! C'est qu'il faut savoir la couper ! Puis, si tu ne la vends pas dans un délai normal, elle est foutue. Non, c'est impossible... Tu vois, j'ai même dû renoncer au jambon cuit. La machine pour le débiter est hors de prix, et je n'en aurais jamais assez vendu pour l'amortir. Bien sûr, je vends quelques saucissons, mais ça se borne à ça, et c'est bien tout ce que je peux faire. Vois même le fromage (et pourtant le camembert se vend bien), je dois me méfier. Il est vite perdu, tu sais, et tu as vite bouffé ton bénéfice. Tu vois, Raymonde, à toi je peux bien le dire, si je n'avais pas les allocations familiales des enfants et la réversion de retraite de mon pauvre Étienne, je crèverais de faim. Le magasin, ça occupe un point c'est tout.

– Allons ! Renée, ça ira mieux demain. »

La Renée était veuve. Son cheminot de mari était mort, les deux jambes coupées à la gare voisine. Elle était restée seule à la cinquantaine avec la charge de sa belle-mère infirme et celle de ses quatre gamins : l'aîné treize ans, le dernier encore moins de cinq ans. Et c'était grâce à sa petite famille si l'école de Fontary avait pu se maintenir.

« Ils m'ont donné à cause de cela les fournitures gratuites pour mes trois scolarisés. Pensez-vous, un de moins et ils n'auraient pas eu l'effectif. Ils auraient pu faire un peu plus il me semble, et m'allouer une petite somme. Enfin c'est toujours mieux que rien. Dans un an, le Pierrot quittera l'école, et je vais le mettre chez le Poulou. Il a, semble-t-il, des prédispositions pour la mécanique. Poulou m'a promis de me le prendre en apprentissage. Mais bien sûr, de trois ans il ne va rien gagner, bien que Poulou m'ait dit qu'il lui donnerait quelques pièces pour l'encourager. Il n'en est pas moins vrai qu'il me faudra bien le nourrir et l'habiller encore. Ah ! je ne suis pas sortie de l'auberge avec lui. Puis le Néné va à son tour aller en classe à la rentrée. Notre instit est content. Cela lui maintiendra l'effectif un an de plus. »

Les soucis de la Renée, du moins dans le domaine de l'argent, étaient grandement exagérés. Pour qui était tant soit peu au courant, et qui savait compter, sa situation financière était loin d'être désespérée. Outre ses allocations familiales et la rente de l'Étienne qui lui tombaient régulièrement, elle touchait un substantiel secours pour sa belle-mère la Ménie qui, réduite à l'état végétatif, avait été reconnue grande infirme et à sa charge. Seules ses responsabilités de femme veuve légitimaient et justifiaient ses doléances.

Petite, ronde, courte sur pattes, ses quatre maternités lui avaient laissé un embonpoint peu gracieux hélas irréversible. Elle affichait en plus en permanence une tristesse de surface dont elle n'avait plus conscience, mais qui à elle seule aurait parfois suffi à décourager tous ses clients.

On allait pour ces raisons chez elle, toujours, sans grand plaisir, parfois par charité, le plus souvent par impérieuses nécessités. Les affaires faites, on ne s'y attardait pas, et, alors que certains pour aller plus vite préparaient souvent leur monnaie avant d'entrer, d'autres préféraient, toujours dans la même optique, différer leur paiement, et faire marquer jusqu'à la fin du mois.

« Ah ! tu veux ta note, Fernande ? Elle t'attendait, elle est prête. Avec le pain ça te fait 430,20 francs. Tu ne vas pas te ruiner encore ce mois-ci. »

Et cette constatation dernière laissait entendre qu'on aurait pu mieux faire, venir un peu plus souvent, et surtout acheter beaucoup plus. Après cette remarque, on avait compris. On payait, et on s'éclipsait.

« Vraiment, cette Renée, depuis la mort de l'Étienne, elle ne s'arrange pas. Elle est devenue irascible, pas un seul mot d'aimable. Il faut en avoir besoin pour venir chez elle, vous savez.

– C'est peut-être l'Étienne qui lui manque ?

– Qu'il lui manque c'est possible, mais pour la bagatelle, vraiment ça m'étonnerait. Puis elle en a quand même profité en son temps : quatre enfants ! Et avec la touche qu'elle a.

– Sait-on jamais, sait-on jamais ! Souviens-toi lorsqu'elle était jeune, elle avait un sacré tempérament. C'était une sacrée lapine elle aussi.

– Dis donc, au fait, tu ne trouves pas que son dernier, le Néné, ressemble de plus en plus au Félicien des Combes ?

– Oui peut-être ! Ça avait fait parler à une époque. Tu sais, l'Étienne, dans son état de cheminot à la S.N.C.F., travaillait souvent de nuit. C'était pratique.

– Allons Adeline ! nous sommes mauvaises langues. Ni l'une ni l'autre ne tenions la chandelle que je sache… Remarque, on dit bien que le Félicien ne l'a pas laissée tomber et qu'il y va encore le soir, bien tard, chercher son saucisson.

– À moins qu'il ne lui en apporte un, à la Renée.

– Oh ! quand même ! Avec sa mère et les enfants !

– Avec les enfants ! Avec les enfants ! Qu'est-ce que ça veut dire ? Ça dort des enfants. Quant à la Ménie, dans l'état où elle se trouve, toujours la bouche ouverte comme si elle voulait avaler les mouches, ils pourraient bien faire la chose sous son nez qu'elle ne s'en rendrait même pas compte. »

« TONNERRE DE DIEU ! RAYMONDE, il fait meilleur chez toi que dehors… Mais rentre donc, Pierre, et ferme la porte. Tu veux nous faire geler ! »

Le Pierre, le Joseph et l'Adrien venaient de faire une entrée en force dans le café, tapant des pieds et se frottant les mains pour tenter de se réchauffer. Leurs casquettes rabattues sur leurs oreilles laissaient voir leurs nez qui coulaient, rougis par le froid, et leurs yeux pleuraient.

« Je me demande combien il va faire cette nuit ? Je parie qu'il fait déjà –10 en ce moment. Ça ne fait rien, cet hiver s'annonce précoce. Les grues sont passées de bonne heure. Tu vas voir, on va battre des records cette année.

– J'ai cru voir ce matin un vol de vanneaux sur les prés des Vergnoles au bord de l'eau, ça aussi ce n'est pas un signe de réchauffement.

– Tu as vu ce coucher de soleil ! Et ce petit vent du nord ? Il me transperçait même au travers de mon cuir. Les étoiles brillent comme jamais.

– C'est sûr, ce ne sera pas une nuit à aller pisser devant sa porte. »

Raymonde, qu'est-ce que tu nous proposes pour nous réchauffer ?

« Des cafés très chauds, ou si vous voulez des grogs bien corsés.

– C'est une idée, Raymonde, des grogs, et fais vite, on se met là autour du poêle en attendant.

Tu as bien fait de l'allumer. Le chauffage central, on a beau dire, c'est insuffisant avec ce temps.

– Dis donc, Adrien, j'ai vu en passant tout à l'heure qu'il te reste encore des raves dans ton champ ! Elles risquent d'y passer cette nuit. Tu aurais dû les rentrer.

– Et je sais bien, Joseph. J'y ai pensé, mais ces derniers jours je n'ai pas eu le temps. Je me suis occupé à couvrir de paille les pommes que je ne voulais vendre qu'au printemps. C'est le moment où elles font le meilleur prix, encore faut-il pouvoir les y amener. Je crois que j'ai pris des risques et je me demande si je n'ai pas fait un mauvais calcul. Enfin, j'en ai liquidé la plus grosse partie ; même si ça ne marche pas, ce ne sera pas une grosse perte. Vous avez tout vendu, je crois, tous les deux ? L'année prochaine je ferai comme vous. Ça donne trop de travail pour les protéger, sans compter que la paille donne un goût à la pomme qui ne favorise pas la vente, et puis la différence de prix entre l'automne et le printemps est trop minime ! Cela ne vaut pas le coup.

« Ah ! dis donc, Joseph, toi qui es sur le chemin de la Combe aux Loups, as-tu entendu dire qu'on a perdu le Bourru Berthier ?

– Oui, on me l'a dit, pas plus tard que cet après-midi. Mais vois, si on l'a perdu, ce n'est pas un grand malheur. On n'en a pas perdu pour bien cher. Et surtout qu'on ne compte pas sur moi pour le chercher. Tu sais ce qu'il m'a fait, ce salaud-là, il y a moins de dix jours ?

– Non... Mais avec lui, rien ne peut étonner. Tout est possible. Qu'est-ce qu'il t'a fait ?

– Eh bien ! tu le croiras si tu veux, il a tiré sur mon chien... Bien sûr ! sur le fox. Tu sais, le fox est un courant lorsqu'il est sur un lièvre, il ne le lâche pas. Il était derrière un levraut qui a traversé son pré, eh bien ! le Bourru a décroché son fusil et a tiré ses deux coups dans sa direction.

« Il ne l'a pas touché, heureusement ! Il était trop loin. Et ça a mieux valu pour lui, car je t'assure que s'il me l'avait tué ou tout simplement blessé, il aurait eu affaire à moi. Je le foutais au tribunal et quel que soit le prix que cela aurait pu me coûter. C'est un fou malfaisant, cet homme. Il faudrait le coller dans un cabanon.

« Mais voyons, Joseph ! Tu sais bien qu'il a eu des histoires avec tous les chasseurs !

– Et s'il en avait eu qu'avec eux ! Mais il en a avec tout le monde, et il ne fait pas bon être de ses voisins. Il a fait dépenser des millions à l'Antoine des Rivaux pour une simple borne sur une lande. Il prétendait qu'il la lui avait déplacée. Pour un terrain qui n'a aucune valeur, il a plaidé deux ans avec lui. Il a fallu deux avocats et deux géomètres, qui n'étaient pas d'accord eux-mêmes, pour arriver à démontrer que c'était lui qui avait tort. Tu crois que ça lui a servi de leçon ! Pas du tout. Il a remis ça, rien que pour l'emmerder, avec un pré et pour une haie dont l'épaisseur mordait chez lui. L'Antoine lui en veut à mort, et on le comprend.

– Oh ! ce n'est pas un facile. Regarde ce qu'il fait même à sa famille, à son propre neveu, l'Albert Berthier. Il ne lui parle plus depuis des années et c'est pourtant son seul parent.

– Oui ! mais ça, Joseph, c'est une autre affaire. Une vieille histoire, et ils ne se sont jamais parlé depuis.

– Et tu en connais les raisons, toi, Adrien ?

– Oui, mon grand-père l'a racontée à mon père. Cela remonte à loin, au partage de la propriété du père Berthier qui a eu lieu entre le Bourru et le père de l'Albert à la mort de leurs parents. Le Bourru a toujours accusé son frère, c'est-à-dire le père de l'Albert, d'avoir pris les meilleures terres. Ce n'était peut-être pas tout à fait faux, mais quand même, entre frères ! Depuis, c'est la guerre qui continue. Si tu en vois un dans un chemin, tu peux être sûr que l'autre n'y est pas. Ils évitent même de se rencontrer.

Tu vois la brouille des Berthier remonte à deux générations et elle n'en est pas moins toujours aussi tenace. Souviens-toi, l'Albert, comme sa femme la Ginette, n'a même pas été à l'enterrement de la femme du Bourru, il y a cinq ans.

– Oh ! que je m'en souviens bien de cet enterrement ! Le Bourru tout seul derrière le corbillard. Pas un parent bien sûr, mais aussi pas un seul voisin. Dieu sait si je n'aime pas le Bourru mais ce jour-là, crois-moi, j'ai eu de la peine pour lui.

– Raymonde, ils sont bien tes grogs. Fais-nous en une tournée de plus pour chacun de nous. Nous les boirons bien. C'est vrai que ça réchauffe. »

Le Bourru vivait presque aux confins de la commune sur une combe qui, en pente abrupte, plongeait jusqu'à l'étang avec lequel il était mitoyen. « La Combe aux Loups », l'appellation n'avait rien de rassurant mais elle lui convenait. La combe lui appartenait en totalité et sa propriété débordait sur le plateau en un vaste territoire qui faisait du Bourru un des plus importants propriétaires terriens de la commune.

Le Bourru, c'était un sobriquet qu'on lui avait toujours donné, allait sur ses quatre-vingt-huit ans. Il vivait dans sa combe seul depuis la mort de sa femme, en vrai sauvage, sans relations avec ses voisins et tenu à l'écart comme un pestiféré. « Il peut mourir là, sans que personne ne s'en aperçoive, et vous verrez ça lui arrivera. »

Il ne sortait de son trou qu'une ou deux fois par semaine, un sac en travers du dos, pour aller au bourg, en particulier chez la Renée, afin d'y prendre son pain et quelques provisions : huile, sel et poivre pour sa cuisine.

Toujours mal rasé, jamais peigné, il était hirsute et aurait pu inquiéter si on l'avait rencontré par hasard la nuit au détour d'un de ces chemins creux.

Sa maison, plus que modeste, n'était qu'une vieille demeure réduite, comme elles l'étaient toutes autrefois dans nos campagnes, à trois pièces. Couverte d'ardoises, envahie par le lierre et menacée par les ronces. On ne la découvrait au détour des bois que lorsqu'on était sur elle.

Une salle basse d'entrée, éclairée d'une étroite fenêtre devant un évier de pierre, constituait sa cuisine. Une grande table branlante sur un sol dépavé et deux bancs latéraux en occupaient le centre. Une vaste cheminée noire de suie, probablement jamais ramonée, tenait toute une partie d'un côté, et deux tas de longues bûches toujours jetées à même le sol la voisinaient. Une grande commode rustique et une maie complétaient la pièce. Les deux chambres attenantes n'étaient guère plus accueillantes : un lit, une table de nuit, une armoire et deux chaises pour chacune et c'était tout. Il n'y avait ni électricité ni eau courante chez le Bourru. Il en avait en son temps refusé les installations alors qu'on les lui proposait gratuitement, maintenant, où il aurait fallu payer, il n'en était bien sûr plus question.

Un puits dans la cour suppléait à l'eau courante, une lampe à pétrole et un lot de bougies acheté chez la Renée (dans ce domaine c'était son seul client) remplaçaient les ampoules électriques.

Le Bourru, devenu d'une avarice sordide, refusait tout progrès qu'il considérait comme coûteux et inutile. Pour la même raison, il se passait des services d'un couvreur pour son toit. À la moindre pluie il pleuvait donc chez le Bourru qui ne s'en tirait qu'au moyen d'un nombre impressionnant de bassines. C'était toutefois totalement insuffisant en cas d'orage car tout alors devenait une vraie passoire. Le Bourru n'avait alors qu'une solution : déplacer son lit et ses armoires d'un coin à l'autre de ses pièces. « Cela tiendra bien autant que moi. Tout cela serait de l'argent jeté par les fenêtres. Et puis c'est ainsi, je ne veux voir personne chez moi. » Un appentis à droite de sa porte tenait lieu de bûcher. « Il faut bien avoir sa réserve si l'on ne veut pas mourir de froid l'hiver. » Un appentis à gauche abritait à la fois l'étable d'un unique cochon et un poulailler où s'ébattaient coqs et poules, une douzaine tout au plus.

Après la mort de la Marie, ne se sentant plus capable de s'en occuper, il avait liquidé son cheptel. N'ayant plus ni vaches ni moutons, depuis longtemps il n'avait plus de chien, et, tout comme le cheptel, il avait abandonné ses terres. Il ne cultivait plus rien, ne faisait plus ses foins. « Je n'en ai plus la force ni en vérité les besoins ; alors ça fera un refuge aux lapins. » Cela aurait pu faire croire à une certaine philosophie. Il n'en était rien. En vérité, le Bourru était à la fois envieux et aigri. Sans raison valable, il en voulait à tout le monde et se répandait en prophéties catastrophiques qu'il voulait surtout démoralisantes et destructives.

« Attendez, attendez, vous faites pour le moment fortune avec vos pommes et vos poires, attendez vous allez voir, le retour du bâton ne tardera pas, et ce sera bien fait pour vous tous. Je souhaite que ce soit le plus tôt possible. Cela vous fera les pieds. Vous les garderez, vos pommes, un jour, et vous les boufferez si vous voulez car personne n'en voudra plus. J'en ai assez vu durant ma vie, des tentatives qui toutes ont tourné à la faillite. Les porcheries modernes, les vaches laitières à grand rendement, les veaux sous la mère. Vous voyez ce que ça donne aujourd'hui ! »

Avoir une propriété de la valeur de la sienne, en avoir planté une partie en résineux en laissant le reste à l'abandon et en friche, n'était-ce pas malheureux de voir ça ?

Les voisins en étaient révoltés.

« Ce n'est qu'un fainéant, un point c'est tout. Bien sûr il est âgé, mais quand on a de l'argent comme lui et des terres de la valeur de celles qu'il a sur le plateau, on peut se faire aider. Le personnel existe et ne demande qu'à travailler. »

Car on soupçonnait chez lui une fortune.

« Et c'est pour cela qu'il ne veut voir personne dans sa maison chez lui, même pour les réparations les plus nécessaires. Il a bien trop peur qu'on lui soulève son magot. Des louis à la pelle je te dis, leur cours a baissé c'est sûr, mais il en a une telle quantité ! De pleins couffins paraît-il. »

La légende était solidement établie, née de certaines révélations curieuses mais devenues indiscutables.

« Mais comment sais-tu ça, André ?

– Mais voyons, Fernande, rappelle-toi les propositions qu'il avait faites à la Renée juste après la mort de la Marie : “Si tu acceptes régulièrement, Renée, tu n'auras pas à le regretter ni à te tracasser pour les études des petits, je m'en chargerai.”

– Mais sais-tu ce qu'il lui proposait, à la Renée ?

– Allons voyons, Fernande ! De la sauter, bien sûr !

– À son âge, tu plaisantes ! Il avait déjà plus de quatre-vingts ans !

– Et alors ! tu ne connais pas le dicton de chez nous ? “À tout âge l'âne prend le trot.”

– Mais dis donc André ! ce n'est pas parce que tu me racontes des histoires plus ou moins cochonnes que cela t'autorise à me pincer les fesses… Ah ! vous ne perdez aucune occasion, vous les hommes. »

C'étaient là des informations dont on ne pouvait douter. La Renée elle-même acceptait bien volontiers de les confirmer. Et de temps à autre il y en avait eu d'autres toutes aussi salaces et qui étaient venues corroborer.

Le devant de la porte du Bourru, mois après mois, s'envahissait de ronces. Il ne persistait plus que d'étroites sentes autour de la maison tout juste maintenues par ses passages journaliers.

« Et qu'il a garni de pièges au cas où on voudrait approcher. Il ne veut même plus voir Firmin, le facteur. Il lui a collé une boîte aux lettres sur un piquet à plus de deux cents mètres de la barrière de sa cour. Quel sale bonhomme tout de même ! »

« Ah ! voilà Marcel !... Bonsoir, Monsieur le Maire. »

Marcel, l'élu de Fontary, buvait du petit lait chaque fois qu'on lui reconnaissait ainsi sa qualité de premier de la commune. On le savait. On lui accordait donc cette petite satisfaction aussi souvent qu'on le pouvait. On l'abordait habituellement par un chaleureux « Monsieur le Maire, comment vas-tu ? » Car enfant du pays (il n'aurait pas été concevable d'être maire à Fontary sans être enfant du pays), on ne pouvait toutefois moins faire que de le tutoyer. C'était le copain de toujours, celui avec qui on avait fait les pires coquineries durant l'enfance, et d'ailleurs, si les choses se gâtaient, on savait le lui rappeler. Le « bonjour Monsieur le Maire » se transformait alors à ces occasions en un « dis donc Marcel » qui rétablissait aussitôt les équilibres en lui rappelant, s'il était nécessaire, que le maire comme tous ses administrés était un culterreux qui passait le plus clair de son temps, non à la mairie, mais sur son tracteur en partageant les mêmes emmerdements que tous les autres. On oubliait à ces occasions sa maison bourgeoise et ses relations, dont il était si fier. On savait alors lui faire sentir que s'il possédait une écharpe, et voulait la garder, il ne fallait pas trop perdre de vue ses origines et ses devoirs envers les copains.

Alors que la plupart des Fontariens coiffait la casquette, Marcel portait toujours le chapeau, mais c'était bien le seul élément visible qui le différenciait de ses administrés. Pour le reste de sa tenue, comme un chacun, il s'affublait d'une veste de velours ou d'un blouson selon le temps, et en permanence de bottes noires caoutchoutées maculées de fumier.

« Alors, Monsieur le Maire, on prend un verre avec nous ?

– Volontiers, Adrien. Dites donc, quelle dégringolade au thermomètre d'un seul coup ! Ah ! vous vous êtes mis aux grogs ? Ça c'est une bonne idée. Raymonde n'économise pas le rhum ce soir, sers m'en un.

– Sois tranquille, Monsieur le Maire.

– Raoul est là ?

– Non, mais il va sûrement rentrer d'une minute à l'autre.

– Bon, je l'attendrai. J'ai besoin de le voir.

– Alors Marcel, toi tu dois quand même être au courant, c'est vrai qu'on a perdu le Bourru ?

– Ne m'en parle pas, ça fait déjà deux ou trois jours qu'il a disparu, ou du moins que personne ne l'a vu. Le Gustave des Vergnettes est venu hier à la mairie pour me le signaler. Il voulait que je prévienne immédiatement la gendarmerie. Je ne l'ai pas encore fait. On verra bien demain s'il n'est pas reparu. Ce que je peux vous affirmer c'est que, par contre, le Gustave n'était pas content du tout.

– Mais qu'est-ce que ça peut bien lui foutre, à celui-là, la disparition du Bourru ?

– Comment ! mais vous n'êtes pas au courant ?... Oh ! alors, c'est que vous retardez les amis. C'est que le Bourru était décidé déjà depuis plusieurs semaines à céder sa ferme en viager au Gustave. Il voulait à tout prix déshériter l'Albert son neveu. Les affaires étaient, paraît-il, très avancées. Ils avaient déjà vu le notaire. C'est que c'est une sacrée peau de vache le Bourru quand il en veut à quelqu'un.

– Ah ! tu nous en bayes là une belle, Marcel. Ça, par exemple, on n'était pas au courant. Eh bien ! il y en a un qui, s'il le sait, doit faire beau lui aussi, c'est l'Albert.

– Et ça ne m'étonnerait pas qu'il le sache. Bien sûr, le Gustave a bien dû se garder de le lui dire, mais il ne me surprendrait pas que le Bourru ait fait en sorte que l'Albert en entende parler, ne serait-ce que pour l'emmerder et le vexer. Remarque que, pour ma part, cela ne fait que deux jours que je l'ai appris, d'ailleurs à cause du notaire qui m'a demandé un relevé cadastral de la propriété du Bourru. Bien sûr, je n'allais pas le lui fournir sans savoir pourquoi. J'étais bien en droit de lui en demander la raison. Voilà comment je l'ai su. N'en parlez pas, vous autres, vous voulez bien. Il vaut mieux que cela ne sorte pas de là.

– Bien sûr, bien sûr ! Alors je comprends que le Gustave s'inquiète. C'est que c'est une sacrée affaire qu'il allait faire, l'animal. À ton avis, Marcel, combien fait-elle, la propriété du Bourru ?

– Je peux te le dire sans me tromper d'un hectare. D'après les plans, 76,80 hectares. Presque tout d'un tenant avec seules deux parcelles enclavées qui appartiennent d'ailleurs au Gustave.

– Ça alors, il y a des gars qui ne perdent pas le nord ! Gustave doit bien avoir lui-même plus de soixante hectares, si ça se faisait ce serait certainement lui qui aurait la plus grosse propriété de la commune, et de beaucoup !

– Je suis de ton avis, Adrien. La Combe aux Loups vaut une fortune, surtout pour le Gustave qui, du même coup, se désenclaverait en s'agrandissant. Un viager avec un homme de cet âge, c'est inespéré. Tu parles si ça serait une affaire !

– Il faut quand même dire, Pierre, que la propriété est en friche depuis déjà pas mal d'années. Cela la diminue malgré tout…

– Ta ta ta ta ! Avec un bon tracteur, en quelques mois ! Cela te ferait peine à toi ? Tu le sais comme moi, ce sont des choses qui changent vite. Le Gustave est certes un ambitieux, mais c'est quand même un vaillant, c'est une qualité qu'il faut lui reconnaître. Il connaît la terre comme nous, il est capable lui aussi d'en abattre du travail, l'animal !

– Mais nom de Dieu ! comment a-t-il fait pour tordre le Bourru ?

– Oh ! je crois qu'il faut voir les choses autrement. Rien ne m'étonnerait que ce soit le Bourru qui lui ait fait des propositions. Que ne ferait-il, pas celui-là, pour emmerder l'Albert ! Tu sais bien qu'il n'a jamais cessé de faire courir sur lui les pires vacheries. Souviens-toi, c'est bien lui qui a révélé à tous ceux qui voulaient l'entendre que l'Albert avait été châtré par les oreillons pendant son service militaire, qu'il n'était plus bon à rien, et que Ginette sa nièce, n'y trouvant plus son compte, devait rester sur sa faim.

– Oui, je sais, nous en avons assez parlé. On n'a pas été très charitable, mais cela doit être vrai puisque la Ginette, qui est mariée déjà depuis longtemps, n'a jamais eu d'enfants. Pourtant quelle femme ! Quelle belle femme ! Elle te jette de ces coups d'œil qui à eux seuls feraient sauter des boutons de braguette.

– Mais Marcel, soyons sérieux ! Comment le Gustave s'est-il rendu compte de la disparition du Bourru ?

– En allant chez lui, bien sûr, pour l'affaire. Il m'a raconté qu'il avait frappé, que, personne ne répondant, il l'avait cru malade, et qu'il avait regardé par les fenêtres. Les trois pièces étaient vides. Il y avait un reste de repas sur un coin de la table de cuisine, mais pas de Bourru. Il n'a pas voulu entrer dans la maison. Il a bien donné un coup d'œil aux alentours mais il n'a rien vu si ce n'est des poules qui étaient sorties du poulailler et un cochon qui couinait de faim sous l'appentis. C'est alors qu'il est venu me trouver à la mairie.

– Eh bien ! tu vois, Monsieur le Maire, je n'ai pas de conseils à te donner, je ne suis que ton premier adjoint, mais je crois que tu devrais tout de même téléphoner sans trop attendre à la gendarmerie. Je serais à ta place, c'est ce que je ferais. Il ne faudrait pas que dans une affaire comme celle-là, on t'accuse de négligence. Il n'est pas très tard, tu devrais le faire dès ce soir.

– Tu as peut-être raison, Adrien. Tiens, je les appelle tout de suite… Raymonde, écoute là. S'il te plaît, peux-tu me donner ton annuaire téléphonique ? J'ai un coup de fil à passer, tu permets que je le fasse d'ici.

– Mais oui, bien sûr, Monsieur le Maire. Fais donc, le téléphone est à ta disposition. »

« Ça y est, c'est fait ! La gendarmerie est avisée. Ils m'ont dit qu'ils prenaient bonne note mais que s'il fallait, en plus des mineurs, se mobiliser toutes les fois où un homme de cet âge s'absentait un jour ou deux, ils n'auraient pas fini de courir. Ils feront bien comme ils voudront, maintenant c'est leur affaire, ma responsabilité est dégagée. Cela ne fait après tout que vingt-quatre heures que Gustave m'a prévenu. Les gendarmes n'ont d'ailleurs pas eu l'air de s'affoler.

– Parce qu'ils ne connaissaient pas le zèbre comme nous. Tu vois, Marcel, moi, ce qui me donne à réfléchir, c'est ce repas laissé sur la table, et surtout ce cochon auquel il n'a pas donné la *bacade*. C'est difficilement concevable pour un paysan de chez nous, même comme lui. Il a peut-être eu un malaise qui lui a fait quitter la table. Tu verras qu'on va le retrouver ratatiné dans un coin. Ça n'aurait rien d'extraordinaire à son âge. C'est pas ton avis, Pierre ?

– Sûrement que si… Marcel a bien fait de se couvrir.

– Bah ! on verra bien ! Allons, nous allons nous sauver nous autres. Combien on te doit, Raymonde ?

– Non, laissez ça les gars, c'est moi qui payerai. Je dois attendre, il faut que je voie Raoul.

– Alors au revoir, Monsieur le Maire, et merci. Espérons que tu vas le retrouver, ton Bourru. En tout cas ce n'est pas moi qui l'ai enlevé.

– Ni moi qui le chercherai… Oh ! nom de Dieu ! il fait encore plus froid que tout à l'heure.

– Au revoir Joseph, au revoir Pierre, au revoir Adrien. Portez-vous bien.

– Dis, Raymonde, tu crois qu'il va être encore long à rentrer, le Raoul ?

– Non, sûrement pas, Marcel. Il devrait même être déjà là. Mais tant que nous sommes seuls, Monsieur le Maire, je voudrais te parler de ma demande de P.M.U. Elle est bien longue à aboutir. Tu sais, je n'ai encore rien reçu, aucune réponse. J'avais pensé peut-être que toi…

« Mais je ne voudrais pas te déranger… Ce n'est peut-être pas dans tes cordes. »

Elle savait, Raymonde, que c'était bien là la meilleure tactique à adopter. Mettre en doute les possibilités du Marcel, ça ne pouvait que l'exciter et, bien sûr, cela ne fit pas un pli.

« Comment Raymonde ! Si je peux ? Tu vas voir si je peux ! Je vais en parler dès ce samedi à notre député qui mange à la maison. Je lui dirai que j'en fais une question personnelle.

Tiens, voilà Raoul !

– Bonsoir, Monsieur le Maire ! Ça va bien ? Il fait un froid de canard ce soir. Il va faire bon rester au chaud.

– Je t'attendais, Raoul. J'ai besoin de toi. Il me faudrait deux brochets et de la friture pour après-demain soir. Je m'y prends un peu tard pour te le dire, mais ce n'est que dans l'après-midi que j'ai su que j'allais avoir de la visite.

– Bigre ! pour après-demain ! Comme vous y allez, Monsieur le Maire. Mais c'est qu'il faudrait que je m'en occupe dès ce soir ! Eh bien ! avec ce temps ! ce n'est pas une partie de plaisir que vous me proposez. Enfin, pour vous, je ne peux pas refuser. Encore heureux que l'étang ne soit pas encore gelé, sinon ce serait impossible. Demain, avec ce froid, je suis certain qu'il commencera à se prendre sur une partie de ses bords… Je n'ai pas le choix, il faut donc m'en occuper ce soir. Bon ! je mange et je vais y aller. Je serai au moins tranquille du côté de Tanière. Ce n'est pas un temps favorable pour qu'un garde fédéral s'amuse à se promener autour d'un étang.

– Marcel, tu vas lui faire attraper la crève, à mon Raoul. Ce n'est pas un temps non plus pour obliger un chrétien à aller dehors.

– Mais non, Raymonde, mais non, il est jeune, ton Raoul. Il ne craint pas ça, et je ne lui demande tout de même pas de rentrer dans l'eau. Et puis, tu seras bien là pour le réchauffer à son retour. Je te fais confiance. Ah ! je voudrais bien être à sa place lorsqu'il reviendra.

– Tes nasses sont bien toujours en place, Raoul ?

– Oui, bien sûr. Il y en a même une armée spécialement pour le brochet, quant à la petite friture, il n'y a pas de problème, je l'ai certainement dans l'une d'elles. Pour le brochet, c'est moins sûr, je vais être obligé de prendre l'épervier. J'espère ne pas avoir à m'en servir car il n'est pas agréable à porter sur le dos lorsqu'il est mouillé. Enfin on va voir, ce serait bien le diable… Voyons, il vous faut quel poids en brochet.

– Nous serons une dizaine à table. Tu vois, un de sept kilos serait parfait, mais sinon, on se contentera de deux ou trois faisant ce poids.

– Vous savez, Monsieur le Maire, on ne choisit pas.

– Dis donc, au fait, est-ce que tu pourrais m'avoir aussi quelques grives ?

– Des grives ? Ah non ! ce n'est pas l'époque où elles se rassemblent autour des rigoles comme au printemps à la fonte des neiges ou au cours du dégel. En ce moment avec ce froid, elles se tiennent isolées, cachées une par une dans les genévriers. Pas possible d'en avoir en grand nombre. Pour en avoir, il faudrait les tirer au fusil une par une et les mettre en réserve en attendant d'en avoir un nombre suffisant. Il faudrait longtemps car on ne peut chasser que deux jours par semaine. Pour après-demain, c'est tout à fait impossible, même avec des pièges. Par contre il y a les alouettes. Avec elles je peux vous faire quelques belles prises. Il y en a beaucoup cette année, en vol très épais, et le gel va encore les rassembler. Au filet ou à la corde et au crin de cheval, avec un peu de chance on peut en avoir une ou deux douzaines pour samedi.

– Parfait. Va pour les alouettes. Oh ! juste de quoi faire un plat. Alors ça ! cela me fait plaisir.

– Entendu, Monsieur le Maire. On va y penser demain matin. Allez, vous aurez le tout samedi, Monsieur le Maire.

– Je m'en occupe, de ton P.M.U., Raymonde. Je te garantis que tu vas l'avoir. Allez ! bonsoir à tous les deux.

« ALORS RAOUL, as-tu vu ce chien ? Tu n'as pas eu trop froid ? Comment est-il ?
– Il est magnifique, blanc et noir. C'est bien un épagneul breton, comme c'était indiqué sur l'annonce. Peut-être un peu jeune, mais c'est une belle race et qui me plaît. Tu sais, je n'apprécie pas les courants comme ceux que l'on a coutume de voir ici. Ils sont trop bruyants et chassent beaucoup plus pour eux-mêmes que pour leur maître. Tu les vois le matin lorsqu'ils lèvent et le soir lorsqu'ils ramènent ou reviennent fourbus. Moi, mon chien, je veux le voir travailler à mes côtés, et pour cela il me faut un chien d'arrêt. Il n'y a pas de problème, ce sera une affaire d'amour entre lui et moi.

– Quand vas-tu le chercher ?

– Oh ! mais c'est que je n'ai pas encore fait affaire. Ils en voulaient un peu trop cher à mon avis. J'hésite encore.

– Voyons Raoul ! mais qu'est-ce que c'est que cette histoire ? C'est moi qui te l'offre. Ce sera mon cadeau de Noël et nous y sommes dans quelques semaines. Voyons, donne-moi le numéro de téléphone de ces gens… Ce chien t'a plu ? C'est l'essentiel, je les appelle dès demain.

– Raymonde, tu commences à me connaître. Tu sais que je ne suis pas un expansif qui aime à se perdre en paroles inutiles. Mais je veux profiter de cette occasion pour te dire que tu es un amour, la femme qui me convient, une femme comme je ne mérite pas et que je ne quitterai jamais. »

« Tu en as pour longtemps ce soir ?… Il est quand même sans gêne et bien exigeant, Marcel, de te demander ça justement ce soir avec un temps pareil !

– Oh ! je ne pense pas que ce soit très long. Je vais aller avec la Jeep jusqu'au bois Sabot. Je continuerai à pied par les taillis en droite ligne jusqu'à l'étang, et je tomberai à l'endroit même où sont mes nasses. Les relever sera rapide, guère plus d'un quart d'heure. Ce sera par contre plus long si je dois me servir de l'épervier. Tiens, fais-moi passer ma veste en plastique, ça m'évitera de me tremper.

– Il te faut une heure environ ?

– Peut-être bien un peu plus. Mais ne te tracasse pas, ce n'est pas un temps à s'éterniser inutilement dehors. Je reviendrai aussi vite que je pourrai. Allez ! je termine mon fromage, fais-moi une bonne tasse de café et je pars. Tu peux chauffer le lit, dans deux heures au maximum, si tout va bien, je serai de retour.

« Tu sais, Raymonde, je ne pouvais pas refuser ce service au Marcel, on peut en avoir besoin quelquefois, et puis écoute, il est généreux, il paie bien. Il n'y a rien à dire. »

Raoul ne pouvait trouver place dans le lot commun des mortels. C'était avant tout un élément libre, incontrôlé et incontrôlable. Il ne se soumettait à aucune des règles habituelles qui s'imposent à un être normal, à ces règles qui se muent si facilement en contraintes et qui peuvent à la longue plus ou moins asservir. C'était certainement une des raisons pour laquelle il s'était refusé à embrasser un quelconque métier. Il n'aurait pas non plus supporté d'être astreint à des obligations, qu'elles soient sociales ou familiales. Raymonde, grâce à son instinct de femme, l'avait immédiatement compris, et elle lui avait offert près d'elle la vie qui lui convenait.

« Tu peux rester. Tu feras ce que tu voudras, comme tu voudras. Tu m'aideras si tu veux. Tu seras ton patron. »

Il avait accepté parce que ça lui convenait, parce que là il se sentait bien.

« Tu sais, Raymonde, il faut me comprendre. Durant des années, pour un stupide emballement de jeunesse, j'ai dû me plier sans discussions à une discipline de fer. J'en suis sorti. Je me suis bien promis de ne plus accepter un joug quel qu'il soit. »

Elle lui avait caressé les cheveux, et scellé le contrat d'un long baiser.

Raoul acceptait pourtant bien volontiers de rendre des services, pourvu que ces derniers soient dans ses cordes, et dans la mesure où ils ne risquaient pas de durer au-delà du plaisir qu'il pouvait lui-même en tirer. Capable d'efforts et de réelles performances, il l'était, encore fallait-il que ces dernières se présentent à lui plus comme des défis personnels que comme des travaux empreints de banalité. On le savait. On l'appelait pour l'insolite, l'exceptionnel. Il ne se faisait pas prier. On l'aimait bien.

« Tu vois, Raymonde, passer une vie comme eux à planter des piquets, à tendre des fils de fer toute la journée, ou à curer des étables en refaisant tous les soirs le même travail, je ne pourrais jamais. Ce ne serait pas une vie même si, à ce régime, j'étais certain d'être riche avant de mourir. Plutôt reprendre mon baluchon et repartir sur la route avec la certitude de dormir à la belle étoile et de crever de faim. Ici, Raymonde, dans ton bar, on est bien, c'est varié, on s'y amuse. »

Qui pourrait vraiment apprécier la nature lorsque, recroquevillé dans le repli d'un terrain inconnu, on risque à tout moment de se retrouver avec un couteau entre les épaules ?

Ce n'est qu'à Fontary que Raoul avait pu se réconcilier avec elle. Il y était parvenu dans les débuts avec beaucoup d'efforts, mais il y était parvenu si totalement maintenant qu'il n'arrivait plus à s'en passer.

« Tu sors, Raoul, malgré ce froid et cette pluie ? Tu finiras par attraper du mal.

– J'ai besoin de respirer, Raymonde. Tu sais bien que je n'aime pas être enfermé trop longtemps. »

Elle le laissait faire. Le médecin consulté le lui avait conseillé. « Cet homme a été traumatisé, il doit éliminer certains fantasmes que la vie lui a imposés. Il faut le comprendre et lui donner le temps. »

C'est au milieu des champs et des bois, à n'importe quelle heure du jour et de la nuit, que Raoul était allé à la recherche de cet équilibre perdu au fil d'années de baroudages intenses dans les pays hostiles et lointains. Leur calme, leur silence, surtout lorsqu'il s'y trouvait seul, avaient agi sur lui comme une thérapie, une thérapie efficace qui convenait parfaitement à son tempérament.

Qu'il pleuve ou qu'il vente, qu'il fasse chaud ou froid, Raoul allait ainsi presque tous les soirs se ressourcer. Les nuits surtout, ces nuits que pourtant autrefois un fusil entre les mains il redoutait, il était arrivé maintenant à les rendre bénéfiques. Il s'y sentait de nouveau bien, loin de leurs hallucinations anciennes, voire séduit par leur mystère.

Que de fois pourtant dans le passé, sous la lumière inquiétante des étoiles, au milieu des rizières, il avait frissonné, alerté par une simple feuille de roseau froissée ou une brindille qui craquait ! Que de fois il avait interrogé anxieux ces mille bruits de la nuit ! C'est de cela qu'il fallait à tout prix se débarrasser.

Ces bruits du silence qui, dans le passé, le faisaient sursauter, il venait maintenant à leur rencontre pour se désenvoûter et se dépouiller de leurs empreintes mauvaises. De ces empreintes qui resurgissaient si souvent dans ses rêves et qui suffisaient à affoler Raymonde à ses côtés.

Ces bruits, au cours de ses escapades solitaires, il avait appris à les réinterpréter, à les identifier, à les réapprivoiser.

Un imperceptible craquement n'était plus qu'un oiseau qui se rééquilibrait sur sa branche, un frôlement discret sur le sol que le déplacement d'un mulot dans les feuilles, un léger frémissement de l'air que le vol ouaté d'une chouette se faufilant avec aisance entre les baliveaux.

Et maintenant, avec le temps, voilà que ses yeux eux-mêmes s'étaient adaptés à la pénombre, que comme l'animal de la nuit il distinguait.

Il distinguait le faisan perché à quelques mètres au-dessus de sa tête sur la branche du chêne sous lequel il était assis, la silhouette fugitive du chevreuil traversant la clairière voisine, le lièvre haut sur pattes assis au milieu du pré et les rondes des lapins en bordure de la haie.

Et c'est comme cela que tout avait commencé.

Au début, ce n'avait été qu'un jeu ; que des essais, pour voir. Il avait repéré les passages étroits sous les ronces où les lapins se coulaient et les passages plus importants, plus évidents aussi, où, dans les haies épaisses, les lièvres laissaient leur bourre. Il avait tordu sur le genou quelques fils d'acier et les avait fixés sur des rejets solides et discrets. Une boucle de huit, presque au ras du sol pour les lapins, une boucle de quinze à dix centimètres au-dessus pour les grands lièvres qui, pour passer, allaient devoir se baisser. Les premières nuits, par curiosité, pour savoir, il était resté couché non loin sous le couvert et il avait pu entendre les cris de détresse de ses victimes qui, avant de mourir, se débattaient, et c'est avec émotion qu'il les avait récupérées. Indiscutablement, malgré quelques premières maladresses, cela s'était avéré encourageant. En quelques nuits, le Frigidaire de Raymonde s'était garni. Le jeu devait devenir passion. Sa technique s'était affinée. Il ne restait plus sur le terrain. Dans la journée, discrètement, il repérait ses passages, vérifiait certaines coulées et, à la nuit tombante, il venait poser ses lacets soit pour les lièvres, soit pour les lapins, réservant ses Nylon plus fins pour le creux des sillons fréquentés par les perdreaux ou les faisans. Le matin, aux premières lueurs du jour, il revenait récupérer pièges et cadavres encore chauds.

Il connaissait maintenant tous ses terrains de chasse et il savait les utiliser selon ses besoins.

Autodidacte certes, mais doué : en quelques mois, cette région giboyeuse en diable qu'auparavant il ignorait avait transformé Raoul en un parfait braconnier.

Cette activité, occulte bien sûr, mais que tout le monde plus ou moins connaissait, on la lui tolérait d'autant plus facilement qu'il se gardait bien de s'en vanter.

De temps en temps, les uns ou les autres faisaient même appel à ses compétences ou à son aide.

« Raoul, depuis l'entrée de l'hiver, j'ai une sauvagine qui a élu domicile dans ma grange. Elle me fait beaucoup de mal en particulier dans mon pigeonnier. Pourrais-tu m'en débarrasser ?

– Sais-tu exactement ce que c'est ? Une martre ou une fouine ?... Tu ne sais pas ? Ça ne fait rien, je passerai chez toi... Tu me dis qu'il y a des crottes tout le long des poutres ? C'est bien, c'est important, ça va nous permettre de savoir.

« C'est une fouine, Adrien. J'en suis sûr et je peux même te dire qu'il y a le couple. Tu veux qu'on les prenne vivantes ou veux-tu qu'on les empoisonne ? À cette saison, où elles ne trouvent pas facilement à manger, ce sera facile.

– Vivantes si tu peux, Raoul. Je garderai les peaux pour la Marie. Nous sommes en hiver, le poil devrait tenir, et ça lui fera plaisir. Depuis le temps que je lui promets une fourrure. »

En huit jours, au moyen de quelques œufs, la capture était faite.

« Tiens, regarde, Adrien, elles y sont toutes les deux. De belles bêtes mais pas commodes. Tu as vu leurs dents ? De rudes petits carnassiers tout de même. N'y mets pas les doigts, tu t'en repentirais. Pour les tuer sans les abîmer ? Rien de plus facile. Tu places ta nasse dans un grand sac plastique et tu fixes ce dernier au tuyau d'échappement de ta voiture en marche. Elles seront occises en quelques minutes. Tes peaux seront intactes et ta femme contente. »

« Raoul, j'ai un problème, certainement avec un renard. Figure-toi qu'il est entré l'autre nuit dans l'étable des lapins en passant sous le treillis et il a fait un carnage. Tu peux venir voir si tu as un moment ?

– Tu ne t'es pas trompé, Étienne, c'est bien un renard. Pour le piéger ça va être malin. Elles sont méfiantes ces bêtes, on ne l'aura qu'à la longue, mais la neige va nous faciliter. Je vais armer un piège tous les soirs que je viendrai relâcher tous les matins. Ce serait bien le diable qu'un jour ou l'autre il ne se fasse prendre. Surtout, n'oublie pas de fermer ton chien et tes chats, sinon ce sera sûrement eux que nous attraperons. »

Quelques jours après, Raoul avait un petit coup de téléphone :

« Raoul, le renard est pris par une patte. C'est un grand mâle. Il faut voir ça ! Malgré le piège, il fait des bons fantastiques. Il mord tout ce qu'on lui présente. Les chiens eux-mêmes en ont peur. Comment dois-je le tuer ?

– Comme tu voudras, Étienne, un coup de fusil si tu veux, mais surtout ne le laisse pas souffrir. Ce serait inutile et méchant. »

Ce que Raoul n'arrivait pas à réaliser avec ses pièges en période de fermeture de la chasse, il le réalisait à l'ouverture avec son fusil.

Remarquable tireur, il était classé à la Légion avec la mention tireur d'élite rapide et précis. Les chevreuils et les sangliers lui payaient un lourd tribut.

« Que veux-tu, Étienne, si tes sangliers ne viennent que la nuit dans tes topinambours, c'est la nuit qu'il nous faut les y attendre… D'accord, si tu veux. Après-demain donc, avant qu'ils n'aient tout bouffé. Procure-toi une batterie de voiture bien chargée et une lampe puissante qui balaiera loin. »

« Les voilà, Raoul ! Tu les entends ?

– Bien sûr que je les entends, Étienne, mais ne parle pas car eux aussi peuvent nous entendre. Lorsque je vais te toucher l'épaule, tu éclaireras le terrain dans leur direction, mais seulement à ce moment, car j'ai besoin qu'ils soient à bonne distance dans le faisceau de ta lampe et à portée de mon fusil. »

Deux détonations coup sur coup, dans le silence de la nuit, et deux sangliers gisaient sur le terrain, tous les deux frappés par les balles de Raoul.

« Ne te tracasse plus, Étienne, les autres ne reviendront pas de demain !

– Tu en veux un, Raoul ? Tu le mérites bien !

– Non… Oh ! et puis, tiens, si tu veux, une cuisse arrière de l'un ou de l'autre, Raymonde va la préparer en jambon. Ça nous changera du cochon. C'est tellement meilleur !

GINETTE DE LA GARÉNIE, comme la Raymonde du bar, comme la Renée de l'épicerie, était un élément local, à peu de chose près, un élément du même âge.

Ginette était née à Fontary comme d'ailleurs pratiquement tous ceux, hommes ou femmes, qui vivaient sur une commune où aucun élément étranger n'était jamais venu se fixer depuis des générations. C'était donc une figure connue de tous et l'on pouvait même dire sans se tromper, dans ses moindres détails.

« La Ginette ! Bigle si on la connaît, mais bien sûr, depuis toujours. Elle était en classe avec nous. Nous avons passé le certificat d'études ensemble. »

Et les commentaires par la suite différaient suivant que l'on avait affaire à l'un ou l'autre sexe.

Avec les femmes, cela s'arrêtait là. Avec les hommes, on était volontiers beaucoup plus prolixe et plus bavard.

« Ah ! c'est vraiment une bonne copine, celle-là. Mais elle n'a pas à se plaindre, on s'est bien occupé d'elle quand elle était jeune fille, et même à une époque où elle était encore à la communale.

Elle était originaire des Farges, un hameau éloigné. Elle et sa sœur venaient en classe avec Jacques Roussari. Un chemin interminable matin et soir à travers bois et champs car les ramassages scolaires n'existaient pas alors.

« Ah ! le Jacques est mort, le pauvre, mais c'est bien lui qui vous en aurait parlé le mieux s'il était encore de ce monde. Ah ! ces trois-là, même tout jeunes qu'ils étaient, ils ne s'en sont pas faits, croyez-moi. Cinq kilomètres à l'aller et, au retour, pensez s'ils avaient le temps de chahuter et de rigoler tout le long du chemin. Oh ! c'est bien souvent que d'autres, qui n'avaient aucune raison d'être sur leur route, s'arrangeaient pour y faire un crochet rien que pour s'amuser, mais surtout rien que pour Ginette, bien sûr.

« C'est qu'elle était (autant sa sœur était réservée) déjà rudement délurée, la Ginette, et audacieuse avec les garçons. Oh ! bien sûr, n'allez pas vous figurer des choses. On était bien trop jeunes. Cela se limitait certes à des gamineries, mais à des gamineries qui n'étaient pas sans charmes tout de même, de petites comparaisons, vous voyez ce que je veux dire. On était déjà curieux à cet âge. Que voulez-vous, on cherchait à s'instruire. Pour certains ça légitimait bien un détour.

« Sa sœur, la Marie, rouspétait et nous menaçait bien de tout dire à sa mère, mais il en aurait fallu beaucoup plus pour nous décourager.

– C'est vrai, maintenant que tu le dis, je m'en souviens, Étienne.

– Comment, tu t'en souviens ! Sacré farceur ! Tu n'étais pas le dernier, reconnais-le, à trousser les jupes de la Ginette pour voir si le poil lui poussait. Avoue qu'elle n'était pas farouche, la garce, et qu'elle était rudement avancée pour son âge. Tu sais bien qu'elle n'hésitait pas à regarder dans nos braguettes.... Oh ! tonnerre ! mais tu ne te souviens pas du jour où elle a voulu mesurer nos queues à tous les deux ?

– Bah ! Étienne ! des jeux d'enfants. Il faut bien que jeunesse se passe et que l'on se fasse quelques idées sur l'avenir, si l'on veut s'en sortir un jour.

– Je ne dis pas le contraire, mais rappelle-toi dans quel état ça mettait le Jacques. Ça le rendait furieux. C'est que, ma parole, il était déjà jaloux, l'animal. Il le prenait mal lorsqu'on poussait un peu trop loin avec la Ginette. Il nous poursuivait souvent à coup de bâtons, et même à coup de pierres, et il a bien failli assommer l'Adrien au cours d'une de ces bagarres.

– Oh !

– Comment "Oh !" Pourquoi fais-tu ainsi l'innocent ? Tu y étais le matin où c'est arrivé. Il l'avait atteint à l'arcade sourcilière, même que ça saignait tellement qu'il s'était trouvé mal et que nous ne savions plus que faire. C'est une histoire dont on ne s'est jamais vanté. L'Adrien n'avait rien à faire sur ce chemin et ça compliquait les choses.

« L'instituteur, lorsque nous sommes arrivés en classe, nous a tous interrogés, mais aucun de nous n'a lâché le morceau. L'Adrien l'a mis sur le compte d'une chute.

« Des gamineries, comme tu dis, sans doute, mais si le Jacques n'était pas mort prématurément de sa méningite, tu vois, je crois bien que cela ce serait terminé par un mariage. C'est que la Ginette y tenait aussi, au Jacques. Ah ! la coquine, elle prétendait qu'il avait une quiquette plus longue que les nôtres.

– Peut-être, peut-être, la quiquette, ça a son importance, mais pour déterminer un mariage, c'est faible. Certes, ils étaient du même village, mais, tu sais, les parents de Ginette n'étaient que métayers, alors que les Roussari étaient terriens depuis toujours. Intéressés comme je les connais, je ne suis pas tellement certain qu'ils auraient vu d'un bon œil ce mariage, et s'ils l'auraient laissé faire. Tu sais bien, comme moi, que ces unions entre voisins sont plus souvent dictées par des intérêts que par les sentiments.

– Les sentiments, les sentiments, tu as raison. C'est beau, c'est vrai, mais ça ne fait reculer ni les bornes d'un champ ni celles d'un pré. C'est secondaire. »

L'adolescence de Ginette n'avait pas été moins mouvementée ni moins tapageuse que sa première jeunesse. C'est qu'elle avait bien tenu toutes ses promesses et était devenue en peu de temps une bien belle fille, bien faite pour faire tourner les têtes, hélas ! bien trop de têtes à la fois. C'était une brune aux cheveux très noirs, noirs de jais, une authentique brune comme aurait pu en témoigner bien des gars qui avaient tenu à s'en assurer dans une intimité qu'elle ne refusait jamais. Des yeux vifs, intelligents, ce qui ne gâtait rien, constamment rieurs, follement espiègles, lui conféraient un regard chatouilleur qui laissait bien augurer à eux seuls d'évidentes compréhensions. Quant à sa bouche pulpeuse aux lèvres charnues sans vulgarité, c'était une invitation permanente à des baisers, dont elle était volontiers prodigue avec quiconque en désirait. Ses jambes étaient fines, et sur talon de deux centimètres, lui permettaient d'atteindre tout juste son mètre soixante-cinq, ce qui mettait ainsi à portée de presque toutes les mains des richesses indiscutablement attractives qu'on les aborde de son côté pile ou de son côté face. Pile, on tombait sur une chute de reins harmonieuse, prometteuse au repos, et qui certes ne décevait pas lorsqu'elle se mettait en mouvement. Face, on dominait une poitrine galbée sans volume excessif, mais diablement excitante, d'autant plus excitante qu'elle savait lui accorder toute sa liberté.

N'importe quelle robe, aussi simple soit-elle, pourvu qu'elle soit courte, lui allait. Et moins elle en couvrait, mieux elle lui seyait.

À seize ans, on ne pouvait moins faire que la remarquer au milieu de toutes les autres. Sa seule présence dans un bal suffisait à le survolter et à y faire naître, monter et régner une pression dangereuse entre les jeunes mâles alors présents. Involontairement, elle créait la dispute, et les nez qui avaient saigné pour elle ne se comptaient plus. On s'étripait volontiers, même entre amis, pour des avantages qu'elle partageait volontiers, et ne refusait ni aux uns ni aux autres.

Que faisait-elle donc à Fontary ? On aurait tellement mieux vu sa silhouette sur les boulevards de Paris.

Devant ses débordements qu'elle considérait à juste titre inadmissibles, sa sœur se révoltait, la tançait vertement et la menaçait des foudres familiales.

« Ginette, tu es encore venue sans culotte à ce bal et tu te laisses peloter comme la dernière des putes par n'importe qui ! Tu n'as pas honte ? Si tu continues, je t'avertis, je vais le dire à la mère.

– Tu peux, si tu veux, lui dire aussi que je prendrai des slips lorsqu'elle m'en achètera de convenables, mais tu vois, tu ferais mieux de t'occuper de tes fesses et de me foutre la paix. Tu ne crois pas ? »

Rien n'y faisait. La mère, malgré ses colères, n'y pouvait rien. Quant au père, tant par pudeur que par faiblesse, il avait depuis longtemps renoncé.

« Ne t'inquiète pas trop, Berthille. Certes, je suis bien de ton avis, mais, tu verras, cette fille ne peut moins faire que de trouver un mari.

– Le plus vite serait le mieux, Joseph. Je tremble tous les jours de peur d'une catastrophe qui finira par nous faire honte. »

Les prétendants, en vue de parties de jambes en l'air derrière les haies ou à l'arrière des voitures, ne manquaient pas. Mais malgré ses qualités évidentes en la matière, les postulants sérieux en vue du mariage ne se précipitaient pas au portillon. Nul ne se sentait vraiment à la hauteur d'une situation que Ginette avait toujours pris grand soin de préciser à tous, ce qui était de sa part honnête, mais en revanche particulièrement dangereux dans ces zones rurales où la femme le plus souvent se voit associée aux travaux des champs.

« Si c'est pour trimer dans les terres, pour faire les foins ou les moissons, ou même pour ramasser les pommes, il ne faut pas compter sur moi. Je me suis toujours refusée de le faire chez mes parents, ce n'est pas pour accepter de m'y mettre chez les autres. M'occuper de la maison certes, j'en ai l'habitude, encore faudra-t-il que celui qui me prenne m'assure une vie confortable, sinon il vaut mieux qu'il y renonce. À bon entendeur salut. »

Et ces paroles étaient d'autant moins encourageantes qu'il fallait (la Berthille et le Joseph n'ayant rien à lui donner) la prendre sans culotte.

Cela avait pris un bon bout de temps avant que l'Albert Berthier ne se présente un jour chez ses parents, quelques semaines après la mort de sa mère.

« Un garçon qui ne m'a jamais fait la moindre avance, qu'on n'a jamais vu fréquenter aucune fille, qui ne va jamais ni aux bals ni aux fêtes ! Non ! mais qu'est-ce qui lui prend à celui-là ? Et de plus, aller demander ma main à mes parents avant de me demander mon avis ! »

La Berthille avait rattrapé ça...

« Tu as assez galopé d'un côté et d'autre ! Tu as vingt et un ans, ma fille, si tu ne veux pas rester sur la touche, ce n'est pas le moment de te montrer stupide. Son père et sa mère sont tous les deux au cimetière. Tu n'auras à supporter ni belle-mère ni beau-père. Albert est fils unique et, outre que c'est un vaillant, il a plus de quarante hectares de bonne terre sous les semelles. Avec lui, tu auras la vie dont tu rêves et que tu as toujours souhaitée. En plus, il te l'a dit, tu feras à la ferme ce que tu voudras. Que te faut-il de plus ? »

Et, à une Ginette encore hésitante.

« Voyons, mais qu'est-ce que tu t'imagines ? Tu sais bien que c'est un timide. Ne te tracasse pas du côté de la bricole. Je les connais ces hommes, lorsque vous serez mariés, tu verras, il changera. C'est un costaud, il t'en donnera plus que tu n'en voudras. Avec eux, c'est toujours comme ça. »

En ce domaine, un proche avenir devait montrer que la Berthille se fourvoyait.

Le mariage avait eu lieu en grande pompe, sans complexe, en blanc, et on avait répandu en abondance le riz et le blé sur les marches de l'église.

Au cours des générations, les Berthier, sur un même sol malgré des périodes difficiles, sous après sous, avaient réussi à amasser une petite fortune. Leur bas de laine était bien garni. La Ginette d'emblée allait y faire quelques accrocs, c'était sans importance, l'Albert pouvait le permettre. Une voiture, des toilettes, c'était broutille, car il avait les reins solides et cela faisait partie des conventions.

« Tu t'occupes de la maison, je ne t'en demanderai jamais davantage. Je reconnais que tout ce qui est ici est vieillot. Avec la mère, il n'était pas possible de dépenser ni de toucher à quoi que ce soit. Que veux-tu, elle avait ses habitudes. Maintenant fais ce que tu veux, contacte les ouvriers, modifie ce que tu crois devoir faire, ne t'occupe pas du prix. »

L'Albert n'était pas regardant à la dépense, d'autant moins que, semaine après semaine, il avait bien pris conscience qu'il allait avoir beaucoup à se faire pardonner.

En effet, au lit, à la grande stupeur de la Ginette, malgré quelques velléités durant les tous premiers jours, toutes les tentatives de mise en route sur l'Albert s'étaient soldées chaque fois par un échec. Ginette avait bien essayé de maîtriser la situation en prenant les choses en main mais cela était resté déconcertant, tristement navrant, pour ne pas dire tout simplement risible. L'Albert avait fini par renoncer.

Le médecin de la famille était venu. Ses conclusions furent empreintes du plus grand pessimisme.

« Des testicules réduits au volume d'une cerise. Remarquez que cela n'entraîne que la stérilité en général, mais chez vous c'est aussi à l'origine de votre impuissance. Oh ! sans nul doute ça remonte aux oreillons que vous avez contractés à l'armée, mais hélas ! tout cela est bien irréversible. »

Pour une Ginette au tempérament de feu, c'était une catastrophe. Un homme, même royalement équipé, aurait déjà eu bien du mal à faire face avec elle, un impuissant c'était le comble.

« Ce qui m'arrive, c'est de ta faute. Je te l'avais bien dit que je le trouvais bizarre, ce garçon. Tu le voulais, ce mariage, tu vois où j'en suis aujourd'hui. Qu'est-ce qu'il faut faire maintenant ? »

La Berthille certes se sentait en faute, responsable de ce désastre, elle n'en gardait pas moins la tête froide...

« Bon ! bon ! c'est d'accord, mais tu n'as en fait que deux solutions : ou tu divorces, ou tu restes avec lui. Réfléchis bien. Une situation comme celle que te fait ce garçon à la Garénie, tu ne la retrouveras jamais. Oh ! puis vois, tu t'inquiètes pour rien, les hommes ne manquent pas, et même si tu fais cocu ton mari tu ne seras pas la première. De toute façon, telle que je te connais, même si tu étais tombée sur un garçon valable, tu l'aurais fait quand même. Encore une fois, réfléchis, ma fille. Tu le sais, maintenant, l'Albert pèse lourd. »

Cocu ! Oh ! là là ! Cocu et recocu, la Ginette ne s'en privait pas et tous les hommes du voisinage en profitaient. L'Albert faisait semblant de l'ignorer. Le moins qu'on puisse dire c'est qu'il n'était pas jaloux, en vérité se sentait-il en droit de l'être ? Le ménage n'avait pas l'air d'en souffrir.

« Ginette ! c'est une femme adorable. La femme qu'il me fallait. J'ai eu de la chance de la trouver. »

« Nous sommes mardi, Albert part à la foire au lever du jour. J'ai le temps de passer par la Garénie. La Ginette est sûrement encore au lit, ça lui évitera de se recoucher....

« Ah ! mais c'est la fourgonnette d'Adrien ! ... Ah ! l'animal, ça fait deux fois qu'il me coupe l'herbe sous les pieds. Il y était déjà la semaine dernière. Il faudrait quand même en laisser pour les autres ! »

La voiture était devant la porte, en évidence, les veilleuses encore allumées, les clefs sur le tableau de bord.

« Je me demande ce qui me retient de lui faucher les clefs ou de lui dégonfler deux pneus. Bah ! ce serait stupide, une mauvaise farce qui ne pourrait qu'être mal prise par Ginette. Mieux vaut faire demi-tour et attendre la prochaine occasion. J'arriverai dès que l'Albert quittera la maison et, cette fois, l'Adrien l'aura dans le baba. »

Le mardi suivant, deux voitures étaient arrivées en même temps à l'entrée du chemin conduisant à la Garénie. Elles n'eurent d'autre solution que de faire semblant de ne pas se voir et de continuer leurs chemins. Ce jour-là, contrairement à d'habitude, Ginette avait été frustrée.

C'était ainsi à Fontary, on n'en était pas encore aux partouses en équipe. Le chantier restait au premier arrivant.

Bien sûr, Ginette n'était pas portée dans le cœur des épouses de la région. Cette quote-part qu'elle prélevait de côté et d'autre était pourtant sans gravité. Elle ne portait préjudice ni à l'argent des ménages ni à la vigueur des hommes. Certes, les légitimes le savaient. Elles auraient dû s'en réjouir, mais que voulez-vous, il y avait la jalousie des plus jeunes et l'amour-propre des plus vieilles. Toutes plaignaient en chœur ce pauvre Albert, et, faute de mieux, ignoraient la Ginette.

Ginette avait appris la présence de Raoul à Fontary dans la semaine même où il était arrivé. Un nouveau mâle dans le pays dont on lui avait déjà fait une description élogieuse ne pouvait la laisser indifférente. Cela avait entraîné sur-le-champ une série de commissions urgentes qui l'avait propulsée aux nouvelles en premier lieu chez la Renée et, rapidement, la curiosité étant à son comble, jusque chez la Raymonde.

Raoul en jean s'occupait dans le bar à quelques menus travaux.

D'emblée, elle fut subjuguée. Il ne ressemblait, c'était certain, à aucun de ceux qu'elle avait connus. Il fut jugé un élément exceptionnel, un bel animal s'il en était, et qu'elle mettrait volontiers dans son lit si elle pouvait.

Raymonde était au comptoir. Ginette avait prolongé ses achats beaucoup trop, au gré de Raymonde. Raymonde observait Ginette. Ginette manifestement observait Raoul. Raoul, indifférent, œuvrait. La rencontre s'était bornée à ça, sans qu'une seule parole n'eut été échangée, mais le regard de Ginette avait suffit à Raymonde pour percevoir le danger. Ginette n'avait pas plutôt passé la porte qu'elle avait cru bon de mettre Raoul en garde.

Raoul était prévenu.

Il avait sursauté, surpris alors qu'il dégageait de son collet un grand lièvre au poil crépu et roux. Un de ces lièvres de passage descendu du nord avec le froid, si différent de nos lièvres locaux plus noirs et plus trapus.

« Tu m'as fait peur, Ginette. C'est dangereux avec moi. Si je ne t'avais reconnue, tu n'échappais pas à un coup de boule.

– Parce que tu peux avoir peur, toi ? Tu n'en donnes pas l'impression...

– Comme tout le monde quand on ne s'y attend pas. Que fais-tu là à cette heure ? Tu devrais être encore au lit avec l'Albert.

– Oh ! pour ce qu'il peut y faire ! Penses-tu, il est déjà parti emblaver une parcelle vers les Mazeaux. Tu sais bien qu'il n'y a que le travail qui compte pour lui. J'en ai profité pour venir te surprendre. Je savais que tu serais là ce matin. Je t'ai vu poser tes collets hier au soir. J'aurai bien voulu un lièvre... Je vois que tu en as un ! Veux-tu me le vendre ? Je te l'achète.

– Comment "je te l'achète" ! Il n'est pas à vendre, Ginette, mais je te le donne contre... disons un baiser si tu veux. »

Elle s'était immédiatement collée à lui et sa main cherchait déjà les boutons de sa braguette.

« Tu peux Raoul, je n'ai pas de culotte. »

Il en fallait bien moins à un légionnaire pour lequel d'ailleurs une culotte n'aurait pu être un grand obstacle.

Et ce fut aussitôt sur l'herbe encore humide de rosée, sans précautions inutiles, une fois, deux fois, dans une fougue qu'entretenait chez Ginette une envie mûrie et depuis longtemps attendue.

« Raoul, fais attention ! Tu sais bien qu'Albert est impuissant et ne peut me faire d'enfant. Surtout ne m'en fais pas un toi-même.

– Sois tranquille, Ginette. Je connais la manœuvre et la marche arrière en temps voulu.

Tu baises magnifiquement, Ginette.

– Mais toi aussi, Raoul. »

C'était devenu fréquent. Elle arrivait sur lui à l'improviste au moment où il s'y attendait le moins, à l'orée d'un bois, au profond d'un taillis, et Raoul, chaque fois, compensait avec vigueur les faiblesses de l'Albert.

« Raoul, tu es un admirable amant. J'ai besoin de toi, je ne m'en passerai jamais, je me sens follement amoureuse. »

Raoul, de son côté, était loin de l'être, mais que faire en face d'une femelle déchaînée toujours en chaleur et trop régulièrement privée. Pour lui, Ginette restait malgré tout une aventure, une histoire toute banale de sexe, dont il profitait sans remords ni état d'âme.

Raymonde n'avait pas été longue à savoir. Il est bien difficile de tromper longtemps la vigilance d'une femme. Une langue bien intentionnée, et quelques allusions perfides n'avaient pas tardé d'ailleurs à lever tous ses doutes. Elle avait pleuré, bien sûr, mais elle avait su réagir, attendre son heure… Et un jour :

« Raoul, passe donc sous la douche avant de te coucher. Tu ne sens pas les champignons comme tu devrais, mais la pute, aujourd'hui. »

Raoul, sans relever la remarque, n'avait rien répondu. On en était resté là, et ce fut bien ainsi, puisque le soir même, Raoul, entre les draps, avait su avec brio tout se faire pardonner.

Les bois disparaissaient inexorablement sur Fontary. Les grands chênes, les vieux châtaigniers avaient été coupés et les vastes landes de bruyère, d'ajoncs et de genêts, qui recouvraient autrefois les trois quarts de la région, en rien de temps et à un rythme accéléré, avaient cédé la place aux plantations de pommiers. Ces dernières s'étendaient maintenant à perte de vue, marée blanche sous les protections de leur Nylon, à l'assaut des plaines, mais aussi à l'assaut de toutes les collines. Les taillis même les plus inaccessibles se trouvaient menacés, et ceux qui s'étaient maintenus étaient à peine assez nombreux pour fournir les baliveaux de soutien nécessaires aux vergers. Perdues de ce fait, les prairies de bordures où, autrefois, à l'ombre des grands arbres, la mousse le disputait à l'herbe. Avec ces changements, qui avaient transformé radicalement le paysage, un des plus anciens profits de la commune avait fini par disparaître.

Oh ! certes, un petit profit qui n'avait rien de comparable avec celui qu'assuraient maintenant la pomme et la poire, mais un petit profit providentiel, tout de même non négligeable, et qui, bien qu'inconstant, était toujours le bienvenu.

Les champignons !

Dans ces régions autrefois pauvres, mais couvertes de forêts, ils apportaient une bouffée d'oxygène et c'était un don généreux de la nature qui, sans peine, se renouvelait en principe au printemps et en automne, presque tous les ans. Tout le monde en profitait, riches ou pauvres, car, sortis en abondance, les champignons appartenaient sans conteste à ceux qui les trouvaient. Et il s'en trouvait beaucoup.

Ils mobilisaient au cours de leurs sorties, dont on ne pouvait augurer la durée (il fallait se dépêcher), tous les éléments valides, hommes ou femmes, du plus jeune au plus vieux, de toute la région.

De pleins paniers ramassés aux aurores, parfois même à la lampe électrique, partaient tous les matins vers le chef-lieu de canton où les amateurs ne manquaient pas et se les disputaient.

Finie cette époque où les cèpes, même à bas prix, arrivaient à faire de l'argent. Finis les jours où chacun, paniers aux bras, envahissait les bois. Finis ces privilèges dont chacun gardait jalousement les secrets, que l'on se transmettait en famille et qui permettaient sans presque bouger, en se cachant et sans parler, de remplir ses paniers.

Les champignons se raréfiaient et les derniers chercheurs acharnés avaient fini par renoncer, mais même sans cela, il se serait présenté un choix. Il n'était pas possible tout de même de faire face de tous les côtés. Personne n'aurait plus eu le temps de flâner dans les bois. Il y avait maintenant bien d'autres urgences à Fontary. Au printemps, c'était l'époque incontournable de la taille et des traitements successifs des bourgeons et des fleurs, à l'automne, c'était le grand moment des ramassages où l'on n'avait jamais ni assez de temps ni assez de bras. Les champignons se raréfiaient, tant pis ! Ils n'intéressaient plus personne, même plus les enfants, même plus les vieillards.

Raoul était une exception.

Pour Raymonde, pour la bonne marche de son restaurant, les champignons avaient toute leur importance. En faire des conserves était un impératif puisqu'ils étaient la base de la plupart de ses menus. Depuis l'arrivée de Raoul à Fontary, la chose était connue et c'était devenu une spécialité de la maison. Les clients prenaient place à la table de Raymonde avec l'idée bien arrêtée d'une omelette aux girolles ou d'un rôti aux cèpes, et c'était quand même autrement valable que ne l'eût été une garniture banale aux champignons de Paris, comme on la trouvait ailleurs.

« Raoul, où as-tu trouvé ces cèpes ? Penses-tu qu'ils sortent assez pour qu'on puisse envisager de faire quelques conserves ? Ce serait bien nécessaire, les miennes commencent à s'épuiser.

– J'irai très tôt demain matin, Raymonde. Tu peux préparer tes bocaux. Ce sont sûrement encore les premiers, mais leur poussée sera de courte durée. Regarde, j'ai trouvé quelques oronges. En général, c'est mauvais signe. La terre est trop sèche. »

« Oh ! non de non, mais d'où viens-tu ce matin, Raoul ? Il fait à peine jour ? Oh ! là ! Montre-moi ce panier ! Mais où les as-tu trouvés ? Ils sont splendides ! Ma parole, tu les fais naître. Je n'ai pas le temps d'y aller moi-même, peux-tu m'en céder ! Depuis le temps qu'on n'en a pas vu !

– Impossible Poulou, et je le regrette, mais tu sais, il me les faut pour le restaurant. Raymonde doit refaire ses provisions. »

Parcourus lors de ses promenades ou de ses randonnées de chasse, Raoul connaissait tous les terrains. Il possédait en outre cet instinct en la matière qui échappait à toute compréhension et le propulsait chaque fois sans hésitation, suivant le temps ou les saisons, vers tous les coins où ils pouvaient sortir.

Les cèpes, les plus prisés des champignons, sont capricieux en diable. Selon l'époque de l'année, selon la pluie, le soleil ou les lunes, ils sortent ou ils ne sortent pas, là où ailleurs, là où ils veulent.

Raoul était un averti.

Au printemps, après les grandes pluies d'orages, suivies des premières fortes chaleurs, c'est le long des rares talus restants, qui ourlaient le haut de certaines prairies où la bruyère et la fougère se cramponnaient encore, que Raoul se rendait. Le long de certaines rigoles, et pas d'autres, à un mètre de part et d'autre de ces dernières, s'il y en avait, à coup sûr ils étaient là. Des cèpes à grosses queues et à têtes noires que l'on trouvait souvent en groupe de quatre ou cinq à la fois.

En été, c'était dans les sous-bois profonds, souvent aux creux des combes où restaient encore quelques grands chênes et quelques vieux châtaigniers oubliés, qu'il fallait les chercher. Sur un sol qui gardait les fraîcheurs et les humidités de la nuit, ils se trouvaient discrets, couverts dans une mousse épaisse où le risque était grand de les écraser. Repérés, on était récompensé avec eux car aucun parmi eux n'était alors véreux. Petits, de teinte pâle, parfois presque blancs, ils pouvaient prendre, tels quels, place dans les bocaux avant que de finir en décorations admirées sur les plats de la Raymonde.

À l'automne en revanche, il fallait accepter de se mouiller et de se couler sous les branches pleureuses des taillis épais. C'est près des baliveaux, près des rejets qu'on les voyait alors de loin, se signalant sans complexe sur leurs queues démesurées.

Il n'était guère qu'au cœur de l'hiver que l'on n'en trouvait pas.

Les cèpes étaient prisés, mais il y avait certes bien d'autres champignons valables que Raoul connaissait parfaitement et qui pouvaient prendre sans inquiétude place dans les menus de Raymonde.

Il y avait d'ailleurs les grands classiques qui ne pouvaient poser aucun problème.

Les mousserons par exemple, présents partout durant toute l'année. Embrochés sur des fils et séchés dans la cuisine de Raymonde sous la hotte, à portée de main, ils pouvaient à tout moment parfumer, même en très petite quantité, toutes les sauces et les ragoûts.

Les girolles elles aussi, bien que plus capricieuses, pouvaient se trouver après n'importe quelle grande pluie en toute saison en véritables colonies. Ramassées avec soin, elles étaient presque exclusivement consacrées aux omelettes.

Et puis, il y avait les trompettes de la mort, au nom peu engageant, mais qui ne faisaient jamais défaut et qui se trouvaient en si grande quantité à l'entrée de l'hiver sur les talus humides, qu'elles pouvaient toujours dépanner. Raymonde en gardait de grandes réserves précuisinées dans des bocaux de verre, où elles se conservaient plusieurs années.

Enfin, il y avait les morilles. Certes, on ne pouvait trop compter sur elles, car, particulièrement lunatiques et discrètes, Raoul n'en trouvait que bien peu au printemps. Mais séchées, elles gardaient un parfum si délicat qu'elles étaient réservées aux plats sur commande pour certaines exigences d'une clientèle qui pour elle savait faire des sacrifices.

Grâce aux connaissances cryptogamiques de Raoul, bien d'autres espèces pouvaient venir à la rescousse et entrer dans le jeu : les oronges, les coulemelles, les pieds-de-mouton, les lactaires. Le Frigidaire et les étagères de Raymonde n'étaient jamais vides. Et c'était pour cela que chez elle on pouvait en toute saison commander une omelette baveuse aux girolles aussi bien d'ailleurs qu'un plat de ris de veau à la crème et aux morilles, pourvu que l'on soit un peu patient, pour laisser le temps à Raymonde de se procurer les ris de veau.

Il avait rangé la voiture sous le couvert du taillis, à une dizaine de mètres en bordure du chemin, une distance malgré tout suffisante pour la rendre invisible.

« C'est ça l'agréable avec les Jeep, elles se logent n'importe où quel que soit le terrain, et pour repartir on n'a jamais de problèmes. »

Maintenant il descendait, pris par la nuit sur des sentes incertaines à peine tracées et qu'il fallait bien connaître si l'on ne voulait s'en écarter. Mais Dieu sait si Raoul les connaissait. Pas une pierre ne roulait sous ses pieds, pas une seule racine ne l'avait fait trébucher. Quelques branches imprévisibles seules de temps à autre le fouettaient au passage sans parvenir à ralentir sa marche. Dans un sac, jeté sur l'épaule, le lourd filet battait ses flancs.

Une chouette, probablement dérangée dans sa veille, avait croisé sa route et quelques feuilles sèches arrachées de leurs branches venaient de lui passer sous le nez.

« Le vent se lève. Il est plus violent, plus vif que tout à l'heure mais il n'a pas tourné. C'est toujours le vent du nord, bien trop froid pour nous amener de la neige. Il va simplement geler encore plus fort que prévu. Ce n'est pas le moment de s'attarder. »

Il s'habituait à l'obscurité, maintenant, sans peine, il voyait. Il longeait la sapinière du Bourru et à son contact, le vent qui n'avait pu se jouer des branches dégarnies des châtaigniers, se rattrapait. Il agitait furieusement les rameaux et s'était mis à chanter. Encore quelques centaines de mètres en longeant la plantation d'Étienne et il arriverait et serait à pied d'œuvre !

Seize hectares de lignes horizontales coupant toutes les autres, plus que les champs et les bois, le grand étang, dès sa première rencontre, avait fasciné Raoul. À son arrivée à Fontary, il lui avait consacré des heures et des heures, commençant par l'admirer de loin en le surplombant du haut de ses collines. Et ce n'est que plusieurs jours après qu'enfin, en pleine nuit et sans maillot, il s'était décidé à en prendre possession, le violant de long en large de sa nage souple efficace et silencieuse. Il en avait fait le tour, explorant tous ses bords puis tous ses fonds, gravant dans sa mémoire les moindres souches immergées, les moindres tourbillons dangereux.

Raoul connaissait donc dans tous ses détails ce qui était devenu son étang. Habitué, il s'était épris de lui sans restriction, en toute saison, à tout moment, par tous les temps : au printemps, lors de l'apparition des premières feuilles tendres, lorsque ses berges se dédoublaient à son contact en blondeurs pastellisées et que ses rives se soulignaient du blanc des grenouillettes ; en été, lorsque ses nénuphars, montés des profondeurs, s'étalaient en vastes nappes vertes, blanches et roses et qu'il reflétait sur son eau tranquille les longues étendues jaunes du colza des collines. Et comment ne l'aurait-il pas admiré, l'automne, dans la féerie de ses teintes de rouille, chaudes, variées, changeantes d'un jour à l'autre alors que sans complexe il y ajoutait la douceur pâle de ses joncs.

Raoul ne l'aimait pas moins l'hiver quand il changeait d'heure en heure selon la marche des lourds nuages qui le survolaient, et que ses eaux privées de soleil noircissaient, devenaient glauques, voire inquiétantes, dans leur souci de s'harmoniser. C'était aussi le moment où, aux premiers froids, ses bords se ceinturaient de glace d'un seul coup et où parfois, en une seule nuit, il se figeait. Dans ce cas, il le retrouvait fréquemment au matin entouré de neige, couvert d'une glace éblouissante dans le cadre de ses arbres eux-mêmes ployés sous le givre.

Raoul aimait l'eau, pour lui l'étang ne pouvait qu'être lénifiant. Il ne s'en lassait jamais. Certes, il le préférait sous un grand soleil mais il l'appréciait encore sous le vent, ce vent qui sans rencontrer d'obstacles le parcourait en frissons successifs, sous la pluie dans sa féerie de milliers de gouttelettes qui, projetées, lui donnaient la chair de poule, ou sous les rafales brutales qui impitoyablement le fouaillaient.

L'étang, et c'était là tout son charme, plus que tout autre élément de la nature, changeait du matin au soir en stupéfiantes rapidités.

C'était une émotion forte que de le découvrir émergeant des premières brumes du matin, lorsque ses berges se dégageaient lentement des brouillards, le libérant de ses incertitudes, et c'était non moins prenant que de le voir le soir, lorsqu'il se teintait de rouges, de jaunes et de sang avant que la paix du crépuscule ne s'abatte sur lui.

Mais c'était surtout la nuit, près de lui, sous des clartés vacillantes, que Raoul se sentait le mieux quand ses alentours devenus flous, incertains, disparaissaient par endroits jusqu'à se confondre avec lui. Le mystère, qui était dans sa nature et qui en fait ne le quittait jamais totalement, à ces moments-là se renforçait jusqu'à devenir complet, impénétrable. À son contact on se sentait à la fois fragile, à la merci de l'erreur, à la merci du faux pas, mais aussi, paradoxalement, en sécurité et protégé.

Pour Raoul bien sûr, l'étang, c'était le poisson, le poisson à portée et à volonté dont il prélevait sans scrupules ni remords un quota régulier, mais c'était loin d'être seulement ça.

À l'encontre des champs et des bois, l'étang, avec sa flore, sa faune personnelle animée d'une vie étagée constituée d'éléments à la fois nageant et volant, en faisait un monde à part, secret, et bien fait pour le passionner.

Là, la chasse n'avait plus sa raison d'être. L'étang c'était la paix, la sérénité, l'admiration.

Des heures, devant le jeu des poules d'eau gracieuses et agiles, il pouvait rester à suivre leur évolution alors qu'elles disparaissaient et réapparaissaient au gré de leurs plongeons et de leurs fantaisies imprévisibles, et il n'était jusqu'aux grands hérons cendrés perchés sur une patte, péchant à la limite de la zone des roseaux, qui ne le fascinaient. Que de fois n'était-il pas resté confondu, sans se soucier du temps, devant l'insouciante flottille des canetons partant en croisière hors du couvert des plantes aquatiques.

L'étang pour Raoul, c'était le rêve, sinon la poésie. Avec lui il fallait être patient, mais si on l'était, on était toujours récompensé.

Quoi de plus surprenant et ravissant à la fois que la vision fugitive du vol rasant d'un martin-pêcheur cerclant les berges de sa flèche d'émeraude, que l'image inversée sur l'eau du grand balbuzard passant avec lenteur d'une rive à l'autre, ou que la prouesse cent fois renouvelée d'une hirondelle labourant de son aile la surface de l'eau.

Le terrain devenait fongueux. Raoul avançait maintenant lentement, évitant les obstacles, respectueux du silence, à l'écoute de cette demi-obscurité où l'œil concédait volontiers à l'oreille.

« La lune se lève, c'est bien ! ça va me faciliter. »

Un chien avait aboyé sur le coteau, en face.

« Le chien d'Albert, probablement, ça vient de sa ferme. Tiens, une de ses fenêtres vient de s'allumer. Tiens, elle vient de s'éteindre. Ginette doit être éveillée. »

Et il s'était mis à penser à elle, qu'il avait rencontrée trois fois ces deux derniers jours.

« C'est trop ! Une rude lapine, cette femme ! Toujours prête et en condition, et toujours sans culotte évidemment. Il me faut quand même me méfier, elle est possessive cette garce, et elle y prend goût. Ne voilà-t-il pas qu'elle serait jalouse de Raymonde ! »

Une branche grinçait.

« Le vent qui fait frotter l'un contre l'autre deux rejets de baliveaux... ou le gel peut-être ? C'est quand même étonnant ce que les bruits s'intensifient et prennent autant d'importance la nuit. »

La lune s'était stabilisée, toute ronde en plein ciel.

« Tu vas voir ! On va y voir comme en plein jour. »

Et voilà que d'un seul coup un bruit insolite, précis sur sa droite, venait de plaquer Raoul au sol, immobile, aux aguets, l'oreille tendue. Et le bruit se renouvelait tout près, à quelques dizaines de mètres tout au plus, vers le champ en contrebas. De vieux réflexes, sans qu'il en ait pris conscience, venaient de jouer : il avait assuré son équilibre et lentement s'était dégagé des buissons sans qu'une seule brindille ne craque ni qu'une seule branche ne bouge.

Alors il avait vu. Sous son nez, en pleine lumière, sur les tiges laissées en place dans le champ de maïs, quatre blaireaux jouaient.

« Ils m'ont fait peur, ma parole. »

Raoul avait rencontré bien des choses curieuses au cours de ses chasses, mais c'était bien la première fois qu'il surprenait pareil spectacle.

« Je suis contre le vent. Tant que je ne bougerai pas et qu'ils ne m'auront pas éventé, occupés comme ils sont à jouer comme de jeunes chiens, ils continueront. Tu parles d'une équipe ! L'année prochaine, l'Étienne n'aura pas de mal à ramasser son maïs s'ils restent dans le coin. Ils s'en chargeront. Bah ! je le préviendrai quand même, et même si ça lui fait plaisir je l'en débarrasserai. Il est brave, l'Étienne, il m'en sera reconnaissant. Bien ! mais je ne suis pas quand même venu ici pour voir danser des blaireaux. »

Raoul était à peine relevé que la troupe était en fuite. On l'entendait, déjà loin, se frayant un passage dans les fougères.

« Tiens, ils gagnent les talus. J'irai y faire un tour un de ces jours. Je suis certain qu'ils y ont établi leurs terriers. »

On commençait à sentir l'étang. Le vent portait ses odeurs de vase et de joncs croupissants.

« Voilà, j'y suis. Tiens, j'aurais parié que les bords seraient pris dans la glace ! Il n'en est rien, mais cela ne saurait tarder. »

Un léger clapotis à ses pieds le confirmait.

« J'y vois assez, c'est bien ainsi. Pas besoin de ma lampe. Une lampe au ras de l'eau ce n'est guère discret. Ça se voit de partout, de n'importe quel point de l'étang. Je n'aime pas ça, et je vais pouvoir l'éviter. »

Il avait facilement trouvé ses repères. Un coin qu'il connaissait tout particulièrement et qu'il avait préparé de longue date. C'était toujours là qu'il avait coutume de noyer sa première nasse. Débarrassé de son sac, sans beaucoup chercher il s'était emparé d'une longue perche qui l'attendait, dissimulée au cœur d'une touffe de noisetiers. Une précaution pour ne pas avoir à en traîner une chaque fois qu'il venait.

« Voilà, maintenant à nous deux. »

La gaffe s'était enfoncée à la recherche du métal. La nasse était bien là, à sa place, très à plat dans un profond d'un bon mètre cinquante.

« Dieu qu'elle est lourde ! mais qu'est-ce qu'il y a donc là-dedans ? »

Claquante et frétillante, elle était maintenant sur la rive. De la friture, gardons rotengles en quantité, puis une carpe, une carpe énorme battante de la tête à la queue. Sûrement plus de trois kilos ! Comment diable avait-elle fait pour s'engager dans cette nasse évidemment bien trop petite pour elle et qui ne lui était pas destinée ?

« Bon ! allez ! tu as tenu de la place pour rien. »

Dégagée, il l'avait doucement remise à l'eau.

« Tu peux repartir, je n'ai pas besoin de toi aujourd'hui. »

C'était un des seuls poissons qui ne l'intéressait que très exceptionnellement. Pour cela il fallait une commande. Une carpe farcie au vin blanc ! Il y avait parfois des amateurs.

La deuxième nasse plus grande, placée dans un étroit passage entre les racines des herbiers, spécialement conçue et amorcée pour le brochet, lui donna plus de satisfaction.

Oh ! ce n'était pas un brochet énorme, trois kilos, guère plus, mais trois kilos tout de même et c'était toujours ça même si ce n'était pas suffisant. Il allait falloir employer l'épervier.

Raoul s'était déplacé de quelques mètres pour se rendre à une place favorite. Une zone profonde près du bord au ras des joncs et dont il connaissait le fond pour l'avoir une fois pour toutes dégagé de ses souches et de ses branches.

Raoul était expert dans le lancer de l'épervier. Il savait qu'une des précautions essentielles pour réussir sans danger était vestimentaire, et jamais il ne se serait avisé de jeter avec une veste garnie de ses boutons. L'épervier lesté de ses plombs, dont une maille aurait pu s'accrocher à l'un d'eux, eut été très capable d'entraîner son homme à l'eau. Raoul avait appris dans les rivières poissonneuses d'Indochine. L'épervier n'avait plus de secret pour lui. Plié avec soin sur le bras gauche, une maille tenue entre les dents, d'un mouvement large et souple du bras droit il ouvrait chaque fois un large éventail qui coiffait plus de quatre mètres carrés.

Un sifflement très bref suivi du choc immédiat de tous les plombs à la fois avait une seconde troublé le silence. Une oreille exercée aurait pu entendre, encore aurait-il fallu en déterminer l'origine. Une perche qui saute, un brochet chassant en surface aurait pu donner le change.

Raoul remontait déjà son filet.

Un autre brochet, égal au premier, s'y trouvait prisonnier.

« Bon ! de toute façon cette fois j'ai ce qu'il me faut. À la rigueur, avec la friture, ça peut faire l'affaire. Je vais donner un dernier coup pour la Raymonde et on s'en va. »

Il s'était déplacé légèrement. Il allait rejeter.

C'est alors qu'il entendit, en amont d'abord, un frottement léger de chaînes, puis un bruit d'eau remuée rappelant deux rames travaillant l'eau en profondeur comme si elles avaient voulu se faire oublier. Il s'était tapi de nouveau, confondu avec une souche, son filet à ses côtés. Il ne voyait rien. Certainement on s'appliquait à suivre la bordure sombre des bois. On avançait toutefois rapidement. Puis brusquement la barque était apparue, et il l'avait vue ainsi que l'homme qui vigoureusement la dirigeait en droite ligne vers les grandes nappes de joncs où avec force elle s'engouffra.

Il y eut un choc lourd, répercuté d'une berge à l'autre, et déjà la barque s'éloignait reprise dans l'ombre de son même trajet.

« Tiens ! voilà quelqu'un qui, avec ce temps et la terre gelée, n'a pas eu envie de creuser et qui se débarrasse. »

C'était fréquent. Un mouton, un jeune veau, un cochon, très souvent des chiens ou des chats qui remontaient par la suite à la surface pattes en l'air, et que l'on voyait dériver des semaines durant au gré du courant, étaient ainsi jetés nuitamment dans l'étang.

Tanière, le garde, s'insurgeait vigoureusement à la vue de ces charognes clandestines. Menaçant de verbaliser, de mettre en correctionnelle, mais que pouvait-il faire ? Elles arrivaient toujours ainsi sans bruit et dans le plus grand secret. Allez savoir.

Raoul n'avait pas bougé. Il avait entendu de nouveau la chaîne retirant la barque de l'eau et quelques minutes après une voiture qui s'éloignait.

« Mais bonsoir ! qui ça pouvait bien être ? Cet homme avait bien l'allure de l'Albert. Mais ça alors, de si loin, la nuit, et de dos ! Puis dans le fond ! Qu'est-ce que ça pouvait bien lui faire ? »

Il allait partir, sur le point de se relever.

« Mais enfin ! je ne rêve pas ! Il y a encore quelqu'un d'autre là-bas sur la chaussée, au-dessus de la bonde. »

Cela n'avait été qu'une rapide apparition, très fugace mais suffisante et que la lune avait permis de voir quelques secondes.

« Avec ce temps ! en pleine nuit ! Il n'est pas loin de minuit ! Alors qu'il gèle à pierres fendre ! C'est curieux tout de même. Il y a beaucoup trop de monde sur l'étang ce soir ! Et si c'était le garde ? Je fais bien de ne pas rejeter. »

Raoul avait attendu longtemps, presque une demi-heure, scrutant la nuit, attendant d'avoir la certitude d'être bien seul pour repartir.

« Oh ! mais c'est que je commence à ne pas avoir chaud. »

Il avait retrouvé la Jeep avec plaisir et s'était dégagé tous feux éteints.

Raymonde était inquiète. Elle n'était pas couchée. Elle l'attendait.

« Raoul, je me demandais ce qui t'était arrivé ? Tu m'avais dit une heure. Ça faisait trois heures que tu étais parti. As-tu froid ? As-tu faim ?

– On ne fait pas toujours ce que l'on veut, Raymonde. J'ai eu des problèmes. Rien dans les nasses. J'ai dû jeter l'épervier plusieurs fois. Allons, ne te tracasse plus. Allons nous coucher, veux-tu ? Tu me réchaufferas. »

« Tu vas sur le plateau des Rivaux, Raoul ? Prends donc la Jeep, tu seras peut-être rentré pour midi. Tu emportes le grand filet ?

– Non, Raymonde, ce n'est pas possible, nous sommes samedi, un jour où les gardes sont presque toujours de sortie. Puis, tu sais, il faut être plusieurs pour le manipuler, au moins deux rien que pour le maintenir et le rabattre et un autre pour diriger les vols, et je suis seul. En outre, le filet n'est guère discret, il se voit de trop loin.

– Tu prends ton fusil ?

– Non plus. Tu sais, au premier coup, les alouettes prennent peur et se dispersent. Tu les vois disparaître à l'horizon pour ne pas revenir de la journée. On ne peut compter que sur une seule approche et que sur un seul coup de fusil lorsqu'elles tournent avant de se poser ou lorsqu'elles se lèvent. Dans les meilleurs cas, on en tue cinq ou six, guère plus. Non, je vais me servir des cordes et des Nylon. C'est rapide. Ça ne se voit pas et c'est efficace. Il n'y pas de vent ce matin, c'est l'idéal, cela n'embrouillera pas les nœuds coulants. Le froid est vif, ce n'est pas gênant au contraire. Plus il fait froid, plus les alouettes se rassemblent. Ça va aller, à tout à l'heure Raymonde.

Raoul, après une courte réflexion, avait opté pour une formule très personnelle qui ne nécessitait que bien peu de matériel et qui lui avait toujours donné les meilleurs résultats. Deux ou trois cordes d'une vingtaine de mètres chacune étaient suffisantes. Elles étaient équipées sur toute leur longueur tous les dix centimètres d'une série de petits nœuds coulants en Nylon presque invisibles. Le tout pouvait tenir facilement dans une poche. Le succès de l'opération ne dépendait que d'une simple et courte observation des vols lorsqu'ils se déplaçaient. Il était évident que ces derniers, chaque fois qu'ils étaient dérangés, revenaient régulièrement sur les mêmes zones d'un champ, des zones récemment emblavées, peu distantes les unes des autres. C'était curieux de voir ces ensembles compacts partir, tourner et retourner, pour venir s'abattre avec autant de précision toujours sur les mêmes endroits. Il suffisait de repérer ces derniers. Raoul tendait alors ses cordes, les laissant posées à terre, simplement retenues ferme à chacune de leurs extrémités. Il les suivait ensuite rapidement, vérifiant, rectifiant, et ouvrant d'un doigt habile toutes les petites boucles qui traînaient, innocentes, à peine visibles sur le sol. En quelques minutes, un traquenard terriblement dangereux était en place. Il ne restait plus qu'à diriger vers lui les vols en évitant de les effrayer. Quelques apparitions furtives de-ci de-là suffisaient.

Raoul savait qu'à partir de ce moment tout allait se dérouler dans la plus grande rapidité. Aussitôt à terre, semblables à des centaines de grosses puces, les alouettes, suivant leurs habitudes ancestrales, se mettaient à piéter dans tous les sens. De loin, Raoul pouvait alors compter ses prises qui, retenues par les pattes, en vain se débattaient. Les premières entravées, loin d'effrayer les autres, bien au contraire, les attiraient, servaient d'appeaux. Rares étaient celles qui parvenaient à se libérer.

Raoul, dissimulé dans une haie voisine, suivait l'opération et attendait que son quota soit atteint. Dès qu'il lui paraissait acquis, alors, d'un pas tranquille de promeneur, il allait ramasser ses victimes comme il eut fait avec de vulgaires pommes de terre, les faisant passer sans sensiblerie inutile de vie à trépas avant que de les ensacher.

« Tu en as pris combien, Raoul ?

– Quarante, quarante-cinq peut-être. Nous en garderons quelques-unes pour nous. Regarde, elles sont belles. L'hiver n'est pas encore très avancé, ça se connaît. Elles n'ont pas eu le temps de maigrir. Allons, ton maire sera content. »

IL A L'AIR FAMEUX, le gâteau que tu fais là ce matin, Raymonde ! Ce n'est pourtant pas dimanche aujourd'hui !

– Ce n'est pas dimanche, Raoul, mais c'est quand même un anniversaire, et moi je ne l'ai pas oublié.

– Un anniversaire ? Quel anniversaire ?

– Voyons Raoul ! C'était il y a dix ans, et je crois bien me souvenir que tu arrivais à Fontary.

– Tu es un amour, Raymonde, et je suis honteux de ne pas y avoir pensé. Déjà dix ans ! Dix ans que je n'ai pas vu passer. Je suis heureux avec toi, Raymonde. Très heureux.

– Raoul, et si je te demandais de te marier avec moi, accepterais-tu ?

– Tiens ! qu'est-ce qui te prend, Raymonde ? On n'est pas bien comme nous sommes ? Nous ne nous quittons ni jours ni nuits, que faut-il de plus ?

– Bien sûr, cela ne changerait pas grand-chose, Raoul, mais enfin nous serions mariés.

– Écoute, Raymonde, tu t'en doutes probablement, on ne cache pas grand-chose en dix ans à une femme, je suis seul au monde. Je ne t'en ai jamais parlé. Mes parents, tant vaut dire que je ne les ai jamais connus. J'étais déjà orphelin à cinq ans et la vie pour moi n'a pas été facile. J'ai commis à l'adolescence des erreurs, et je les ai payées durant cinq ans en contraintes où tu sais. Je ne le regrette pas, mais j'en suis sorti et maintenant j'ai besoin de me sentir libre. Je veux le rester. En revanche, Raymonde, je peux t'assurer que je n'oublie pas que tu es la seule à m'avoir tendu la main et à m'avoir recueilli. Si j'ai oublié cet anniversaire, ça par contre, je ne l'oublie pas. Je ne te quitterai jamais, Raymonde, non pour cette raison d'ailleurs, mais parce que, vois-tu, j'ai fini par t'aimer, par beaucoup t'aimer.

– Mais tu refuses de te marier !... Remarque, j'étais sûre de ta réponse. Tu es un sauvage ! Et puis tu t'imagines que je ne suis pas au courant ? Il y a les autres, n'est-ce pas ? Tu crois que je ne comprends pas la raison de tes retours tardifs certains soirs, lorsque tu rentres par la porte de derrière ?

– Raymonde ! Raymonde ! Tout cela n'a rien à voir ! Serais-tu jalouse aujourd'hui ? Voyons, je suis là, alors laisse tomber tout ça. Nous n'en avons rien à faire.

– Jalouse ! Sûrement pas, Raoul, mais peinée certainement. Tu sais, pas plus que toi, je n'ai quelqu'un à qui me confier. Enfin, je me console comme je peux puisque, quelles que soient tes aventures, tu me reviens.

– Certes je reviens ! Et pas fier pour autant, et c'est la preuve que je t'aime plus que toutes les autres. D'ailleurs, tu sais bien qu'aucune autre ne compte pour moi.

– Même pas la Ginette ?

– Ni la Ginette ni aucune autre. Ce sont des salopes. Mets-toi bien dans la tête que, si un jour je décide de me marier, ce sera avec toi. Seulement, vois-tu, le mariage pour moi ressemble à une chaîne. Il faut me pardonner, et me prendre comme je suis, Raymonde. Tu vois, le mariage n'est pas devenu encore ma tasse de thé.

– Bah ! tu as peut-être raison, Raoul. Nous sommes heureux ainsi et ma foi, si ça te convient ! Quand on voit ce que ça donne chez les uns et les autres avec l'habitude et le temps ! Puis, si on se mariait, tu finirais peut-être par avoir envie de me faire des enfants. Alors je serais obligée de m'occuper d'eux et moins de toi. Je serais bien avancée. N'en parlons plus, Raoul, c'est bien ainsi. »

OH ! MAIS DIS DONC, Raoul, c'est une bête superbe que tu as là. Un épagneul breton ! Mais où l'as-tu trouvé ? Il n'y en a aucun dans la région. Tu as dû le payer ?

– Je l'ai pris à un éleveur du côté de Chevagniac. Quant au prix, demandez à Raymonde si toutefois elle veut vous le dire. C'est elle qui s'en est occupée. Je n'ai pas cherché à savoir.

– Dis donc, Raymonde, tu le gâtes à ce que je vois, ton Raoul. Tu as le droit d'exiger du rendement.

– Il n'y a pas à se plaindre de ce côté, Monsieur le Maire.

– Comment l'appelles-tu, Raoul ?

– Folette, Monsieur le Maire. Elle a six mois. Elle ne devrait pas tarder à chasser. Je compte l'entraîner un peu dès ce printemps. Elle devrait être fin prête à l'automne prochain pour l'ouverture.

– Te connaissant comme je te connais, et dressée comme elle va l'être, je suis certain que vous allez faire des ravages tous les deux.

– Alors, Monsieur le Maire, ça allait, dimanche, cette friture et ces alouettes ?

– Très très bien, Raymonde. Ah ! que je te dise, je me suis occupé de ton P.M.U. J'ai une réponse, et il n'y a pas de problème, tu vas l'avoir le mois prochain.

– Merci Marcel, tu me fais plaisir et tu me rends service.

– Je m'installe à cette table, Raymonde. Passe-moi un journal. J'attends l'Adrien. Il m'a donné rendez-vous chez toi, mais il est en retard. Je voudrais lui parler du Bourru. Sers-moi aussi un demi en attendant. Tiens, le voilà ! Tu peux en mettre deux. L'air est frais mais, même avec ce temps, je suis sûr qu'il a soif.

Huit jours s'étaient écoulés depuis la disparition du Bourru. On était toujours sans nouvelles. On avait bien regardé d'un côté et d'autre, fouillé quelques bois, mais même en reniflant, à part quelques champignons tardifs et pourris, on n'avait rien trouvé.

« Tu sais, Adrien, en tant que premier adjoint, je voulais te tenir au courant. J'ai convoqué en début de semaine à la mairie l'Albert et la Ginette. Que veux-tu, il fallait bien que je prenne quelques dispositions à cause des poules et de ce fameux cochon.

Bien sûr, je sais bien qu'ils étaient fâchés avec le Bourru, mais qu'importe, il n'en est pas moins vrai qu'ils sont ses seuls parents et que, dans ce cas, je ne pouvais tout de même pas faire appel à des étrangers.

– Alors que s'est-il passé ?

– Oh ! ça n'a pas été facile. D'abord rien ! L'Albert ne voulait rien savoir. J'ai dû insister et même aller avec eux jusque chez le Bourru. L'Albert continuait à faire la gueule et ne voulait pas rentrer dans la maison. Tu parles d'un buté, celui-là ! Il ne savait que répéter : “Nous sommes brouillés, nous sommes brouillés.” Heureusement il y avait la Ginette. Elle a été plus compréhensive : “Écoute, Albert, on ne peut tout de même pas laisser ces bêtes crever de faim.” Elle a accepté de donner aux poules et de venir soigner le cochon en attendant le retour du Bourru. Elle a bien voulu aussi faire un peu de ménage dans la maison. Si tu avais vu ça ! C'était d'une saleté repoussante ! Je me demande comment il pouvait vivre là-dedans. Il y avait certainement plusieurs mois qu'il n'avait pas changé les draps de son lit. La moisissure s'étalait sur la table jusque dans les assiettes où elle atteignait plus de dix centimètres de haut. Ginette a promis de revenir le lendemain, mais j'ai dû lui donner des assurances en lui disant qu'en tant que maire, je prenais tout sur moi et que je m'expliquerais avec le Bourru s'il le fallait. »

Adrien avait fait tourner deux fois son béret sur la tête, ce qui était chez lui un signe de profonde méditation.

« Tu n'en auras pas besoin à mon avis, Marcel. Je crois vraiment que le Bourru est mort. Tu verras, on le retrouvera un de ces jours au moment où on s'y attendra le moins, dans un de ses bois, sous ses sapins ou dans ses taillis. Tu sais, la place ne manque pas à la Combe aux Loups. Tu parles, en vingt ans, voilà un homme qui ne s'était jamais absenté un seul jour ! Et qui brusquement disparaît, où veux-tu qu'il soit ?

– Qu'est-ce que tu en penses toi, Raoul ? Quelle serait ton idée ?

– Oh ! moi, Monsieur le Maire, les idées ! Je n'en ai pas, d'idées, et j'en pense d'autant moins que ce ne sont pas mes affaires.

– Bon ! alors Adrien, je voulais te demander, que ferais-tu à ma place ? C'est que le Gustave commence à m'empoisonner sacrément. Il est revenu deux fois à la charge. Il fait un boucan de tous les diables. N'est-il pas allé jusqu'à me dire que mon attitude frisait la non-assistance à personne en danger ?

– Ah ! bien sûr, ça se comprend. Le Gustave est un grippe-sou, et à la veille de traiter une affaire comme celle-là, voir disparaître le Bourru, ça ne doit pas le rendre commode. Je t'assure qu'il doit le regretter d'avoir remis cette signature pour une simple question de quelques billets de mille. Mais toi, Marcel, tu n'y es pour rien. Tu as signalé la disparition en temps voulu à la gendarmerie, vois, c'est à eux de s'en occuper. Dis-le carrément et avec fermeté au Gustave.

– Bah ! je vais quand même rappeler le brigadier demain matin. Il m'avait dit de le tenir au courant. Puis après, je m'en laverai les mains. Qu'ils se démerdent ! Donne-nous une autre bière Raymonde. De la Kronenbourg si tu en as. Elle est meilleure. »

Les gendarmes avaient donc été de nouveau alertés.

« Bien ! nous passerons demain, Monsieur le Maire. Nous allons ouvrir une enquête complète. Nous en avons bien pour deux ou trois jours. Nous viendrons à deux, moi-même et Fernand, un de mes hommes qui prendra toutes les dépositions. Pouvons-nous trouver à manger à Fontary ?

– Oui, Brigadier, il y a un bon bistrot-restaurant. Ce sera possible en prévenant. Je vais m'en occuper. On ne vous laissera pas mourir de faim. C'est entendu, je serai moi-même à la mairie à 9 heures. Je vais vous faire allumer du feu, un feu d'appoint car il ne fait pas chaud. On a encore –5 ce matin. »

« Raymonde, tu feras un repas pour deux personnes demain à midi. Ce sont les gendarmes. Ne fais pas de gibier, ils seraient foutus de te demander d'où tu le sors. Quoique, après tout, la chasse est bien ouverte.

– Entendu, Monsieur le Maire. Omelette aux girolles, confit de canard, fromage et tarte. Ça ira Marcel ?

– C'est parfait, Raymonde. Ne te tracasse pas, c'est la commune qui te paiera, j'y veillerai. »

« Alors, Monsieur le Maire, c'est sérieux ? Vous avez perdu un administré ?

Ils étaient arrivés à l'heure, et dans le bourg ils avaient fait sensation. « Tiens, ça y est, ils viennent pour le Bourru. »

Ils avaient installé leur machine à écrire à la mairie.

« Et vous avez même emmené votre chien, Brigadier ?

– Oui, à tout hasard. Je ne pense pas qu'il soit d'une grande utilité, mais sait-on jamais ! Pouvons-nous nous rendre tout de suite chez votre disparu, Monsieur le Maire ? Vous venez avec nous, bien sûr ? Prenez votre écharpe car nous n'avons pas de mandat de perquisition… Nous allons y aller avec la fourgonnette. Fernand, passe à l'arrière avec le chien.

– Voilà, Brigadier, nous allons y être. Il faut vous arrêter là. On va finir à pied. Les chemins à partir d'ici ne sont plus carrossables.

– Mais c'est un bled perdu, Monsieur le Maire ! Et c'est ça la maison ? Eh bien ! à notre époque ! Mais c'est une masure. Tu prends des photos, Fernand, pour le dossier. Et il habitait là tout seul ? Regardez, le toit fléchit ! Il va sûrement s'effondrer un de ces jours. Prends encore quelques photos, Fernand, sous cet angle.

– Vous pouvez entrer, Brigadier, la porte est ouverte. Sa nièce Ginette Berthier y est venue faire un peu de ménage. Ça en avait plus que besoin. Ça sentait horriblement mauvais. On a même dû laisser les fenêtres ouvertes.

– Ah ! mais tout ça c'est regrettable ! Il faudra le consigner dans le rapport, Fernand. Comment allons-nous faire, maintenant, pour les empreintes ? D'autres personnes sont-elles entrées ?

– En plus de moi, donc sa nièce et son neveu l'Albert Berthier, mais c'est bien tout.

– Mais c'est que c'est déjà beaucoup trop. Alors, Fernand, tu peux laisser les empreintes de côté. On expliquera ça dans le rapport. Bon, on va jeter un coup d'œil dans les bois alentours avec le chien… En plus vous dites qu'il a neigé depuis ? Que voulez-vous dans ces conditions que le chien trouve ? Au fait, quel est le prénom de ce Berthier ? Ah ! Armand ! Armand Berthier. Bon, marque ça, Fernand. »

On avait fait renifler le lit à la bête. Ce ne pouvait qu'être suffisant et on était parti pour une petite promenade sur la neige glacée sous des branches givrées. Au bout d'une demi-heure, tout le monde avait l'onglée, et bien sûr cela n'avait rien donné.

« Écoutez, Monsieur le Maire, on se gèle ici pour rien. Je pense que le mieux serait de procéder à des interrogatoires à la mairie auprès des personnes susceptibles de nous fournir quelques informations, et ma foi on verra bien. Nous rentrons, Monsieur le Maire, au moins là-bas nous aurons un peu de feu. On va commencer dès cet après-midi avec les gens du bourg et demain on convoquera les voisins. Ils ne sont que deux, dites-vous ?

Et les litanies avaient commencé.

Nom, prénom, date et lieu de naissance – nom de la mère – nom du père – date et lieu de naissance – et régulièrement pour en arriver à cette seule et unique question : quand avez-vous vu Monsieur Armand Berthier pour la dernière fois ? Où ? Et en quelles circonstances ?... Signez là votre déposition.

Ça avait été un défilé tout au long de l'après-midi qui, au demeurant, avait amusé tout le monde. Mais qui, sans intérêt, n'avait apporté aucun renseignement.

« Non, je ne l'ai pas vu depuis des mois ! » telle était la réponse habituelle.

La Renée était bien la dernière à lui avoir parlé à son épicerie. « Il est bien venu cinq ou six jours avant sa disparition chercher son pain pour la semaine, et comme d'habitude quelques boîtes de sardines. Il est reparti à la tombée de la nuit... Non, il n'a rien dit de particulier, Ah ! si, toutefois, il a dit : “À la semaine prochaine Renée.” »

Avec ça, on était bien avancé.

Raoul, comme tous les autres, avait dû comparaître.

– Date de naissance ?

– 1946 – Calvi – Légion étrangère section commando.

– Tu as fait la Légion ? Ah ! par exemple ! Moi aussi, deux ans avant d'entrer dans la gendarmerie… Fernand, laisse tomber cette machine et va me chercher des cigarettes s'il te plaît. J'étais à Salon-de-Provence, et toi ?

– Cinq ans rattaché à Calvi, mais le plus souvent en Afrique. Oui, bien sûr, j'ai fait un passage chez les Viets, mais guère plus d'un an. Ça m'a suffi d'ailleurs.

– Et alors ! on ne t'a pas proposé la gendarmerie à ta sortie.

– Oh ! c'est possible, mais tu sais, l'uniforme, au bout de cinq ans, j'en avais marre. C'est long chez nous, tu sais, cinq ans.

– Je sais… Mais dis donc, c'est bien chez toi que nous avons mangé à midi ?

– Chez moi ! Chez moi ! Si l'on veut. Je vis avec elle, mais nous n'avons passé ni devant le curé ni devant le maire.

– Ah ! sacré Raoul ! Tu as quand même fait un bon choix. Elle est mignonne dis donc, ta Raymonde. C'est bien ainsi qu'elle s'appelle ? Tu te souviens des virées que l'on pouvait faire lorsqu'on était de sortie ? Et les tournées aux bordels ? Et les bagarres qui s'ensuivaient de temps à autre ?

– Allons ! cela ne s'oublie pas tout ça ! Dis donc, Brigadier, on continue de se tutoyer devant tout le monde ou ça te dérange ?

– Non mais ! tu ne voudrais pas ! La Légion en frémirait. Nous avons fait notre service dans la même arme, ça suffit grandement à tout expliquer aux yeux de tous… Bon ! demain, tu offres l'apéro à ton copain et à son collègue, c'est d'accord ?

– Mais évidemment que c'est d'accord, mais tu restes prudent devant Raymonde. Je ne lui ai même pas encore dit mon nom de famille.

– Pas plus qu'à moi d'ailleurs. Tu es né à Calvi en 1946 et tu sais bien qu'on n'est pas curieux sur le passé à la Légion… Bien sûr, tu ne sais rien sur le Bourru ?

– Tu sais, je l'ai vu pour la dernière fois le jour de l'ouverture. J'étais entré sur son territoire en chassant et il me menaçait de son fusil. Mais c'était sans conviction, il ne faut pas se formaliser avec lui, il a fait ça avec tout le monde un jour ou l'autre.

– Qu'est-ce que tu en penses toi, Raoul, de cet apôtre ?

– Tu te souviens de ce qu'on nous disait, derrière le chapeau chinois “moins tu penses, mieux tu te portes”. Je ne pense donc rien, mais si tu tiens à mon avis je te dirai que c'est un vieil original, et surtout un vieil emmerdeur qui se serait même disputé avec son ombre. Enfin, tu sais, ça ne fait guère plus de dix ans que je suis collé dans ce bled. Il y en a qui le connaissent tellement mieux que moi. »

Les auditions de l'Adrien, du Joseph, du Poulou, et de quelques autres s'étaient suivies rapides et sans rien apporter.

L'Albert avait dû s'expliquer et donner des détails sur les raisons familiales qui légitimaient ses rapports tendus avec le Bourru, « un homme qu'il ne voyait jamais, et qu'il évitait même de rencontrer »… « c'était de notoriété publique, tout le monde le savait, ils étaient brouillés »… « s'il savait où il était ? Il n'en savait fichtre rien et ne tenait pas à le savoir ».

« Mais vous aviez appris que Berthier Armand, votre oncle, se préparait à céder sa propriété en viager à Monsieur Gustave Taranchou des Vergnettes ?

– Je l'avais appris, Monsieur le Brigadier, mais on dit tant de choses ! Je l'avais à peine cru. Remarquez que, de sa part, cela ne m'aurait pas étonné. »

Le Gustave lui aussi avait dû entrer dans des précisions d'heures et de jours.

« Il a disparu le mardi. Je l'avais vu chez moi le jeudi avant. Nous n'étions pas tout à fait d'accord sur la somme à donner immédiatement en plus de la rente. On devait se revoir chez moi le jeudi suivant. Sans attendre, le mercredi, je me suis décidé à aller chez lui pour lui faire une autre proposition au cas où il accepterait de quitter sa ferme tout de suite pour entrer dans une maison de retraite. J'étais décidé à payer cette maison jusqu'à la fin de ses jours… C'est alors que je ne l'ai pas trouvé, je suis revenu à trois reprises dans la journée. C'est quand même curieux, Monsieur le Brigadier ! Un homme qui ne s'absentait jamais ! Il y a quelque chose de pas clair là-dessous, ce n'est pas normal ce qui arrive. »

« Alors, Brigadier, vous avez percé ce mystère ?
– Non point, Monsieur le Maire. Mais si l'enquête piétine, elle n'en est pas moins ouverte. Au besoin, on reviendra. Si par hasard votre homme reparaissait, ou s'il y avait un fait nouveau, vous nous prévenez aussitôt. »

Fontary était en révolution. Les discussions sur le temps, le travail, et le prix même de la pomme étaient reléguées au second plan et avaient cédé le pas à l'événement. Entre tous ceux qui se croisaient, il n'était plus question que du Bourru.

Un article avait paru dans la presse locale, dans la colonne des faits divers.

Un octogénaire disparaît de son domicile sans laisser de trace à Fontary. Les recherches conduites par la gendarmerie ont été vaines jusqu'à cette heure. Accident ou suicide ? On se perd en conjectures.

Bien qu'en dernière page du journal, ce simple entrefilet avait fait vendre à la Raymonde plus de journaux en un jour qu'elle ne l'aurait fait en un mois. On avait dû en réclamer un supplément à deux reprises…

Les jours passant, toutes les convictions se rejoignaient et se renforçaient.

« Allons ! c'était un sauvage ! (on parlait déjà de lui au passé.) C'était à prévoir, à son âge, un malaise ! Il est mort bien sûr. L'étonnant c'est qu'on ne l'ait pas encore retrouvé ! »

Le bar de la Raymonde, rond-point incontournable, vivait au rythme de la fièvre locale et des commérages.

« Mais tu sais, Adrien, si le Bourru est mort, ce qui est probable, même sans testament, son héritier, le seul d'ailleurs, c'est l'Albert. Il n'y a pas à tortiller. Il est son neveu germain !

« Ce n'est pas une parenté éloignée, et c'est bien lui qui va hériter de tout malgré leur brouille.

– C'est évident, Poulou, c'est évident. Par contre, il y aura de gros droits à payer entre oncle et neveu. Ça monte vite et ça chiffre.

– Mais ce qui est certain, c'est que ça ne posera pas pour autant de gros problèmes à l'Albert. Tout le monde sait bien qu'il a de l'argent. C'est moi qui m'occupe de son matériel. Il faut voir ce qu'il a chez lui. Le plus moderne et le plus cher, et toujours comptant. C'est sa propriété de famille qui va se reconstituer, et une belle propriété. Quoiqu'il y ait à payer, ça vaut la peine.

– Je me demande quand même ce qu'il en fera un jour, l'Albert, de tout ça, sans enfants.

– Et qui ne pourra jamais en avoir, à ce qu'on dit.

– Ah ! on lui donnerait bien un coup de main s'il fallait. Tu ne crois pas, Poulou ? C'est que c'est une belle femme, sa Ginette. »

« Monsieur le Maire, avec votre consentement, Ginette voudrait emmener les poules et le cochon du Bourru chez nous. C'est que ça lui fait trop de travail, voyez-vous, que d'aller là-bas deux fois par jour. Pour la volaille, ça irait encore, mais pour les bacades du cochon, ce n'est plus possible. Il nous faut prendre une décision. Nous allons mettre les volailles à part des nôtres, quant au cochon, il sera avec les miens, on le reconnaîtra bien toujours. Es-tu d'accord, Marcel ?

– Mais oui, Albert, faites pour le mieux, Ginette et toi. Je me demande où il a bien pu passer, ton oncle ?

– Ah ça ! Monsieur le Maire, va donc savoir ! Avec lui… »

Les jours passaient sans apporter d'éléments nouveaux. Les soucis des travaux reprenaient le dessus. Fontary n'avait plus le temps de s'appesantir plus longtemps sur un fait divers pour aussi important et passionnant soit-il. Même l'hiver, il y avait constamment des impératifs et des urgences avec la terre.

Les gendarmes étaient revenus pour une visite éclair à la mairie.

« Que pouvons-nous faire, Monsieur le Maire, si ce n'est attendre, on verra bien ! Il n'y a pas d'affaire qui ne resurgisse un jour ou l'autre et ne trouve sa solution. »

Et après une petite halte chez le Raoul, ils étaient repartis.

« Il l'a dans l'os, le Gustave, avec son affaire de viager. Il peut en faire ce qu'il veut, de son contrat. Il ne lui reste plus qu'à aller payer le notaire qui s'occupait de ça. Tu ne crois pas Adrien ?

– Mais bien sûr que si… Il est mort, le Bourru, je vous l'ai dit dès le début. Et si ça se trouve, on ne le retrouvera pas avant de longs mois. Ça s'est déjà vu. Tu dois t'en souvenir. Pas très loin d'ici, du côté de la Rouénie. On a cherché le bonhomme, et tu sais au bout de combien on l'a retrouvé ? Dix mois, dans un bois, en cherchant les champignons. Il était presque entièrement bouffé par les renards.

– C'est que le Gustave fait beau, paraît-il. Il n'est pas à prendre avec des pincettes. C'est qu'entre nous il avait dû y travailler pour combiner ce coup en cachette.

– Ça ne va pas manquer d'améliorer les relations entre l'Albert et lui. Il paraît que c'est déjà commencé. Ils ne se parlent plus. L'Albert était brouillé avec le Bourru, maintenant c'est avec le Gustave. Tu vois, je vais te dire ce que je pense, je n'ai pas une grande sympathie pour l'Albert mais c'est bien fait pour le Gustave.

– Ah ! on ne va pas manquer de s'amuser aux séances du conseil municipal. Le Marcel peut s'attendre à ce qu'il y ait du sport entre eux deux. Je te parie qu'ils ne seront pas sur la même liste l'année prochaine.

« RAYMONDE, VOUS N'AVEZ PAS vu le maire par hasard ?

– Non, Monsieur Tanière, il n'est pas repassé ce soir. S'il passe, voulez-vous que je lui fasse une commission ?

– Oh ! à l'occasion oui. Dites-lui que j'ai besoin de le voir le plus vite possible. Je crois que j'ai retrouvé le Bourru.

– Ah bon ! écoutez Monsieur Tanière, allez de suite chez Poulou à côté. Je sais qu'il était en panne et qu'il lui avait laissé sa voiture. Peut-être y est-il encore ! »

« Ah ! je suis content de vous voir, Monsieur le Maire. Je vous cherchais, je viens de la mairie et de chez la Raymonde. Je crois que j'ai retrouvé le Bourru.

– Ah ! par exemple ! Et où ?

– Je crois qu'il est dans l'étang.

– Comment, vous croyez, Tanière ?

– Je dis, je crois, parce que je ne l'ai ni vu ni bien sûr reconnu, mais il y a un noyé au milieu de l'eau dans les joncs près du Rocher Perdu. Je viens de le voir avec mes jumelles en donnant un coup d'œil sur l'étang. J'y passe en principe une fois par semaine mais, vu le temps affreux que nous venons d'avoir, cela faisait bien une bonne quinzaine que je n'y étais pas allé. L'eau était haute, et même avec mes cuissardes je n'aurais pu en faire le tour. La dernière fois, en passant, j'avais bien cru sentir une odeur de pourriture, mais vous savez, avec toutes les charognes que l'on me balance là-dedans, je n'en ai pas fait trop de cas. Par contre aujourd'hui, c'était devenu intolérable. L'odeur était pestilentielle. J'ai donc regardé de plus près avec mes jumelles que j'ai toujours sur moi, et j'ai vu un veau les quatre pattes en l'air entre les joncs…

– Mais Tanière, si c'est un veau, ce ne peut pas être le Bourru !

– Attendez ! laissez-moi parler. J'ai regardé longtemps, attentivement, et j'ai vu une main qui sortait de l'eau tout contre le veau. Alors ça, vous comprenez, c'est une autre histoire… C'est sûrement le courant qui a fait dériver les deux cadavres et les a réunis là. Je n'ai pas pu en voir plus. Il faisait déjà presque nuit et d'où j'étais, on ne distinguait qu'une masse sombre et cette main. Alors Bourru ou pas

Bourru, je ne peux l'affirmer, mais ce dont je suis sûr, c'est qu'il y a un noyé dans l'étang.

– À cette heure, Tanière, ce n'est pas la peine que nous y revenions. Il est trop tard. Je crois que le mieux est que nous attendions jusqu'à demain. C'est très probablement le Bourru que vous avez vu. Il n'y a pas d'autres disparitions dans le pays. Je vais téléphoner à la gendarmerie et leur demander de venir demain vers 8 ou 9 heures ? Qu'en pensez-vous ?

– Vers 9 heures, Monsieur le Maire ! Il vaut mieux qu'il fasse bien jour. Il ne se sauvera pas d'ici là, et dans l'état où il doit être si c'est lui ! Plus d'un mois dans l'eau !... Puis il nous faut le temps d'amener une barque.

– Tu as bien une barque, Poulou ? Tu pourrais nous la prêter et en même temps nous l'emmener pour 8 heures et demie ? Tu vois, c'est en face du Rocher Perdu... Tu ne vois pas ? De toute façon ce n'est pas un problème ! Nous y serons, n'est-ce pas, Monsieur le Maire ? Il vaut mieux y être avant les gendarmes.

– Eh bien ! en voilà une histoire. Vraiment je ne m'attendais pas à ça. J'aurais parié qu'on allait le retrouver dans ses bois. Mais dans l'étang ! Mais qu'est-ce qu'il allait bien faire dans l'étang ?

– Oh ! de ce côté, si vous ne le savez pas, Monsieur le Maire, moi je peux vous le dire. Ça fait des dizaines de fois que je le prends à poser des lignes de fond à l'endroit où ses sapinières touchent l'eau.

Je l'ai pris en flagrant délit, et je l'ai verbalisé quatre ou cinq fois. Rien n'y a fait. Je l'ai menacé de la correctionnelle, il s'en foutait, lui me menaçait de m'interdire tout passage sur son terrain en bordure de l'eau, et il avait peut-être le droit l'animal. Je n'en serais jamais sorti avec lui, j'ai préféré abandonner.

– Si on allait boire un verre chez la Raymonde pour se remettre de nos émotions.

– Volontiers ! Un alcool un peu fort me ferait du bien. »

« Salut, Raymonde, sers-nous quatre cognacs. Tu en prends bien un avec nous, Raoul, à l'occasion de la découverte du Bourru ?

– Ah ! ça y est ? Vous l'avez enfin retrouvé, Monsieur le Maire, et où ?

– Noyé dans l'étang où Tanière nous dit qu'il avait coutume de poser des cordes. Au fait, il faudrait peut-être pour demain se procurer une gaffe ou un grappin pour le dégager. Tu n'en aurais pas un par hasard, Raoul ?

– Oh ! je dois avoir votre affaire. J'ai un crochet solidement fixé sur un bambou. On s'en sert pour attraper les raisins de la treille. C'est solide, ça devrait suffire.

– Bon ! si tu peux, descends avec nous demain vers 8 heures, et porte-le. Il va sûrement nous servir. »

Raoul était ébranlé. Les yeux grands ouverts, auprès de sa Raymonde qui, apaisée par ses soins comme tous les soirs, dormait profondément, il ne pouvait trouver le sommeil. Il s'était mis à revivre tous les moments de sa dernière pêche et toutes les images lui revenaient et l'assaillaient.

Mais enfin, que s'était-il donc passé cette nuit-là ? Pourquoi en était-il à ce point obsédé ? Une barque, une ombre à plus de cinquante mètres sur laquelle il lui était bien impossible de mettre avec certitude un nom, cela valait-il la peine d'en être à ce point perturbé ? Pourtant, cette silhouette penchée sur ses rames le hantait. Pourquoi lui avait-elle spontanément évoqué l'Albert ? Pourquoi d'ailleurs l'Albert plutôt qu'un autre ? Il n'y avait tout de même pas que lui ayant cette carrure. Tous les paysans ici avaient la même. Allons ! c'était ridicule... Pourquoi restait-il de même impressionné au souvenir de cette approche rapide et qui s'était voulue secrète au point de rechercher les ombres de la rive ? Et ce repli ne ressemblait-il pas lui-même à une fuite ? Quoique, après tout, en y réfléchissant un peu, tout cela n'était-il pas parfaitement explicable ? Un veau, ça ne se balance pas dans un étang à la vue de tout le monde alors que c'est formellement interdit. Cela suffisait bien, après tout, à expliquer tout ce mystère. Et un veau, tout comme une personne, pouvait parfaitement dériver dans les courants jusqu'au Rocher Perdu. Qui avait-on jeté cette nuit devant lui, presque sous son nez, le Bourru ou le veau ? Bien malin qui aurait pu le dire. Enfin, il y avait eu cette deuxième apparition furtive vers minuit sur la jetée, peu de temps après le départ de la barque. Troublante ! Elle l'intriguait au plus haut point. Qui pouvait se trouver là et qui aurait pu voir tout comme lui ? De cette jetée on avait le meilleur angle de vue sur l'étang, or personne ne s'était manifesté. Pourquoi serait-ce à lui de commencer ? Lui-même, à tort ou à raison, n'avait rien dit jusque-là de ce qu'il avait vu. S'il se décidait à parler maintenant, qu'allait-il arriver ? Qu'allait-il déclencher ? On ne pourrait moins faire que de s'étonner. On se demanderait le pourquoi de ce silence. On s'interrogerait sur ce qu'il aurait pu vouloir cacher.

Raoul présentait tous les risques de ces aveux tardifs. Un engrenage redoutable dont il ne serait plus maître. Il allait y loger un doigt, il y passerait tout le bras avec les emmerdements que cela allait déclencher. Arrivé de toute bonne foi en témoin de bonne volonté, il repartirait à tous les coups en suspect. Et puis il y avait sa situation personnelle qui n'allait pas plaider en sa faveur. Il en était bien convaincu. Il était l'étranger de Fontary, un légionnaire qui plus est. Pour tout le monde il deviendrait douteux, même si jusque-là on n'avait jamais rien eu à lui reprocher.

N'avait-il pas lui-même stupidement et spontanément déclaré avoir eu une dispute avec le Bourru à l'ouverture de la chasse, une algarade accompagnée de quelques menaces ? Rien que pour cela, ne risquait-on pas de lui mettre sur le dos une vengeance possible à laquelle il n'avait jamais songé ?

Enfin, ce vendredi-là, sur l'étang en pleine nuit avec ce froid glacial, il devrait bien lui-même expliquer sa présence, reconnaître que lui aussi braconnait. Et ce braconnage avoué, il faudrait par la suite l'assumer. Fatalement il allait avoir affaire au garde fédéral, et Tanière, il le savait, dans ce cas ne connaîtrait personne et ne ferait aucun cadeau. La société de chasse s'en mêlerait tout comme le propriétaire de l'étang peut-être. À coup sûr c'était la correctionnelle en toile de fond.

Oh ! là là ! Et pourquoi ? Pour rien, pour ne pas avoir su tenir sa langue, pour une affaire en plus qui ne le concernait pas. Pour un Bourru, maintenant mort, et que rien ne ressusciterait. Mais tonnerre de Dieu ! après tout, personne ne lui demandait rien. Pourquoi se mettre dans un pareil merdier ? Raymonde elle-même, à laquelle il aurait pu se confier, ne savait rien. Alors que lui importait de savoir si c'était un jeune veau ou le vieux Bourru que l'on avait balancé par-dessus bord ce soir-là ? Et à plus forte raison, qu'avait-il à se poser des questions pour savoir qui l'avait fait ?

Raoul avait mis du temps, mais aux premières lueurs du jour il avait pris sa décision : « Il n'y a qu'une attitude valable, continuer à se taire. C'est la voie de la sagesse, à moi de m'y tenir. »

En une nuit, et rien qu'en une nuit pour aussi extraordinaire que cela puisse paraître, la nouvelle avait fait le tour du pays.

« On a retrouvé le Bourru, il marine dans l'étang. On doit le repêcher demain matin. »

Dès 8 heures du matin, un petit attroupement s'était déjà formé face au Rocher Perdu.

« Oui, oui, je le vois. Regarde, là, juste à l'extrémité de cette branche !

– Mais non ! tu vois bien que c'est le veau. Tu vois bien que ce sont ses pattes qui sortent de l'eau. »

La brume se levait à peine, dégageant lentement les bordures ; l'une après l'autre, les berges se précisaient. Il faisait froid et un soleil pâle et triste, encore tamisé par les arbres, arrivait avec peine sur l'étang. C'était comme hier une journée glaciale, probablement sans neige, mais néanmoins avec un vent tranchant qui se levait et faisait frissonner chacun dans ses pelisses. Un vent qui à lui seul aurait pu décourager. Mais il en fallait bien plus pour dissuader des paysans habitués à en voir bien d'autres. Les spectacles de qualité manquaient à Fontary et pour rien au monde on aurait voulu manquer celui-là, même au prix d'une onglée immédiate et d'une grippe en perspective.

Étaient là l'Adrien, le Joseph avec sa famille au grand complet, femme et enfants, puis le Poulou et son Yvette, le Raoul et, bien sûr, le Tanière qui, déjà, lunette en main, faisait des commentaires.

« C'est normal qu'ils aient échoué là. Le courant descend et contourne le Rocher Perdu. Tiens, regarde à la jumelle, Raoul, maintenant où ça s'éclaire un peu. Tu vois la main à droite pas plus de dix centimètres en surface. Tout le reste se confond en une seule masse. »

La lunette passait de l'un à l'autre. Tout le monde voulait voir.

Les enfants aussi auraient voulu.

« Mais voyons ! vous êtes terribles ! Ce n'est pas de votre âge. Vous ne devriez d'ailleurs pas être ici à grelotter ! Et pour voir quoi ? Un noyé ! … Car vous croyez que c'est beau à voir un noyé ? »

La Renée, emmitouflée dans ses fichus, avait fermé l'épicerie et venait d'arriver.

« Eh bien ! Renée, ça alors ! On ne te voit pas souvent comme ça si loin du bourg. Tu as laissé la Ménie ?

– Ah ! c'est que c'était un client quand même ! … Le pauvre homme ! Qui aurait pu penser !

La barque était là. La gaffe bien en évidence à côté.

– Eh ! qu'est-ce que vous attendez pour aller le sortir de là ? Vous trouvez qu'il n'y est pas assez resté ?

– Mais voyons ! Renée, on attend le maire et les gendarmes. Ce n'est pas une mort naturelle, on ne peut rien sans eux. Ils vont bien arriver d'un moment à l'autre.

– Oh ! remarque, Poulou, on pourrait peut-être quand même s'approcher et aller se rendre compte, sans rien déplacer bien sûr. Allez ! mets ton bateau à l'eau. Nous saurons au moins si c'est le Bourru.

– D'accord, Adrien ! mais alors tu viens avec moi. Tu ne veux pas venir toi aussi, Raoul ?

– Oh ! je ne suis pas particulièrement curieux ! J'en ai vu d'autres. Allez-y sans moi. Mais tenez, il y a Joseph qui crève d'envie de vous suivre. Donnez-lui les rames, ça lui fera perdre son ventre. »

La barque s'était arrêtée à bonne distance. Personne ne disait mot. Sur la rive, on s'impatientait.

« Alors, c'est le Bourru, oui ou non ?

– On ne sait pas, on dirait bien, mais…

– Comment, vous ne savez pas ?

– C'est impossible à dire. On ne le voit pas. Il est pris sous un veau. Il n'y a que la main qui dépasse. D'ailleurs, d'après sa position, il a la face tournée vers le fond… Ah ! mais nom de Dieu ! qu'est-ce que ça pue ! On revient.

– Alors ?

– Alors c'est franchement dégueulasse. L'eau est couverte de saleté tout autour. Ça donne envie de vomir. Je me demande comment on arrivera à le tirer de là. Je souhaite du courage à ceux qui vont s'en charger. En tout cas, ce ne sera pas moi. Je ne pourrais pas. »

L'Albert et la Ginette venaient d'arriver, avaient salué tout le monde, ignorant toutefois le Gustave qui, mal à l'aise, avait fait semblant de ne pas les voir. Une gêne pesante venait de s'établir.

– Tiens, voilà les gendarmes ! Marcel est avec eux. Ça m'étonnait aussi qu'il ne soit pas déjà là. Il devait les attendre pour leur montrer le chemin. Ce n'est pas si facile pour qui n'est pas du pays. Quelle est cette voiture qui les suit ?

– Ça a l'air d'une autre voiture de gendarmes !

– Mais non, mais non, voyons, ce sont les pompiers. C'est probablement la gendarmerie qui leur a demandé de venir. Après tout, c'est aussi leur affaire à eux, les noyés.

– Oh ! dans ce cas, ce sont eux qui vont aller le récupérer. »

« Bonjour Monsieur le Maire, bonjour Brigadier.

– Alors ! il s'est noyé, cet homme ?

– On pense que c'est lui, mais on n'en aura la certitude que lorsqu'il sera là.

– Bon, les pompiers vont aller le chercher. Ils vont prendre ta barque, Poulou, puisqu'elle est déjà à l'eau. Ça leur évitera de descendre leur canot et de le gonfler. Si tu veux les suivre, Poulou ?

– Non, non, j'en viens. Ça me suffit comme ça. Nous nous sommes avancés tout à l'heure, c'est intenable. Lorsqu'ils vont remuer toute cette charogne, je les plains. Il est vrai qu'ils y sont habitués. Tenez, voilà la gaffe. Je pense que vous serez obligés de le tirer avec elle en le laissant flotter car il est impensable de le mettre dans la barque. Voulez-vous y aller, Monsieur le Maire ? »

Non, ils sont trois, ils sont assez nombreux... Voyons les enfants, voulez-vous dégager le terrain. Allons... tirez-vous de là. Ce n'est pas un spectacle pour des gamins... Joseph, s'il te plaît, dis à ta femme de les faire reculer. Quant à vous, les femmes, faites comme vous voudrez, mais cela ne va pas être un spectacle bien ragoûtant.

À part les enfants qui s'étaient éloignés d'une dizaine de mètres, tout le monde, curieux, était resté sur ses positions.

La barque était à pied d'œuvre depuis un moment. On voyait les trois silhouettes s'agiter... La barque revenait !

« Ce n'est pas possible, Monsieur le Maire, de le sortir de là avec une seule gaffe. Il est coincé entre les joncs et la carcasse de la bête. Ça résiste. Il nous faudrait une autre gaffe ou deux fourches courbes pour que les uns tirent sur le veau tant que les autres le dégageront. Ah ! et puis c'est effrayant ce que ça peut sentir mauvais. Les deux cadavres sont en pleine décomposition, et, malgré ce froid, ils grouillent d'asticots.

– Bon ! Poulou, tu as sûrement ce qu'il faut. Prends ta voiture, on t'attend.

– Dites, Monsieur le Maire, vous ne pourriez pas convoquer d'urgence un médecin ? Celui que vous voudrez, ou plutôt celui qu'on trouvera. Nous en aurons besoin pour notre rapport d'abord, ensuite pour le permis d'inhumer.

– D'accord, Brigadier. Poulou, tu as entendu, tu t'en occupes. Téléphone de chez toi ou fais téléphoner par la Raymonde en passant pour que ça ne te retarde pas. Dis-lui de dire qu'on l'attend le plus vite possible. »

Avec Raoul en renfort, la barque venait de repartir.

« Nous ne serons pas trop de quatre. L'un de nous immobilisera la barque sur place, les autres devront se débrouiller pour le dégager.

– Ils reviennent.

– Ils le tirent sur l'eau avec les deux perches.

– Oh ! là là ! ça pue déjà. »

Il était maintenant à trois mètres de la rive. Énorme, couché sur le ventre, on ne voyait toujours pas son visage. Un paquet de viscères échappées des habits flottait comme une série de ballonnets sur l'eau devenue glauque autour de lui.

« Il nous faut passer une de nos bâches sous lui, tant qu'il est dans l'eau, sans cela nous ne le sortirons pas et nous aurons du mal à le retourner lorsqu'il sera à terre.

– C'est lui, Marcel ! Même sans voir sa figure, j'en suis sûre. Je reconnais ses habits. C'est moi qui lui ai vendu ces chaussures.

– Je le crois aussi, Renée, mais on va en avoir bientôt la certitude.

– Allez les gars ! au lieu de regarder les mains dans les poches, mettez-vous de chaque côté, aidez-nous à tirer sur la bâche... Vous pouvez y aller, Tanière, elle est solide... Allez ! un, deux, trois. »

Il rendait l'eau de toute part et, à plus d'un mètre du bord, une partie de ses tripes continuait à flotter. Tout le monde reculait, le mouchoir sur le nez.

« Dis donc, Tanière, tu savais que tu avais des écrevisses dans l'étang ? Regarde sur la bâche. Ça va leur manquer, à ces pauvres bêtes, heureusement il leur reste le veau. »

Deux ou trois écrevisses géantes se débattaient furieusement sur la toile.

« Allez ! remettez-moi ces bêtes à l'eau. Tant qu'on y est, on va le retourner. Il faut que l'un de nous le tire de côté avec la gaffe... Puis il faut récupérer ce qui traîne encore dans l'eau.

– Oh ! bon soir ! Eh bien !

Même retourné, il était impossible de le reconnaître. L'eau et le gel avaient fait leur œuvre. La figure était en lambeaux, probablement déjà déchiquetée ou par les écrevisses, qui devaient foisonner dans les joncs, ou par les loutres et les ragondins.

« Qu'est-ce qui se passe ? Qu'est-ce qui se passe ?

– C'est l'Albert, c'est l'Albert qui se trouve mal !

– Albert, voyons, remets-toi !

– Allez ! Raoul, mets-le près de toi dans ta Jeep et remonte-le chez lui avec Ginette... Mais bon soir ! Renée, toi aussi, ne reste pas si près, tu vois bien que tu vas faire comme eux... Allez, les femmes, tenez, partez, il n'y a plus rien à voir. Laissons les pompiers et les gendarmes faire leur travail... Brigadier ? Vous êtes pâle, vous n'êtes pas bien vous non plus ? Voulez-vous vous reposer un peu dans votre fourgonnette ?

– Non, non, ça va me passer. Où est mon second ?... Où est Fernand ?

– Il est là, Brigadier, il est là qui vomit.

– Ah ! ça y est ? Alors, ça va mieux Fernand ?... C'est que vraiment il est impressionnant, Monsieur le Maire. Vous dites qu'il ne savait pas nager, Tanière ?

– Ça j'en suis certain. Ça devait lui arriver. Il était toujours à bricoler sur l'étang. Je suis persuadé que s'il avait planté une sapinière jusqu'à l'eau, c'était aux seules fins qu'on ne le voit pas poser ses engins et ses cordes. Si vous allez là-bas, vous verrez, il y a un léger talus d'argile, je parierais que l'on y voit encore les traces de ses chaussures et que vous y trouverez les petits piquets d'amarrage auxquels il attachait ses nasses.

– Fernand, tu es mieux ? Bon, alors note tout ça, c'est primordial pour le rapport.

– Et en plus, s'il avait fait son trafic de jour ! Mais non ! c'était toujours la nuit, en pleine nuit. Que de fois, au cours de mes tournées, j'ai vu s'allumer et s'éteindre sa lampe électrique au ras de l'eau. Tenez, Brigadier, je suis convaincu que si l'on va à sa sapinière, on y trouvera encore ses engins, et peut-être même ses lignes de fond.

– Dites, Tanière, si vous voulez m'y conduire, on s'y rendra tout à l'heure, lorsqu'on en aura terminé ici avec lui. C'est que c'est diablement important tout ce que vous me dites là. Ça constituera un faisceau de preuves solides si l'on trouve quelque chose.

– Mais que faisons-nous ici, maintenant, Brigadier ?

– Nous attendons le médecin. Il a bien dit qu'il arrivait ?

– Oui, oui. Il y en avait un qui était justement chez lui, mais il a une dizaine de kilomètres à faire, vous savez bien. Il faut bien lui donner le temps de faire la route.

– Dites, messieurs les pompiers, si, en attendant, on s'occupait de cette carcasse de veau, puisqu'on a la barque !

– Oh ! écoutez, Tanière, ne comptez pas sur nous pour vous la remorquer. Allez la voir de près, et vous aurez compris. Laissez-la donc aux écrevisses. Elle ne va pas d'ailleurs tarder à s'enfoncer, il n'y a plus que quelques joncs pour la retenir… Mais comment se fait-il que les gens jettent ainsi leurs animaux crevés dans l'étang ? Vous tolérez ça ? Vous ne pouvez pas y mettre bon ordre en tant que garde ?

– Je voudrais vous y voir vous autres. Il faudrait coucher sur l'étang et en plus ne jamais dormir. Ils ont pris cette sale habitude et je vous assure que pour la leur faire passer, c'est une autre affaire.

– D'autant plus, Tanière, que ce ne sont pas toujours ceux de Fontary qu'il faut accuser, mais bien ceux des environs. Allez les attraper ! Ils ne passent pas le tambour lorsqu'ils viennent. Évidemment, c'est plus facile de balancer une charogne à l'eau que de faire un trou à la pelle pour l'enterrer, et ça coûte surtout moins cher que de faire venir l'équarrisseur.

– Je t'assure, Adrien, que si j'en coince un, ça lui coûtera cher. Je t'en donne ma parole.

– Et tu auras raison, Tanière, encore faut-il que tu le coinces. Voilà, tiens, le médecin qui arrive.

– Un noyé, Monsieur le Maire ?

– Oui, Docteur, mais un noyé qui se baigne depuis plus d'un mois.

– Alors que voulez-vous que je fasse ?

– Que vous le voyez, Docteur.

– Voulez-vous qu'on vous le retourne ?

– Non pas, ça me suffit comme ça. Il est en putréfaction avancée. Que voulez-vous voir avec ça ? Comment ça s'est passé ?

– Il a dû tomber à l'eau. Il ne savait pas nager, et avec le froid qu'il fait depuis plus d'un mois, il a dû être saisi.

– Bien ! Qu'en pensez-vous, Brigadier ? Je crois que dans ces conditions rien ne s'oppose à ce que je délivre le permis d'inhumer ?

– Je le pense, Docteur, en mettant noyade probable. Nous-mêmes nous allons clore notre enquête et conclure à l'accident. Cela fait déjà un mois que cette affaire traîne. Je verrai le juge d'instruction, il ne sera certainement pas utile de saisir le parquet.

– Tenez, voilà votre permis, Monsieur le Maire. Vous pouvez l'enterrer et je vous conseille même de ne pas trop attendre car maintenant qu'il est à l'air, vous auriez des problèmes.

– On s'occupera de vos honoraires, Docteur, soit les héritiers, soit nous-mêmes, puisque c'est nous qui vous avons demandé de venir. D'une façon ou d'une autre vous serez payé.

– Je n'ai pas d'inquiétude, Monsieur le Maire, je n'ai pas d'inquiétude. Allez ! au revoir tout le monde... Ah ! vous êtes là, Renée ! Comment va la Ménie ? Je vais passer la voir dans la semaine prochaine. C'est promis. Je pense à elle. »

« Alors maintenant, Brigadier ?

– Pour nous, le travail est terminé ! Fernand, tu as bien pris toutes les photos du cadavre ? Bon ! eh bien ! nous suivons Tanière pour faire un tour vers la sapinière du Bourru. Nous reviendrons, Monsieur le Maire, demain, à la mairie, pour clore la paperasse officielle. Allez ! au revoir et à demain, Monsieur le Maire. »

« Eh bien ! Marcel, et lui ? Qu'est-ce qu'on en fait ? On ne peut pas le laisser là !

– Oui, bien sûr. Les pompiers vont nous donner la main. Nous le ramenons où ? Chez lui ? Ou chez l'Albert ? Il acceptera peut-être de le recevoir. C'est son oncle après tout, et c'est bien lui l'héritier. Il faudrait lui demander.

– Poulou, monte le voir. Demande-lui si on peut le conduire chez lui à la Garénie. Nous t'attendons. »

Tout ceux qui étaient restés jusque-là s'étaient retirés. Il n'y avait plus que les pompiers, le Marcel, le Raoul et l'Adrien.

« Et si on s'éloignait un peu ! Ce ne peut être bien sain de respirer cette pourriture.

– Quelle fin tout de même ! C'est pitoyable. Avec tout l'argent que représente rien que sa propriété, il aurait pu se faire soigner, je vous jure. En arriver là ! Comme s'il avait besoin de pêcher la nuit dans l'étang !

– Oh ! écoute, je ne le plains pas. Ce n'est pas parce qu'il est mort qu'on va se mettre à l'encenser et à lui trouver des qualités qu'il n'a jamais eues. Ce qui lui est arrivé, il l'a bien cherché… Bon Dieu ! cela m'aura coupé l'appétit de voir ça, mais si nous avions là un peu de “niôle”, je n'en refuserais pas un petit verre. On s'arrêtera la prendre tout à l'heure chez toi, Raoul. »

Albert acceptait.

Ils étaient brouillés mais, devant la mort, et puis c'était tout de même son oncle, le frère de son père. Il allait lui faire une place sous le hangar. Car, bien sûr, il ne pouvait dans cet état être question de le rentrer à la maison. Ginette ne voulait surtout pas le revoir. Elle était déjà malade de ce qu'elle avait vu.

« Eh bien ! tu vois, Adrien, c'est un bon point pour l'Albert. Franchement, je ne croyais pas qu'il accepterait. C'est bien dommage que cet homme soit si près de ses sous, ce n'est peut-être pas un mauvais bougre. Je suis convaincu que si les rôles avaient été inversés, le Bourru, lui, ne l'aurait pas reçu chez lui.

– Oui, c'est sûr, mais il ne faut peut-être pas oublier ce qui vient de lui tomber dans les bras, à l'Albert. Vous croyez que ça ne peut pas expliquer un peu son attitude conciliante !

– Albert m'a dit aussi qu'il s'occuperait des démarches pour l'enterrement. Il a déjà téléphoné devant moi à l'Antoine de Grand Roche pour le cercueil. Antoine doit passer chez lui dans une heure pour les mesures. C'est que c'est une boîte hors gabarit qu'il va lui falloir. L'Antoine ne peut pour une fois puiser dans ses réserves. Il va devoir y travailler tout l'après-midi, et peut-être une partie de la nuit, d'après ce que j'ai compris.

– Bon ! alors secouons-nous, car si nous n'arrivons pas avant l'Antoine, il va en faire une histoire. Et ça a assez duré comme ça. Oh ! là là ! ma parole, mais on ne s'y habitue pas à cette odeur, ça pue de plus en plus. Décidément, ce Bourru, jusqu'à la fin, empoisonnera tout le monde. »

On l'avait déposé dans un coin du hangar, roulé dans la bâche que les pompiers avaient accepté d'abandonner.

« Mettez-le loin des pommes surtout ! On ne sait jamais, l'odeur !… Allez les chiens ! sortez d'ici nom de Dieu ! On va fermer la porte jusqu'à l'arrivée de l'Antoine.

– Dis donc, Albert, en arrivant à la mairie, je m'occuperai de téléphoner au Jeantou pour qu'il creuse dès cet après-midi. Le sol est gelé, s'il devait le faire comme autrefois à la pelle et à la pioche, il n'y arriverait pas. Heureusement, nous avons acheté une pelleteuse pour la commune, et pourtant, au conseil, cela a eu du mal à passer. Souviens-toi… Tu t'occupes toi-même par contre du curé. Dis-lui bien l'état dans lequel il est. Il faudrait prévoir pour demain après-midi.

– Ce n'est pas moi qui retarderait, Monsieur le Maire. Je voudrais même que ce soit déjà fait. Croyez-moi. »

« Alors, Tanière, on y va voir ?

– Volontiers, Brigadier. En passant devant sa baraque, on prendra un râteau au passage. Il doit bien y en avoir un qui traîne dans les parages. Ça nous permettra d'atteindre ses nasses si elles y sont encore.

– Ça y est, nous y sommes. Vous voyez qu'en descendant, sans quitter le couvert des sapins sous lequel personne ne peut nous voir, nous ne sommes pas à plus de deux ou trois cents mètres de chez lui.

– Fernand, tu notes tout ça pour le rapport.

– Voilà ses places. Il y en a deux. Tenez, qu'est-ce que je vous disais. Voyez l'emplacement où il posait ses pieds, et voilà les piquets où il attachait ses cordes. Voyez, il y en a encore deux en place. »

Tanière remontait deux lignes de fond de quatre ou cinq mètres chacune.

« Bien sûr, il n'y a plus rien. Mais il y a eu. Regardez ! une partie du Nylon qui tenait les hameçons est cassée. À ceux qui restent évidemment, il n'y a plus d'appâts.

– Vous croyez qu'il y a encore les nasses ? Combien y a-t-il de fond dans ce coin ? Pouvez-vous le vérifier avec votre râteau ?

– Un mètre cinquante, et deux mètres dès que l'on s'éloigne du bord. Tenez, je touche à peine le fond.

– Très suffisant donc pour qu'un homme qui ne sait pas nager puisse se noyer.

– Mais bien sûr, Brigadier ! D'autant plus qu'il avait volontairement dégarni tout le coin de toutes les branches auxquelles il aurait peut-être pu se rattraper.

– Tu prends des photos, Fernand, de tout le coin, et sous plusieurs incidences.

– Voilà, j'accroche une nasse... Regardez, il y a même du poisson, des gardons, une tanche, et quelques perches. Les voulez-vous, Brigadier ? Non ?... Eh bien ! je les remets à l'eau. Depuis qu'ils étaient là-dedans, ils devaient s'ennuyer.

– Merci Tanière. Tout ça a une énorme importance pour nous. Ça corrobore et confirme totalement la thèse de l'accident. Vous auriez dû être gendarme, Tanière, au lieu d'être garde-chasse. On replace ce râteau où nous l'avons pris. Je garde par contre la nasse comme pièce à conviction et on va prendre l'apéro chez la Raymonde. On l'a bien mérité. C'est une gentille fille, dites-moi, cette Raymonde.

– Oh ! pour ça oui ! Il en a une de ces chances, le Raoul. Toujours de bonne humeur. Toujours le sourire avec tout le monde, et avec le Raoul n'en parlons pas ! »

LE TEMPS S'ÉTAIT GÂTÉ. Le froid restait toujours aussi intense, le vent aussi violent, et pourtant on pouvait prévoir un radoucissement car il neigeait. En peu de temps, de gros flocons avaient blanchi le sol gelé d'une campagne qui continuait à grelotter.

Le Jeantou avait juste eu le temps de terminer son trou, et la tempête de neige couvrait déjà la terre remuée.

« Quel temps pour un enterrement ! Le Bourru nous fera cadeau de rien. Il va nous faire attraper la crève. »

L'Antoine avait apporté son cercueil à la Garénie. Un cercueil monumental.

« Comme je n'en avais jamais fait jusque-là, Albert ! J'y ai passé la moitié d'un tronc d'arbre. Vu l'état de ton oncle, j'ai dû faire solide. Ce n'est pas avec des monuments pareils que je vais faire fortune ! Et je me demande encore si je l'ai fait assez grand. »

Ça n'avait pas été facile. Antoine avait dû faire appel à des aides costauds.

« À quatre nous y arriverons bien sans doute ! Surtout, roulons la bâche bien serrée autour de lui. »

Ils y étaient parvenus, mais il avait fallu néanmoins le plier un peu pour fermer le couvercle, et le tout terminé, il sentait encore.

« Il faut le monter dès maintenant jusqu'au bourg. Avec cette neige fraîche qui glisse sous les roues, il n'y a qu'un tracteur pour le sortir d'ici. »

L'Adrien était allé chercher un des siens équipé d'un plateau.

« Allons ! on ne peut pas le laisser là tout de même. En haut de la côte, le corbillard nous attend et prendra le relais. »

Jamais un enterrement à Fontary n'avait réuni autant de monde. Toutes les familles, par curiosité bien plus que par sympathie, y étaient représentées.

« Et puis, avec ce temps on était bien libre, on n'aurait pas eu d'excuse, et qu'aurait-on pu faire d'autre ? Certes, on allait se geler, c'était certain, mais cela allait un peu rompre avec la monotonie quotidienne. À Fontary on est endurci, on n'a pas peur du froid. »

Le prêtre lui-même, devant une assistance pareille, n'en revenait pas, et pourtant la cérémonie avait été écourtée.

« Une simple messe rapide, Monsieur le Curé, à cause de l'odeur qui va se répandre dans votre église si cela dure un tant soit peu.

– Alors, peut-être une simple bénédiction, Monsieur Berthier ?

– Oui, c'est ça, Monsieur le Curé, ce sera plus prudent. Mais je tiens à payer une messe normale malgré tout.

– Cela fait honneur à votre générosité, Monsieur Berthier. Je vous remercie.

On était en route pour le cimetière.

Au premier rang, l'Albert et la Ginette, suivis du Marcel et de son épouse, derrière l'Adrien, le Joseph et le Poulou. Tanière lui-même s'était déplacé. Un bataillon de femmes prudemment emmitouflées suivait : la Renée, la Yvette et toutes les femmes des maisons où les hommes, quand même occupés au tri des pommes, n'avaient pu se déplacer.

Chacun était perdu dans ses pensées.

« Ah ! le salaud ! Il peut dire qu'il en aura fait voir à la famille celui-là. Après avoir volé le père, voilà qu'il était sur le point de me déshériter. Il n'en avait pas le droit. Cette propriété a toujours appartenu aux Berthier et, si elle me revient, ce n'est après tout que justice… Ça ne fait rien ! Cent cinquante hectares maintenant ! ce n'est pas rien ! Je vais devoir me faire aider, je prendrai du personnel. Il va falloir tout défricher, couper ces bois inutiles, et tout replanter en pommiers et poiriers. Mais ne nous emballons pas, je n'en suis pas encore là. Je vais au préalable devoir faire valoir mes droits. Ce ne devrait pas être difficile tout de même, ils sont bien évidents ! Bien sûr, il va aussi y avoir à payer les frais de succession. C'est quand même malheureux de payer sur ce qui était à nous, à mon propre grand-père ! Je me demande à combien tout cela va monter ?... De toute façon, il faudra y passer. Bien trop heureux seraient les autres si, pour y arriver, je devais vendre quelques terres. Pas question, j'ai l'argent, et je peux faire face.

« Quand même, ce fumier de Gustave qui, jusqu'à ces derniers jours, me serrait la main et me faisait bonne figure alors qu'il me préparait son coup en dessous ! Ah ! le saligaud ! Il n'est pas prêt de les désenclaver, ses parcelles, devrais-je plaider jusqu'à la fin de mes jours avec lui. Et pour les bornes qu'il voulait faire rectifier à l'oncle ! Il va trouver à qui parler avec moi, même si je dois y bouffer quelques millions.

« Heureusement que je n'ai pas acheté la bague que j'ai promise à la Ginette ! Cet argent va me servir. Elle n'y allait pas de main morte celle-là, aussi ! ... Un diamant de cinq carats ! Douze millions ! C'est la folie des grandeurs ! Pas d'histoire, elle attendra. Je m'en tiendrai pour l'instant à un manteau de lapin. Tonnerre ! voilà t'y pas que j'ai l'onglée ! Ce n'est peut-être pas correct mais tant pis, je mets mes mains dans mes poches. »

« Heureusement que nous avons du répondant et que l'Albert est solide ! On va en avoir besoin. Savoir combien ça va lui coûter, cet héritage ! Ce n'est pas le moment de lui réclamer ma bague ou le manteau qu'il m'avait promis à la fin de la vente de ses pommes. Oh ! mais je ne lâcherai pas sur les deux tableaux. La bague, j'accepterai d'attendre, vu le prix que je veux y mettre. Je n'aurais aucune chance d'essayer cette année, mais le manteau il faudra qu'il y passe. Je l'aurai. C'est déjà bien assez de supporter la vie avec un homme qui dans le lit n'est bon à rien ! Si, en plus, il faut se priver de tout !

« Je le connais l'Albert, tout pour la propriété, tout pour les machines et les tracteurs. Oh ! il va falloir que ça change. Je reconnais que, dans certains domaines, je n'ai pas attendu sa permission pour prendre ma revanche. L'Adrien, le Poulou et le Raoul, eux le savent bien, mais sur le plan de la toilette, des voyages, je n'ai pas été gâtée jusque-là. C'est bien la terre, et ça rapporte, mais si ce n'est que pour remplir des comptes en banque, ça manque d'intérêt ! Quand on est propriétaire de cent cinquante hectares comme il va l'être, on peut tout de même faire un effort pour se faire pardonner ses insuffisances. Des insuffisances qu'il avait bien su me cacher avant notre mariage, d'ailleurs. "Je suis timide." Tu parles, la bonne blague !

« Puis il va falloir que j'aille jusqu'au chef-lieu me faire ouvrir un compte personnel dans une banque. Pas la sienne bien sûr. Je vais y mettre ce que j'ai trouvé par hasard dans le matelas du tonton. Ça, personne n'a besoin de le savoir. La bague, je pourrais me l'acheter toute seule si je voulais.

« Tiens, où est-il, Raoul ? Je ne l'ai pas vu tout à l'heure ! Je ne peux tout de même pas me retourner pour regarder s'il est là. C'est un bel homme tout de même, et lui au moins il est efficace. Parmi tous, c'est bien lui que je préfère. Cette espèce de garce de Raymonde ! L'avoir pour elle toute seule ! Elle en a eu une veine, celle-là. Quand je pense qu'il lui est tombé, sans même qu'elle s'en occupe, tout droit dans son lit. Oh ! mais je ne lui en laisserai pas l'exclusivité. Je me charge de le lui disputer, et même si elle vient à l'apprendre, ça n'aura pas d'importance. C'est de bonne guerre, entre femmes.

« Et si l'Albert l'apprenait ? Eh bien ! tant pis. Quand on n'est pas capable de faire son travail tout seul, on le laisse faire aux autres. On a que ce qu'on mérite.

« Il n'est pas mal lui non plus, le Poulou. Il faut le voir sur un terrain de foot. C'est un bel athlète, mais il a peur de son Yvette. C'est évident, et ça se sent quand il est avec moi. Ça le bloque très souvent et c'est dommage. Quant à l'Adrien, sans être délicate, il sent quelquefois vraiment trop le fumier. Ça finit par gêner. Ce n'est d'ailleurs pas tellement le fumier qu'il sent, mais le bouc… Mais pourquoi a-t-il un bouc chez lui ? Pour les quatre ou cinq chèvres qu'il a ?… On a coutume de dire chez nous que plus le bouc pue, plus la chèvre est contente. Ce n'est pas tout à fait pareil quand même chez les chrétiens.

« Oh ! attention ! ne voilà-t'il pas que je suis en train de rire ! Si on s'en rendait compte ! ... Ça y est, l'Albert me fait les gros yeux. Bah ! nous sommes à l'avant de tout le cortège, et il n'y a que le Bourru qui pourrait me voir. Ça n'a pas d'importance. Vivement que ce soit fini cette comédie.

« Nous sommes trop près du cercueil. Ça sent mauvais. C'est peut-être pour ça que je pensais à l'Adrien et à son bouc ! Voilà que je ris de nouveau.

« Allons ! revenons à des choses importantes. Ce soir, sans faute, j'attaque Albert au sujet de ce manteau. L'occasion est toute trouvée, je lui dirai que j'ai eu froid aujourd'hui. Je veux du vison ou à la rigueur de l'astrakan... Je sens que ce sera difficile à négocier. Allons, courage Ginette ! »

« Enfin ! il est temps que ça se termine. Ça fait un mois et demi que je perds mon temps avec cette affaire. Ah ! c'est loin d'être une sinécure que d'être maire dans ces petites communes ! Ils s'imaginent tous que je n'ai que ça à faire : m'occuper des uns et des autres. Avec la rétribution que l'on accorde tous les mois pour une commune comme Fontary ! 2 000 francs ! Une aumône ! Avec un hectare de pommes et beaucoup moins de soucis on gagnerait dix fois plus. Bien sûr il y a les relations. Et puis ces 2 000 francs ne sont quand même pas imposables. C'est à considérer, mais ça ne fait rien, on vous les fait gagner tout de même ! Et puis c'est une position à se brouiller avec tout le monde. Voyez-moi ce Gustave, il râle contre moi ! Comme si j'étais pour quelque chose dans son entreprise qui a raté. C'est d'ailleurs un drôle de loustic, celui-là. Comme faux-jeton, on ne fait pas mieux. C'est quand même un peu raide ce qu'il se préparait à faire dans le dos de l'Albert. Faux-jeton et Judas ! Oh ! ce n'est pas aujourd'hui que je le découvre. Lorsqu'il y a un problème au conseil municipal, je suis toujours certain qu'il sera d'un avis opposé au mien. Il n'y a que ses chemins qui ont besoin d'être remis en état. Je me demande pourquoi je l'ai mis sur ma liste… Oh ! bien sûr que je le sais ! C'était pour lui clore le bec. Le résultat n'est pas brillant. Mais qu'il ne s'inquiète pas. Ah ! il veut que je lui demande auprès de mon ami le député un appui pour son fils aîné qui cherche à entrer dans l'administration, il va être servi. Non ! mais il n'a qu'à se les trouver lui-même, ses appuis. Qu'il ne compte pas sur moi. Ils ont d'ailleurs une propriété très suffisante pour y vivre tous, et à l'aise. C'est lui qui a entrepris la pomme le premier, il s'est déjà sucré et il est riche à pourrir. Il n'avait pas besoin d'appuis pour essayer de tordre le Bourru. C'est bien fait ce qu'il lui est arrivé.

« Bougre ! mais il sent encore à plus de cinq mètres, celui-là. Heureusement que j'ai la Ginette devant moi. Elle par contre, elle sent bon. Quelle belle femme tout de même ! Quel dommage qu'elle soit tombée sur ce pauvre Albert, châtré comme il est par ses oreillons… Dieu quel cul ! Là, bien sûr, je suis aux premières loges. Voyez-moi ce déhanchement toutes les fois où elle fait un pas ! Ah ! si j'osais, j'irais bien faire quelques tours vers la Garénie, à l'occasion, en chassant par exemple, lorsque l'Albert part à la foire. Après tout, je suis bien aussi baraqué que les autres, et puis je suis maire ! Je sais aussi qu'elle n'est pas farouche. De ce côté, c'est sans problème, mais il ne faudrait pas que ma Rolande le sache, sinon ça barderait dans le ménage. Bien que je lui accorde régulièrement son compte, celle-là est toujours jalouse comme aux premiers jours de notre mariage, et c'est même sans raison qu'elle me fait des scènes à tout casser. Ça ne fait rien. Je tenterai un jour ma chance. Si Rolande fait du pétard, je saurai au moins pourquoi.

« Il paraît que la Ginette n'est pas en manque en ce moment, elle aurait déjà les faveurs de plusieurs. On parle de l'Adrien, du Poulou, et même du Raoul. Mais les gens racontent ! Racontent… Ce qu'ils ne savent pas, ils l'inventent. Oh ! puis quand il y en a pour trois, il y en a bien pour quatre. C'est vrai qu'elle doit être chaude, cette Ginette. La tenir à poils dans mes bras m'obsède, je le reconnais, et déjà depuis longtemps. Ah ! ces yeux, lorsqu'on parle de la bricole ils te brillent… Et la façon dont elle répond aux plaisanteries ! À vous couper les bretelles d'un pantalon. Tonnerre de Dieu ! j'essaierai ! Je vaux bien l'Adrien tout de même. »

« Eh bien ! voilà un mort qui va faire de l'Albert le plus grand et le plus riche propriétaire de la commune. Il était déjà le plus grand cocu ! Il cumule ! Il va pouvoir se gonfler encore. Et tu vas voir qu'il va payer sans aucune difficulté ses droits de succession. Depuis qu'il en amasse. Il me disait, il y a un mois : "Adrien, si tu me sais quelqu'un qui veut vendre quelques parcelles, préviens-moi, je suis acheteur à n'importe quel prix et je t'en serai reconnaissant." Eh bien ! voilà qui va le satisfaire, cette fois il va pouvoir en faire de la pomme, et de toutes les espèces. Il avait déjà un ouvrier agricole, il va pouvoir en embaucher d'autres. Il faut reconnaître qu'il aura du travail pour tout remettre en état. Mais lorsque ce sera fait, alors là, il va en faire du pognon. D'ailleurs il ne pense toujours qu'à ça.

« Il l'a échappé belle avec le Gustave. Une veine de cocu, pardi ! Ah ! pourtant, ce dernier avait bien monté son coup. Je me demande d'ailleurs comment il avait pu y arriver. Je ne sais pas si l'Angèle n'y aurait pas mis un peu du sien. Depuis quelques semaines, ça s'était dit. Il paraît qu'elle lui apportait souvent de la soupe, des gâteaux, et même quelques bouteilles de vin blanc. Oh ! puis c'est de notoriété publique, le Bourru était un vieux vicieux. Il avait bien proposé le coup à la Renée il n'y a pas si longtemps que ça. Il est toujours vert. Alors dès fois aussi où l'Angèle lui aurait laissé tâter son croupion ! Cela aurait peut-être facilité les choses… On ne sait pas ! Toujours est-il que le Gustave est arrivé à être assez bien avec lui pour pouvoir lui proposer le viager.

« Oh ! là là ! vivement qu'on arrive à ce cimetière ou que le vent tourne. Il schlingue de plus en plus, le Bourru. Qu'est-ce qu'elle doit prendre dans les narines, notre Ginette, elle qui est juste derrière le corbillard !... Je la vois mal d'ici. Le Marcel est mieux placé que moi, il me cache la vue. C'est dommage, ça m'aurait aidé à patienter. Elle a une de ces paires de fesses, cette femme, comme on n'en voit rarement. Pas volumineuses, non, loin de là, mais si fermes que c'est un ravissement que de les tenir dans les deux mains. Et puis, soignée avec ça ! Des robes qui la moulent et lui collent à la peau, et courtes qui plus est ! Et ses petites culottes, lorsqu'elle en porte, de minuscules brins de dentelles pas plus larges que deux doigts, tellement étroits que l'on n'aurait même pas besoin de les enlever pour la baiser. Ah ! non, cet Albert ne mérite pas de l'avoir pour lui seul. Puis on ne peut tout de même pas tout avoir dans la vie, la chance et la fidélité, ce ne serait pas juste tout de même. »

« Eh bien ! avec une étendue de terre comme celle qu'il va cultiver, l'Albert n'est pas suffisamment équipé. Ses tracteurs, ses remorques, tout va devoir être changé s'il veut mettre rapidement ses nouvelles parcelles en état. Il va falloir ne pas perdre ça de vue. Il ne va pas tarder à être sollicité de tous côtés, dès que ça va se savoir. Je ne dois pas attendre pour descendre à la Garénie. Je vais y passer la semaine prochaine. Je sais bien que c'est un peu tôt, mais il est préférable que je sois le premier.

« Je ne sais pas trop comment l'aborder. Il vaudrait sans doute mieux que ça vienne à l'occasion d'autre chose. Sans lui proposer d'emblée du matériel, je pourrais peut-être lui parler de voiture. Il m'avait bien dit qu'il cherchait une fourgonnette, une occase pour trimbaler quelques caisses de pommes, de-ci de-là. En me secouant un peu, et avec quelques coups de téléphone à quelques collègues, je devrais pouvoir peut-être en dégoter une. Même si elle ne fait pas son affaire, ça n'a aucune importance. Ce qui compte, c'est que je puisse entrer en contact. Sans avoir l'air de rien, je peux poser des jalons.

« Je sais par avance ce qu'il va me dire : “Tant que les affaires ne sont pas réglées, je n'envisage rien.” Mais si déjà je suis en lice, ce sera un sérieux avantage. Il a de l'argent, l'Albert, et les moyens. Au besoin, je sais que je peux compter sur Ginette pour l'inciter à me donner la préférence si j'entre en compétition avec d'autres. Ah ! elle peut bien faire ça pour moi, après tous les risques que je prends pour aller la retrouver lorsqu'elle me le demande. C'est que j'en ai une à la maison qui n'est pas commode, et qui admettrait mal le partage si elle l'apprenait. »

« Je me demande en vérité ce que je fais là, derrière ce corbillard ?

« C'était quand même un sale animal que ce Bourru ! Pendant des années, il m'a rendu la vie impossible avec cet étang. Rien à faire pour l'empêcher de braconner.

« Était-il en droit de m'interdire le passage sur son terrain ? C'eût été à voir ! Mais, la nuit, droit ou pas droit, il n'aurait pas hésité à me tirer un coup de fusil, j'en suis sûr. C'était un type à moitié fou.

« Oh ! avec l'Albert, si c'est lui, comme c'est probable, qui hérite, ce ne sera pas pareil. C'est un autre homme. L'étang, il s'en fout ! Pour lui, il n'y a que la pomme qui l'intéresse. Je suis bien certain qu'il va faire disparaître cette maudite sapinière pour y mettre des vergers. Les terres près de l'eau sont parmi les meilleures de la propriété et les plus faciles à arroser. C'était bien le seul coin que je ne pouvais surveiller à la jumelle. Dorénavant, ça va grandement faciliter mon travail.

« Ah ! et puis je suis assez content de moi. Le brigadier a vu ce qu'on pouvait attendre d'un garde fédéral. C'est quand même moi qui lui ai fourni sur un plateau les pièces déterminantes de son rapport.

« Allons, ça y est, on arrive au cimetière. Je me défile en douce. Je me demande ce que je suis venu faire là, avec cette neige qui tombe à cette cadence et qui n'a pas envie de s'arrêter. Mieux vaut repartir tout de suite, tant que les routes sont dégagées. »

« Je le regrette quand même, cet homme. C'était un bon client qui ne m'a jamais fait perdre un sou.

Lui au moins il n'allait pas comme les autres dans les grandes surfaces. Il prenait tout à l'épicerie. Bien sûr, il ne consommait pas beaucoup, il était seul ! Mais assez régulièrement, il prenait son huile, son beurre, son sucre, un tas de petites choses qui, toutes ajoutées les unes aux autres font un prix. Il n'était pas difficile. Je vais le trouver à dire.

« Et puis, c'était un dur ce Bourru, malgré son âge. J'y pense encore avec plaisir au jour où il m'avait suivi jusque dans ma chambre. Il a bien failli m'avoir. Je me souviens, j'en avais les jambes coupées, j'étais prête à me laisser aller. Sans la Ménie qui a appelé juste à ce moment-là, j'y passais à tous les coups. C'est ce jour-là, tout en me troussant, qu'il m'avait fait des propositions sérieuses. Ah ! si je n'ai pas accepté, c'est bien à cause du qu'en-dira-t-on. J'ai peut-être eu tort.

« Certes, il ne me proposait pas le mariage. “À mon âge, m'avait-il dit, ce n'est même pas à envisager. Et puis, pour toi-même, ce serait une erreur. Dans ce cas, t'y perdrais la pension de réversion de ton Étienne. Et ça, il ne faut le faire en aucun cas car c'est du solide.” Il me proposait simplement de vivre avec lui. Je suis certaine que si j'avais dis oui, à ce jour, non seulement je serais riche, mais en plus à la tête de sa propriété. Il me l'avait fait comprendre.

Aujourd'hui, il me reste bien le Félicien qui vient me voir régulièrement. Mais le Félicien ! ce n'est pas la même chanson. Oh ! pour la bagatelle, je peux compter sur lui, et il faut le reconnaître, ce qu'il fait, il le fait bien et ce n'est pas désagréable, mais ce n'est pas lui qui me donnerait un louis de temps à autre comme le faisait le Bourru, rien que pour le plaisir de me chatouiller aux bons endroits.

« Ah ! les femmes ! nous passons parfois à côté de chances que nous regrettons bien après coup. »

À la dernière pelletée, tout le monde avait déserté le cimetière. Les femmes s'étaient sauvées les premières. Les hommes, suivant une coutume établie depuis toujours, s'étaient repliés en force vers le bar de la Raymonde, où Raoul et cette dernière s'activaient, préparant grogs sur grogs et vins chauds sur vins chauds, dans un nuage de fumées insoutenable. Les discussions battaient leur plein dans un brouhaha assourdissant. De tous les côtés, les réflexions fusaient sans que l'on puisse mettre le moindre nom sur qui les émettait.

« Tu sais, l'on vient de me dire que c'est l'Albert qui a pris tous les frais à sa charge, le cercueil, l'office religieux, et même la visite en urgence du médecin hier matin.

– Il peut bien faire ça. Il a assez gagné aujourd'hui.

– Vu sous cet angle c'est certain, mais il y en a qui n'auraient pas eu le geste après ce qui s'est passé !

– Allons ! allons ! cent cinquante hectares, ça va faire que sa propriété fera le tiers du tour de l'étang ! Tout d'un tenant. Ça vaut bien une messe, ça aussi ?

– Il va avoir plus de 60 % de frais de succession !

– Tu verras, il lui en restera. Et puis l'évaluation devra bien tenir compte de l'état actuel des terres. Ça en baissera le prix.

– Tu crois ça, toi ?... Tiens, qu'on mette ces terres en vente aux enchères, et tu verras ce que ça donnera... De toute façon, il a de quoi, il n'y a pas à s'en faire pour lui et je voudrais bien être à sa place, devrais-je emprunter pour tout régler. »

Vers les 5 heures, la nuit commençant à tomber et la neige ne s'arrêtant pas, l'atmosphère du bar s'était détendue. Il ne restait plus que quelques voisins, les vieux habitués.

« Tu sais, Marcel, on parle de l'Albert, mais un qui ne décolère pas c'est le Gustave. Il n'a pas eu de pot. Ils étaient pratiquement d'accord, et sur le point de signer.

– Je sais, il paraît que ça bardait encore hier au soir chez eux. D'après ce que j'ai entendu dire, si l'affaire avait traîné en longueur, c'était à cause de l'Angèle qui voulait essayer de gratter un peu plus. C'est qu'elle est avare de ses sous, celle-là, et c'était elle qui devait payer.

– Mais bien sûr !... C'est que tu as raison. C'est vrai. C'est elle qui est foncière en tout. Le Gustave n'est rentré que comme gendre dans cette maison.

– Qu'importe ! ils ont fait la connerie de leur vie. Si l'affaire s'était faite, pour le Gustave, ça réglait tous ses problèmes de parcelles enclavées et de bornages à la noix. Tout ça, maintenant, n'est pas prêt de se résoudre. Déjà que le Gustave et l'Albert n'étaient pas au mieux, voilà qui ne va pas resserrer les liens.

– Tu vois, furieux et râleur comme est Gustave, je te parie que l'Albert n'aura pas plus tôt hérité qu'il va demander le géomètre.

– En attendant, l'Albert a déjà hérité d'un cochon maigre et de toute la volaille… Bah ! il fallait bien que quelqu'un s'en occupe.

– Tu as remarqué, Poulou, qu'il n'y avait que l'Angèle à l'enterrement ? Gustave ne s'est pas montré. Il faut le faire, ça.

– Et ce n'est pas très malin de sa part. Ça va faire parler pour rien, j'en suis sûr. Il n'y a pas que nous qui l'avons remarqué. Allons, la bagarre commence.

– Tu as raison, ce n'est pas bien pensé ce qu'il a fait. Ce n'est tout de même pas de la faute du Bourru, ce qui est arrivé. Il faut qu'il soit sacrément vexé, le Gustave, pour se comporter ainsi !

– Dis donc, Adrien, toi qui connaissais très bien le Bourru, tu as bien toujours entendu dire tout comme moi qu'il possédait un magot ? Qu'est-ce qu'il a bien pu devenir, celui-là ?

– Oh ! tu sais, Pierre, avec le Bourru ! ce qu'il avait, ce qu'il n'avait pas, personne en vérité ne pouvait le savoir. On l'a dit c'est vrai. On parle de beaucoup de louis et même de pas mal d'argent qu'il aurait gardé caché chez lui. Mais va savoir. Avec un être comme lui, tout était possible, et même ce qui est probable c'est que c'était l'une des raisons pour laquelle il ne voulait voir personne dans sa maison.

– De toute façon, si magot il y avait, il n'aura pas été perdu pour tout le monde… Il paraît que la Ginette a passé plusieurs jours pour faire le ménage et remettre un peu d'ordre avant que les gendarmes ne mettent les scellés.

– Oh ! alors ! on peut lui faire confiance. C'est qu'elle n'est pas désintéressée elle non plus.

– Si c'est elle qui en profite, tant mieux. Elle est mignonne, la Ginette, et puis on peut être certain qu'elle saura convertir.

– Tu vois, Adrien, je crois qu'elle va pouvoir se payer des culottes, notre Ginette !

– Dis donc, Raoul, les chasseurs ne vont pas le pleurer, le Bourru. Je n'en connais pas un seul qui n'ait eu maille à partir un jour ou l'autre avec lui. Avec son fusil qu'il avait toujours chargé près de lui, il aurait visé aussi bien les chasseurs que les chiens. Tu ne crois pas ? »

Ce n'est que fort tard dans la soirée que le café de la Raymonde avait retrouvé son calme et pu fermer ses portes. Raymonde et Raoul étaient sur les rotules.

Dehors, la neige continuait à tomber.

« Que penses-tu de tout ça, Raoul ?

– Oh ! Raymonde, quand on est dans un commerce on n'a pas le droit de penser. Mais bien que je n'aie pas encore eu le temps de faire la caisse, je crois que nous avons fait une bonne journée. Par contre, Raymonde, il faudrait peut-être prévoir pour les journaux de demain. Tu sais combien ils nous ont manqué la dernière fois.

– C'est déjà fait Raoul, c'est déjà fait. »

Armand Berthier, l'octogénaire de la Combe aux Loups, commune de Fontary, disparu depuis un mois, a été retrouvé noyé dans un étang près de son domicile. Après ce séjour prolongé dans l'eau, son corps a été récupéré par les pompiers dans un état de décomposition avancée. Armand Berthier ne sachant pas nager, un accident paraît être à l'origine de cette mort. Les obsèques ont bien eu lieu hier dans l'église de Fontary.

Raymonde avait fait une belle vente.

DÈS SON DÉBUT, l'hiver s'acharnait à être particulièrement rigoureux. La neige, qui, habituellement, tenait peu dans la région, persistait depuis plusieurs semaines, couvrant sans faiblesse prairies, bois et plantations.

« Cela ne fait aucun mal pour l'heure. Le temps se purge. Si cela pouvait nous éviter les gelées tardives du printemps, ce serait une bonne affaire. C'est ce vent du nord, lorsqu'il se lève, qui est impossible et qui accentue le froid, et la météo n'est guère optimiste. »

On soignait les bêtes rapidement et on se repliait aussi rapidement dans les maisons.

« Ah ! ça alors ! Marie, tu as vu les chandelles de glace qui tombent de notre toit. Certaines font près d'un mètre. Pense à verser un peu d'eau tiède dans le bac des canards, ce n'est plus qu'un glaçon. Il faudra aussi leur donner le maïs chaud à ces pauvres bêtes. »

La Francine des Menaux s'était cassée la jambe en glissant sur le pas de sa porte et, faute d'antigel, le Poulou avait eu deux blocs moteur fendus dans un coin de son garage pourtant abrité et où, de mémoire de famille, il n'avait jamais gelé. Les oies que l'on gavait près des poêles à cause du froid digéraient mal, et l'on avait dû allumer une réserve de vieux pneus auprès des hangars où les pommes étaient exposées.

« Il ne faudrait tout de même pas que ce temps dure trop, sans cela ce serait une catastrophe. Nous ne sommes pas équipés pour des hivers pareils dans nos régions. »

Et ça se durcissait.

La chasse qui, pour beaucoup, aurait pu faire diversion avait été suspendue. Les chasseurs avaient un sujet supplémentaire de lamentations car, malgré ces conditions rigoureuses, les bécasses passaient. Pas question de transgresser l'arrêté préfectoral. Tanière, vigilant, en compagnie de ses lunettes d'approche, patrouillait dans toute la campagne, et le fait de se geler les doigts le rendait particulièrement hargneux et dangereux.

« Raoul, ça y est ! Marcel vient de passer. J'ai obtenu le P.M.U. Je vais pouvoir commencer le mois prochain. Par contre, j'ai bien cru comprendre qu'une ou deux bécasses lui feraient plaisir. Je lui ai dit que je t'en parlerais mais qu'avec la fermeture momentanée, je ne pouvais rien lui promettre, et que même ça me paraissait difficile.

– Pas difficile, Raymonde ! Pas difficile… Impossible… Tous les gardes sont sur les dents. Pas question de sortir avec un fusil. Par contre, s'il veut, en ce moment je peux lui faire une douzaine de grives. Je vais y aller cet après-midi. Dis-lui de repasser demain. Je monte sur le plateau avec une dizaine de pièges, mais je dois passer avant chez le Pierre pour trouver quelques vers dans son fumier de cheval ; des vers rayés, ce sont eux les meilleurs. À tout à l'heure, Raymonde. »

Raoul se rendait tout droit sur la lande où des genévriers toujours verts et touffus constituaient avec ce froid les seuls refuges valables pour les *tiatias,* ces grosses grives au poitrail moucheté, alors de passage dans la région. Sous chaque genévrier – leur abri de la nuit –, Raoul après avoir écarté la neige, découvrait un peu d'humus. Et c'est là, contre le tronc, dissimulé sous quelques feuilles sèches, que Raoul disposait ses pièges. Deux simples petits ressorts d'acier terriblement efficaces pour chaque cou qui allait s'y aventurer. Entre chaque mâchoire ouverte mais rendue invisible, un ver bien vivant constituait l'appât irrésistible pour les affamées réduites au jeûne depuis plusieurs jours. Le soir même apportait son premier lot de victimes : des grives le plus souvent, parfois quelques merles égarés, et les pièges remis en état et réarmés continuaient leur travail de nuit. Le lendemain, Raoul était certain de sa chasse. Une prise par piège très régulièrement.

Conscient des risques, après un coup d'œil circulaire, Raoul procédait à la récupération rapide de ses pièges et de ses grives avant de disparaître.

« Bonjour, Raoul. Tu fais un petit tour ? Tu ne crains pas le froid comme moi. Tu aurais fait un bon garde-chasse, toi.

– Ça ne m'aurait pas déplu, Monsieur Tanière, ça ne m'aurait pas déplu. Au fait, Monsieur Tanière, je suis content de vous rencontrer. J'ai vu en me promenant qu'il y avait dans les talus près de l'étang, vers les maïs de l'Étienne, trois ou quatre terriers de blaireaux. À mon avis, il y a là cinq bêtes adultes. Verriez-vous un inconvénient à ce qu'on les détruise ? Pourriez-vous nous accorder une autorisation pour qu'on s'en occupe ? Ils vont faire un tort considérable au printemps, si on les laisse.

– Je n'y ai pas fait attention, Raoul, mais puisque tu le dis, c'est qu'ils y sont. Je te donne bien volontiers l'autorisation de t'en occuper. Tu les gazes ou tu les pièges comme tu voudras.

– Merci, Monsieur Tanière, on fera pour le mieux et, bien sûr, je vous garderai les bêtes. Je vais en parler à l'Étienne, il sera content. On s'en occupe au plus tôt. Ça va lui sauver son maïs. C'est que ça fait des dégâts redoutables, ces bêtes ! Pire que des sangliers. »

« Étienne, tu as une famille de blaireaux installée près de ton champ dans le vallon. Il y en a très exactement cinq. Je les ai vus et comptés.

– Bon alors, je vais pouvoir faire la croix sur ma récolte l'année prochaine. Ce n'est pas la peine que je plante, je ne sauverai pas un épi.

– Sauf si on les détruit, Étienne. J'ai rencontré Tanière. Je lui ai parlé. Il nous autorise à régler leur compte. Si tu veux, on pourrait profiter de cette neige qui permet de bien suivre leurs traces pour le faire. Pour ces bêtes, je t'avoue que je n'ai que deux pièges qui conviennent, mais si on en attrape deux, tous les deux ou trois jours, ce sera vite liquidé. Il y a bien les gaz, mais avec eux c'est un travail borgne. Ils peuvent crever ou survivre dans leurs terriers, on n'est jamais sûr du résultat. Avec les pièges, on voit ce que l'on fait.

« Si tu veux, on y va ce soir. Porte deux longs piquets en fer… Tu les as ? Oui, des barres à mines, c'est parfait. Il faudra les enfoncer profond dans la terre pour maintenir le piège. Un blaireau est une bête solide, bien plus vigoureuse qu'un renard. Il arrache tout très facilement.

Bien ! voilà leur passage sous les ronces. Ils s'y glissent pour aller vers ton champ. Il faudra y placer le piège en le dissimulant sous des fanes. On mettra quelques épis de maïs en leur centre. L'erreur serait de mettre nos traquenards trop à proximité de leurs terriers. Les blaireaux sont futés et très méfiants. Si tu procédais ainsi, ils déjoueraient l'affaire à chaque coup.

« Eh bien ! nous sommes tranquilles. À cette heure, et avec ce temps, personne ne risque de mettre le pied dans ce coin. D'ailleurs il n'y a pas le passage d'un homme dans ces ronciers. À demain, Étienne, au petit jour, vers 7 heures, ce sera suffisant. »

« Raoul, ils y sont. Regarde. Ce sont deux mâles. Celui-là a été pris par le cou. Il a dû mourir rapidement mais l'autre, tenu par la patte avant, n'est pas mort. Entends ce raffut, et regarde dans quel état sont les broussailles autour de lui.

– Ne t'approche pas, Étienne… Attention ! c'est très dangereux. Elles ont des mâchoires d'acier, ces bêtes. Elles seraient capables de te couper un bras ou une main d'un seul coup de dents. »

Achève-le d'un coup de fusil. Il ne faut pas laisser souffrir. Tu vois, ce sont des blaireaux chiens. Tu sais, il y en a de deux sortes, les chiens et les cochons. On va les garder pour Tanière. Il l'a demandé comme preuve pour sa hiérarchie, et je t'assure que je ne les lui disputerai pas. C'est étonnant que ces bêtes, qui vivent pourtant en plein air, puissent sentir aussi mauvais. Leur viande est immangeable. Certains prétendent que leur graisse est bonne pour les rhumatismes ! Je ne sais pas mais en tout cas, il n'y a pas meilleur pour l'entretien de tous les cuirs. »

En une semaine, la famille était exterminée

« Raoul, je ne sais comment te remercier.

– Ne te tracasse pas pour ça, Étienne. Ça m'a amusé de te rendre service. Par contre, si tu n'y vois pas d'inconvénient, j'irai peut-être fureter un de ces jours sur ta garenne des Rivaux. J'ai vu que c'était farci de terriers de lapins.

– Oh ! quand tu voudras, Raoul. J'en ai au moins une centaine tous les soirs dans mes fourragères. Cela ne peut que me rendre service. Merci Raoul. »

« ÇA Y EST, LA SUCCESSION du Bourru est réglée, cela s'est fait en un temps record. On a beau dire, lorsqu'il y a de l'argent, il n'y a pas de problèmes. Et je t'assure que l'Albert ne perd pas de temps. Malgré le froid et la neige, il s'est déjà mis au travail.

– C'est ce qu'on m'a dit. Il paraît qu'il a déjà acheté au Poulou un matériel ahurissant, totalement moderne, comme on n'en a jamais encore vu dans la région : deux tracteurs très puissants, des machines à défoncer, des remorques. Le Poulou lui a repris son ancien matériel, mais il peut le faire. Ce qu'il lui a vendu atteignait une telle somme.

– Ah ! tu vois que j'avais raison lorsque je te disais que ce ne serait pas les frais de succession qui le mettraient sur la paille. Pourtant, et ça je le sais, il a dû en lâcher un sacré paquet de millions au notaire. Ajoute ce qu'il a donné au Poulou, et fais l'addition.

– Je ne suis pas passé dans le coin ces jours-ci, mais on m'a dit que la Combe aux Loups changeait à vue d'œil. J'irai y faire un tour dès que j'aurai le temps. »

Les sapinières ? Il n'y en avait plus trace. Les ronciers avaient disparu. Deux tracteurs, dont un sur chenilles, croisaient dans un boucan du diable, bousculant les souches, rasant les haies comme fétus négligeables pour les repousser en tas monstrueux aux limites du défoncé. On ne se repérait plus. Seuls quelques arbres plus importants restaient en sursis, balisaient encore et permettaient après réflexion de s'y retrouver.

« Alors, Albert, mais c'est un travail de forban que tu as entrepris. Tu veux mettre tout ça en plantation ?

– Une partie seulement, Adrien, le reste je le laisserai en prairie. Je manquais de prés, tu le sais bien.

– Mais tu vas faire ça tout seul ?

– Bien sûr que non, tu vois j'ai déjà engagé deux journaliers pour m'aider, et ils ne seront pas de trop, car les journées sont courtes en cette saison. Je voudrais avoir avancé le plus gros avant le printemps.

– Tu vas mettre des pommiers ou des poiriers ?

– Deux parcelles en golden et une en william. Mais dans le fond, près de l'étang où ça reste toujours humide, j'ai envie de garder un petit carré pour y planter des framboisiers. C'est un essai, note bien, mais il paraît qu'il y a de la demande. Je verrai bien. Il semble que cela puisse marcher. Dans le fond, ce n'est qu'une variété de ronce. Je vais quand même faire ça raisonnablement. Ceux qui en ont déjà fait m'ont prévenu que cela représentait un gros travail au ramassage. Ça donne du printemps à l'automne, mais il faut y passer tous les deux jours. Des mains et du temps, si nous étions seuls Ginette et moi, nous serions rapidement débordés. Mais j'ai décidé, avec elle bien sûr, de faire venir avec nous sa sœur, la Marie, et son beau-frère, le Victor. Ce dernier est retraité de la R.A.T.P. Il a juste quarante-cinq ans. Il voulait revenir à la campagne, c'est pour lui l'occasion rêvée. Il a deux enfants de dix-sept et dix-huit ans, tous deux en âge de travailler. Ça fera des bras, mais il y aura du travail pour tout le monde malgré tout. Je vais les loger dans la maison de l'oncle.

– Eh bien ! ils vont être gâtés là-dedans ! Ça va les changer de Paris.

– Voyons, Adrien ! tu penses bien que je vais tout leur faire refaire de haut en bas. Il n'y a que les pierres qui vont resservir. J'ai contacté les maçons de Chalagnac. Ils doivent commencer, si le temps le permet, dans huit jours avec deux équipes. De ce côté aussi il va falloir faire vite.

– Mais dis donc, Albert, tu as gagné à la loterie, ma parole ? Tout ça à la fois ! Ça se voit que tu as les reins solides.

– Oh ! que je le mette là ou ailleurs ! Ça plaît à Ginette et à sa sœur. C'est l'essentiel. Puis je n'ai pas d'enfants ; eux en ont. Je saurai au moins pour qui je travaille, et ce que deviendra la propriété. Pour la maison, remarque, j'ai quand même dû passer par le Crédit agricole. Je rembourserai avec le temps. »

Pareil étalage ne pouvait que faire des envieux.

« Il ne se sent plus l'Albert. Attends un peu, tu verras lorsque nous arriverons à la récolte. Il va la courir, la main-d'œuvre. Tu sais le mal que l'on a pour recruter. Nous sommes souvent obligés d'avoir recours aux étrangers. Sans compter que ses framboisiers, si framboisiers il y a, ne seront pas épuisés lorsque la pomme sera prête.

– Écoute, si un jour il s'emmerde, il l'aura bien voulu. Ça lui apprendra à vouloir tout avaler.

– Tu as vu le hangar métallique qu'il s'est fait construire près de chez lui ? De quoi mettre des milliers de caisses. On ne peut pas dire qu'il n'a pas des intentions !

– Il va faire une entrée fracassante au syndicat.

– Oh ! il n'est pas dit qu'on le laissera faire pour autant, il y a tous les autres. »

Chez le Gustave, les tensions ne baissaient pas. Les disputes étaient journalières, souvent violentes, et parfois les voisins les surprenaient et en profitaient.

« Tu vois, bourrique, ce qui nous échappe pour quelques billets de plus ou de moins. De l'argent que l'on avait, et dont on ne sait que faire qui plus est. Tu peux t'amuser, maintenant, à compter tes sous et à entasser tes billets. C'était une affaire considérable et inespérée pour nous, et les gosses y auraient eu tous les deux leur situation assurée près de nous. Ah ! il fallait te prier pour que tu lui apportes un peu de soupe tous les deux ou trois jours. Tu plaignais ta peine, grande faignasse.

– Oh ! avec toi il n'y aurait pas eu de limites, même si j'avais dû y passer avec lui.

– Eh ! il y en a plus d'une qui l'aurait fait pour moins que ça. Pauvre andouille ! Une occasion comme celle-là était unique et ne se présente pas deux fois dans la vie. Tu continueras à faire tes trois mille caisses de pommes tant que l'autre en fera dix mille. Tant pis pour toi. »

Sur son tracteur à chenilles, pour l'Albert, tout paraissait baigner. Pris par son travail titanesque, il n'entendait que le bruit régulier de ses moteurs. Les fondations de la nouvelle maison sortaient de terre. Si le temps cassait, en quelques semaines, la charpente serait coiffée de son épi de faîtage.

C'est chez la Raymonde, autour de quelques verres, que les premières paroles de suspicion s'étaient échangées entre certains, qui d'ailleurs le plus souvent n'étaient pas concernés. Des paroles qui, sans se vouloir méchantes, n'en étaient pas moins chargées de sous-entendus plus ou moins empoisonnés.

Le Raoul et la Raymonde, le temps passant, les entendaient maintenant presque tous les jours et en constataient la progression.

« Tu sais, Adrien, entre nous, ton maire et la maréchaussée ont été peut-être un peu vite en besogne avec le Bourru pour conclure à un accident.

– Voyons, Pierre ! tu ne penses pas ce que tu dis ? Tu crois qu'il pouvait y avoir autre chose là-dessous ? De toute façon, tu as tort de parler ainsi du Marcel, il n'y est pour rien, lui. C'était avant tout l'affaire des gendarmes.

– Adrien, sait-on jamais ? Tu sais, il y a quand même cet argent que personne n'a retrouvé. Or c'est probable, il y en avait. Ça aurait pu légitimer quelques doutes. Un crime de vagabond de passage n'était pas à écarter. La maison du Bourru est isolée. Ce dernier aurait bien pu crier, personne ne l'aurait entendu.

– Oh ! les vagabonds ! ... Certes, il en passe, mais ceux qui se baladent à la Combe aux Loups ne doivent pas être très nombreux. Et puis je ne vois pas pourquoi un vagabond se serait donné la peine d'aller foutre le Bourru dans l'étang. En admettant, un mois après sa disparition, qu'est-ce que tu voulais qu'on puisse trouver ?

– Quand même ! Adrien. Quand même, il me semble qu'on aurait pu voir ça de plus près.

Tout cela n'était que broutilles sans grande agressivité, que ragots pour tuer le temps, le plus souvent tous ponctués par des "Tu sais ! On ne sait pas ! On ne peut savoir ! Il y a peut-être des gens qui savent ! Tiens, je crois qu'il vaut mieux laisser ça de côté ! Vois-tu dans les familles ! Des fois !" »

Longtemps rien d'explicite, aucune attaque nettement dirigée jusqu'au jour où la phrase, celle qui allait tout déclencher, avait été lancée : « Après tout, ne dit-on pas qu'il faut toujours chercher à qui les choses profitent. »

Cette fois c'était méchant, sans preuve, et cela avait été plusieurs fois remis sur le tapis. Si rien n'était parvenu encore aux oreilles de Ginette ou d'Albert, cela ne pouvait durer. Il y eut une âme charitable pour y aider. Ce fut Ginette qui, la première, fut informée.

« Tu sais, Ginette, je te dis ça, mais il n'y a aucune raison d'y accorder le moindre crédit. Ce ne sont que médisances. Si j'ai préféré te le dire c'est parce qu'une personne prévenue… »

Ginette fut atterrée.

Devait-elle en parler à l'Albert ? C'était trop important pour le lui laisser ignorer. Le soir même, l'Albert était mis au courant.

« Mais Albert, ne te mets pas dans cet état. Des jaloux, des mauvais, nous ne devons pas en tenir compte. Tu vois, tu vas me faire regretter de te l'avoir dit.

– Qui a dit ça, Ginette ? Ça sort bien de quelqu'un ! Je veux le savoir, et qui que ce soit je le traîne en justice. »

Albert, bien sûr, ne le sut jamais, mais deux mois après la mort du Bourru, la vindicte était lancée. Elle n'allait plus s'arrêter. Allez donc retenir des langues dans un petit village où tout le monde se connaît, où la jalousie est le venin de tous les jours, et où tout scandale ne peut qu'être le bienvenu.

Il fallut faire appel au médecin. L'Albert souffrait du cœur. On pouvait penser à un infarctus. Un repos complet fut prescrit et il dut garder le lit pendant huit jours, juste au moment où le temps s'améliorait et où le soleil avait enfin raison de la neige.

Le bruit de ce malaise s'était répandu.

« Tu vois, il fallait s'y attendre. Il voulait trop en faire. Il y a des limites au travail.

– Au travail ! Au travail ! Faudrait savoir si c'est bien le travail qui est en cause ? Il a bon dos le travail. »

LES DEUX PREMIÈRES LETTRES anonymes arrivèrent le même jour, l'une chez l'Albert, et l'autre à la mairie. Toutes les deux n'avaient pas manqué d'intriguer Firmin, car sur l'une et l'autre, les adresses n'étaient pas manuscrites mais réalisées au moyen de collages. Depuis qu'il était facteur, Firmin n'avait jamais vu ça.

Bien sûr, les agents des P.T.T. sont tenus par le secret professionnel, et Firmin était bien un de ces agents, il n'en est pas moins vrai que, dès le lendemain, tout le pays savait.

« Quoi de neuf, facteur ? »

Il faut bien de tant à autres égayer sa tournée…

« Bien mal acquis ne profite jamais ! »

La Ginette dut rappeler d'urgence le médecin.

« Non, soyez rassurée de ce côté, votre mari n'a rien au cœur, mais indiscutablement il amorce un état dépressif grave, qui m'inquiète. Évitez-lui tout souci. »

Albert eut droit aux tranquillisants à haute dose.

Marcel, de son côté, était lui aussi perturbé. Son texte anonyme écrit en caractère d'imprimerie manifestement découpé dans le journal local s'insurgeait contre les conclusions hâtives de l'enquête qui avait suivi la mort du Bourru. Il demandait purement et simplement la reprise de toute la procédure.

« Tiens, regarde ça, Adrien ! Tu sais, ils commencent à nous emmerder sacrément avec cette histoire.

– C'est vrai, il y en a qui ont le diable dans la peau mais c'est une lettre sans signature ?... À la poubelle ! On ne tient pas compte d'une lettre anonyme. Laisse tomber Marcel, on verra bien. »

L'Albert accusait le coup. Son caractère changeait. D'enjoué, il devenait taciturne. Son intérêt pour ses travaux se relâchait, au point que ses employés étaient obligés de l'interroger sur les directives de la journée. La Ginette, cette fois furieuse, vitupérait violemment.

« Voilà comment de vulgaires ragots peuvent pousser à bout un homme qui pourtant, lui, n'a rien à se reprocher. »

Et c'est le moment où le Gustave avait cru bon de se manifester.

« Dis, Monsieur le Maire, si tu rencontres l'Albert, dis-lui que je désire un bornage sur mes parcelles 640 et 612 du plan cadastral. Ce sont des parcelles qui sont enclavées dans l'ancienne propriété du Bourru. Leurs bornes, à mon avis, ont été déplacées. À moins que l'Albert consente à un arrangement à l'amiable en acceptant, par exemple, d'échanger mes deux parcelles avec deux des siennes, les 620 et 626, ce qui, je crois, serait équitable et valable aussi bien pour l'un que pour l'autre.

– Dis donc, Gustave, tu ne pourrais pas faire tes commissions toi-même ? »

Ce n'était pas sans appréhension que Marcel était parti pour s'acquitter de pareilles propositions. Il avait trouvé un Berthier abattu, de mauvaise humeur, au plus noir de la déprime.

« Mais enfin, Albert ! Qu'est-ce qui te prend ? Après l'héritage fabuleux que tu viens de faire, tu devrais tout de même être content, en pleine forme. Allons, tu as trop présumé de tes forces. C'est ça ? Tu as voulu aller trop vite ? Et il te faut souffler un peu… Mais enfin ! Laisse tomber les bêtises que l'on peut raconter, laisse courir, c'est sans intérêt.

« Alors, voyons, qu'est-ce que je réponds au Gustave ?

– Qu'il me fait chier ! Qu'il n'a plus affaire au Bourru, mais à moi maintenant. Que s'il veut plaider, qu'il plaide, je l'attends. Quant à son géomètre à la con, qu'il fasse ce qu'il veut. Un, je ne lui donnerai pas un sou, deux, pas une seule borne en place ne sera jamais bougée.

– Oh ! tu es trop intransigeant, Albert ! Dans le fond, l'échange qu'il te propose est correct, et ne te gêne guère, au contraire. Ça ne pourrait qu'améliorer vos rapports qui ne sont pas au beau fixe pour le moment, à ce que je vois.

– Mes rapports avec lui, je m'en contrefous, Marcel, après ce qu'il a voulu me faire dans le dos. Je sais ! Ce qu'il me propose ne me dérangerait pas, mais lui par contre, si j'acceptais, ça l'arrangerait, et ça je ne le veux à aucun prix. Tu peux le lui dire. »

Le Gustave, dépité, ne se contrôlait plus.

« Quand on a l'âme tranquille, et rien à se reprocher, on ne déprime pas. »

Firmin n'avait pas tardé à sortir coup sur coup de sa sacoche d'autres missives suspectes destinées à l'Albert, mais que la Ginette avait sans hésiter court-circuitées.

Tu ne vas pas rire longtemps.

La Justice va s'occuper de toi.

Les menaces n'étaient plus voilées. La Ginette avait brûlé les lettres.

Albert avait repris ses activités. La maison était terminée. La sœur, le beau-frère et leurs enfants venaient d'arriver. Tout semblait rentrer dans l'ordre… Ce n'était qu'apparence.

C'est à la brigade que maintenant les lettres se succédaient régulièrement, tout aussi mystérieuses, mais tout aussi explicites et impératives les unes que les autres.

Enquête bâclée. Le médecin appelé n'a pas examiné le corps. Aucun courant ne peut permettre le déplacement d'un quelconque objet d'une rive à l'autre. L'enquête doit être reprise, sinon on peut douter de toute justice.

Le brigadier, bien qu'ennuyé, avait fait la sourde oreille, et classé les missives sans objet.

Ce fut Marcel lui-même qui, devant la tournure des événements, en tant que premier magistrat de sa commune, crut bon d'informer le procureur.

« Fontary est sous l'emprise des lettres anonymes. On ne peut ainsi laisser évoluer cette situation car l'opinion locale se mobilise. Que faut-il faire, Monsieur le Procureur ? »

Le procureur avait sur-le-champ convoqué le juge d'instruction.

« Monsieur le Procureur, je viens de revoir le dossier. Il y a en effet, c'est certain, des points qui peuvent être litigieux et qu'il convient de préciser. Je fais rouvrir cette enquête en demandant à la gendarmerie de vérifier cette histoire de courant.

J'exigerai cette fois une enquête sans faille. Qu'ils prennent leur temps. Vous pouvez, Monsieur le Procureur, prévenir le maire de notre décision.

Fontary était de nouveau en révolution.

« Mais qu'est-ce qu'ils veulent faire ? Enfin, voilà plus de trois mois que le Bourru est mort et enterré, et ça continue !

– Il paraît que la gendarmerie a reçu elle aussi des lettres lui reprochant la légèreté de leur enquête. On conteste en particulier le fait qu'un noyé tombé à l'eau vers la sapinière puisse traverser l'étang pour aller se loger sur la rive opposée.

– Cette fois, c'est le juge d'instruction qui a été saisi par le procureur.

– On parle d'aller jusqu'à vider l'étang s'il le faut, pour vérifier les courants. Tu parles d'une histoire !

– Et d'une ânerie ! Dis-moi, toi qui es malin, comment peut-on vérifier les courants dans un étang lorsqu'il est vide ? Et peux-tu me dire à quoi rime tout ce remue-ménage et à quoi il va servir ? »

FONTARY

Nous apprenons de sources sûres que l'enquête relative à Monsieur Armand Berthier, retrouvé noyé dans l'étang local de sa commune, vient d'être rouverte par le juge d'instruction, en vue d'un complément d'informations. Nous ne manquerons pas de tenir informés nos lecteurs sur les détails de cette affaire au fur et à mesure de son déroulement. On ignore pour le moment les raisons qui ont légitimé la reprise de cette enquête.

« Raymonde, il va falloir encore prévoir pour les journaux à venir.

– C'est déjà fait, Raoul, je m'en suis occupé. On va tripler notre attribution. »

« Tu vois, Raoul, c'est Tanière qui m'a foutu dedans. Il était tellement affirmatif que je t'avoue, je n'ai pas pensé une minute à cette histoire de courants. Pourtant, maintenant, en y réfléchissant un peu, on est en droit évidemment de se poser des questions. Il va falloir vérifier tout ça. Je vais demander pour quelques jours aux pompiers de nous prêter un de leurs canots en caoutchouc. Nous allons faire des essais en lâchant un mannequin en plusieurs points précis de l'étang, et cela d'une rive à l'autre, en passant par son milieu. On le laissera chaque fois dériver quelques jours au besoin et on verra bien où ça le conduira. Pourras-tu nous garder le canot chez toi pendant la nuit ?

– Certes, Brigadier, c'est sans problème. J'ai la place. Il sera plus en sécurité que sur l'étang. Il ne manquerait plus que les gendarmes se fassent piquer le matériel des pompiers. C'est pour le coup que vous feriez la une des journaux, et que les gens rigoleraient… Mais qu'est-ce que tu me dis ? Tu veux faire tes essais avec un mannequin ?… Quelle drôle d'idée ! Tu vas te donner beaucoup de mal pour rien. Avec trois ou quatre bidons en plastique, tu aurais le même résultat, et les bidons se trouvent quand même plus facilement que les mannequins.

– Ma foi, tu as raison, Raoul. De cette façon on peut commencer demain et avec trois témoins on doit y voir clair en vingt-quatre heures. Tu pourras venir avec nous, Raoul ?

– Dans la mesure où je ne te gêne pas, si ma présence n'est pas incompatible avec ton enquête et si je peux te rendre service, je veux bien.

– Non seulement tu ne seras pas incompatible, Raoul, mais tu vas nous être bien utile puisqu'il paraît que tout a été tellement chamboulé que l'on ne s'y retrouverait pas, même avec les photos de Fernand.

– Tiens, voilà Monsieur le Maire !

– Bonjour Brigadier, bonjour Raoul.

– Bonjour Monsieur le Maire. Nous venons de passer à la mairie, comme elle était fermée, nous nous sommes réfugiés chez Raoul qui nous a offert un verre.

– Vous en prendrez bien un avec nous, Monsieur le Maire ?

– Volontiers, Raoul. Par contre, Raymonde, pour moi ce sera un demi-pression si tu veux bien… Alors, Brigadier ? Vous parlez d'une histoire !

– Que voulez-vous, Monsieur le Maire, on va s'y remettre et reprendre l'enquête à zéro. Mais cette fois, il vaudra mieux ne pas se tromper. J'ai bien cru à un moment que nous allions être dessaisis de l'affaire. Il paraît, du moins c'est ce que m'a dit le juge d'instruction, que le procureur n'était pas particulièrement content. Mais qu'en pensez-vous, Monsieur le Maire, de toutes ces lettres anonymes, toutes bourrées de fautes d'orthographe ? C'est quand même surprenant pour un petit patelin comme celui-là.

– Oh ! vous savez, Brigadier, il faut toujours se méfier de l'eau qui dort. Les apparences sont souvent trompeuses. Dans nos petites communes sommeillent parfois des problèmes anciens mal digérés, des contentieux non réglés qui sont parfaitement capables de resurgir sous forme de jalousie ou de vengeances occultes. Les rancunes sont tenaces dans notre région.

– Tout le monde peut envoyer de telles lettres. Toutes ont été postées chez vous, au chef-lieu de canton, dans des boîtes dispersées toujours différentes d'après le préposé des P.T.T. qui les a relevées. Le receveur l'a interrogé. C'était relativement facile de se souvenir. Des lettres ainsi libellées, avec des adresses faites au moyen de collages, habituellement ça ne court pas les rues. De tout ça, que voulez-vous déduire ?... Tout ce que l'on peut affirmer, c'est qu'elles sont toutes de la même personne. De là à soupçonner quelqu'un en particulier, c'est une autre affaire. Nous sommes quatre à en avoir reçu. Moi-même, vous-même, le procureur et le pauvre Albert, qui, lui, en est tombé malade au point que l'on se demande si l'on ne sera pas obligé de l'hospitaliser.

– Vous venez avec nous demain matin, Monsieur le Maire ? Vous n'avez pas le temps ? Cela ne fait rien, Raoul va nous suivre et nous montrera le chemin. »

Il faisait beau. Pas encore chaud. Mais le soleil luisait entre les branches qui, dans les taillis de châtaigniers, viraient vers un violet léger. Un violet révélateur d'une soudaine montée de sève jusqu'à leurs plus fines extrémités. Les premiers bourgeons, dans ces baliveaux jeunes et épais, n'étaient plus que question de jours. La nature indiscutablement secouait son engourdissement hivernal. La neige fondue avait fait place à des prés qui, bien qu'encore jaunis, tendaient à reverdir. Les terres découvertes à leur tour retrouvaient sous le pied leur souplesse, et quelques timides primevères pointaient sur les talus. Sur les branches courtes et fraîchement taillées des pommiers, les mésanges à têtes noires, qui s'étaient fait oublier depuis plusieurs mois, s'affairaient, et les merles – premiers constructeurs de nids – poursuivaient déjà de leurs assiduités les merlettes affolées, au ras des haies qui se couvraient.

« Des changements étonnants en quelques jours, Brigadier. L'hiver a été rude, le printemps risque d'être précoce. Hier, j'ai vu et entendu passer les premiers vols de grues, et les bécasses ont déjà commencé leur migration de retour. Avec ce dégel, elles vont se trouver en nombre sur tous les remblais de bordure, en lisière des bois. La chasse va reprendre dimanche, on va s'occuper d'elles. Est-ce que tout ça est bon ? C'est moins que sûr. Attention aux gelées tardives sur les fruitiers lorsqu'ils seront en fleurs. Cela peut être dramatique pour les fruits et cela malgré les Nylon, malgré tous les pneus que l'on pourra brûler. C'est au petit matin, au lever du soleil, que c'est particulièrement dangereux. Si ça arrive, on va entendre chanter les paysans… Tu sais,

Brigadier, tu peux continuer, on peut aller maintenant en voiture jusqu'à l'eau. L'Albert a ouvert des chemins sur toute la propriété.

– Dis donc, Raoul, à droite, c'est bien la maison du Bourru ? Ce n'est pas possible ? C'est une maison totalement neuve ?

– De haut en bas et déjà habitée, je crois, depuis une bonne semaine par le beau-frère et la belle-sœur de l'Albert : Marie, la sœur de Ginette, et Victor, son mari.

– Eh bien ! il n'a pas chômé, l'Albert. C'est fantastique ! Mais où sont passés les sapins ? Ils sont coupés ?

– Mais oui, Brigadier, coupés, et leurs souches arrachées. Regarde, on est à l'étang. C'est là que le Bourru fixait ses lignes. Tu vois, on a du mal à reconnaître l'endroit.

– Fernand, prends de nouvelles photos et viens nous aider à descendre ce canot du toit de la fourgonnette. Nous allons mettre nos témoins en place. Tu vois, Raoul, je les ai fait peindre de trois teintes différentes, rouge, bleu, et jaune. Le rouge nous allons le mettre là, le bleu au milieu de l'étang à égale distance des deux rives, et le jaune là-bas en face, le long des joncs. Ce soir, ou demain, on verra bien s'ils ont bougé et où nous les retrouverons.

– Fernand, attention ! Tu vas nous foutre à l'eau ! Tu manipules tes rames en dépit du bon sens.

– Laissez-moi faire, Fernand. Donnez-moi ces rames. J'en ai assez manipulé chez les Viets et pas toujours dans d'aussi bonnes conditions. »

« Voilà, c'est fait. Tous les témoins sont en place.

– Tu vas voir que tu seras fixé dès ce soir. Regarde, sur les trois, il y en a déjà un qui a bougé. Celui du milieu, le bleu. Il va, je parie, filer en droite ligne vers le trop-plein et il y sera avant la nuit. Brigadier, nous revenons ce soir ou demain ?

– Demain matin, ce sera très bien. Il ne fait pas mauvais, maintenant, mais à la tombée de la nuit ça va rafraîchir, et nous ne verrions pas bien nos témoins. »

« Il fait bien plus froid qu'hier, tu ne trouves pas, Raoul ?

– Le lever du soleil, le lever du soleil, Brigadier. C'est ici comme dans le bled, c'est normal. Souviens-toi. Puis le ciel était bien trop dégagé cette nuit. Il y a de la gelée blanche un peu partout, mais dans moins d'une heure tout sera balayé.

– Ah ! voyons voir, où en sommes-nous ? »

Le premier témoin était à leurs pieds. Lancé à deux mètres du bord, il s'était rabattu et collé à la berge. Le brigadier, sans peine, l'avait récupéré. Le deuxième et le troisième avaient disparu.

« Il nous faut faire le tour et passer sur l'autre rive si nous voulons les voir. Il nous faudra peut-être reprendre le canot si tu tiens à récupérer tes bidons.

Je l'ai rangé dans ma cour arrière, personne ne peut y toucher. On va le chercher si tu veux ?

– Oh ! on va voir. Tu sais, même si je ne récupère pas mes témoins, ce ne sera pas une grande perte. L'important, c'est de les repérer et de voir où ils ont atterri. »

Ils s'étaient mis en route, contournant la jetée en direction du déversoir.

« Raoul, Raoul, regarde, des colverts !

– Tu penses si je les ai vus. Lundi, je viendrai avec Folette leur souhaiter la bienvenue avec mon douze, et si vous revenez à Fontary, je vous en promets un à tous les deux. J'ai besoin d'habituer ma chienne à l'eau. Ce sera pour elle une première. J'espère qu'elle n'hésitera pas devant l'eau froide… Tu as vu ma chienne, Brigadier ?

– Non, tu me la montreras tout à l'heure. C'est important un bon chien !

– Si c'est important ! Il faut être chasseur pour le comprendre. Il fait partie de mes amours : Raymonde, Folette et mon fusil. Ce sont trois éléments sacrés pour moi. Je ne sais lequel je préfère. Allons ! disons Raymonde tout de même, quoique ce serait bien elle la plus emmerdante quelquefois.

– Tais-toi Raoul, je te l'ai déjà dit ; tu es bien tombé, ne te plains pas.

– Mais tu sais, j'en suis bien convaincu, Brigadier. Raymonde a été taillée pour moi sur mesure. Elle me laisse faire ce que je veux et je n'ai aucune obligation. Certes, elle est un peu jalouse, mais ça !

Cela fait partie de la nature des femmes. Nous le savons bien.

– Et puis, de temps à autre, tu dois bien lui donner matière à l'être. On n'a pas fait la Légion sans qu'il n'en reste quelques traces. Sans savoir, je sais.

– Tu vois, Brigadier, je suis bien ! Mais je me sens encore mieux lorsque je vois la vie que mènent ceux qui m'entourent. Tu crois que c'est valable de n'exister que pour le pognon ? "Et toi, tu as fait un million, et moi j'en ferais deux." Oh ! il y en a bien quelques-uns sur le tas qui sont un peu plus raisonnables, mais dans l'ensemble, même s'ils le sont au départ, en quelques années ils deviennent des esclaves au service de tout et de rien ; du soleil, de la pluie, du gel, de leurs champs, de leurs bêtes, de leurs pommiers. Je les vois vivre. Ils n'ont même plus le temps de boire un verre tranquille lorsqu'ils viennent chez la Raymonde.

« Tu es marié, toi, Brigadier ?

– Marié et père de trois enfants : deux garçons de onze et quatorze ans, et une fille de seize ans qui commence à se sentir pisser et qui me cause pour le moment plus de problèmes que tout le reste. Entre eux et ma mouquère, il y aurait quelquefois matière à regretter le bon temps de la Légion. Tu as fait le bon choix, Raoul, tu as fait le bon choix.

– Tiens, voilà ta balise bleue. Tout contre les grilles du râteau. Elle a fait un sacré chemin celle-là ! Elle a suivi le lit de l'étang, le courant du ruisseau qui le traverse, et qui l'alimente d'amont en aval. Tu peux la récupérer, elle n'ira pas plus loin.

– Où crois-tu que puisse être la troisième ?

– On va le savoir en remontant. Rien ne m'étonnerait qu'elle, par contre, soit vers le Rocher Perdu. Nous allons longer le bord en suivant les bois. Jaune sur le jaune des joncs, elle ne sera pas aussi facile à voir que les deux autres.

– Je la vois ! Je la vois, Brigadier.

– Tu la vois où, Fernand ?

– Là, Brigadier, à droite du rocher. À certains moments, elle brille au soleil.

– Oui, oui, je la vois aussi. Tu ne la vois toujours pas, Brigadier ?

– Si… Ça y est. Presque à l'endroit où nous avons repêché le Bourru. Eh bien ! pour une démonstration cela en est une. Heureusement, Fernand, que nous n'avons pas été dessaisis de l'enquête et que nous allons pouvoir nous rattraper. Sans cela, nous perdions tout crédit auprès du juge d'instruction.

– Mais alors, Brigadier, le Bourru n'est pas tombé à l'eau, il y a été balancé, et bien plus près de cette rive que de celle voisine de sa maison et de sa sapinière.

– Je le crois, Fernand, et cela change tout. Il y a probablement eu crime. Il ne peut y avoir d'autres explications. Mais nous n'allons surtout pas conclure trop vite. Le juge m'a bien dit : “Prenez votre temps”, et il tenait, d'après ce que j'ai compris, à ce qu'on vide l'étang pour s'assurer du comportement des courants au cours de l'opération. Ces gens-là, il ne faut pas les contrarier. Qu'en penses-tu, Raoul ?

– Comme toi, évidemment ! C'est complètement inutile pour ne pas dire stupide, mais comme toi je crois qu'il ne faut jamais aller contre l'idée originale d'un chef, même si elle est idiote. Tu sais ce qu'on nous répétait : "Sois bête au besoin, mais reste discipliné." Je crois quand même que, sans le vider dans sa totalité – ce qui demanderait plus de quinze jours et entraînerait bien des problèmes tant au niveau du poisson que pour la mise en route d'une pêche –, le baisser légèrement pendant quatre ou cinq jours suffirait largement à se faire une idée et à donner satisfaction à ton juge. Qu'en penses-tu, Brigadier ?

– Tu as raison, Raoul. Je vais voir le maire, lui expliquer, et faire adresser par le juge une requête au propriétaire pour que nous puissions agir légalement. D'ici là bien sûr, aucune déclaration sur ce que nous avons constaté nous-mêmes. D'accord ?

– Allons ! Brigadier, c'est évident. Mais tu sais, tes promenades d'hier avec ton canot sur l'étang et celle d'aujourd'hui tout autour ne seront pas passées inaperçues. Tes conclusions, personne ne les saura par nous, toutefois tu peux être certain que tout le monde a déjà son idée. Mon pauvre Brigadier, il y a des gens qui, j'en suis sûr, nous observent de tous les coins. De toute façon, pour ma part, ne crains rien, bouche cousue de légionnaire. Je suis venu sur ta demande, pour te donner les dimensions de l'étang, sa longueur, sa largeur, et c'est tout. Mais ça, personne ne le croira, tu peux en être sûr. »

Tanière, en tant que garde fédéral, avait été convoqué.

« Mais enfin, Brigadier, que se passe-t-il ? Qu'est-ce qui vous prend ? Vider un étang pour en déterminer les courants, mais c'est de la folie. Au contraire, c'est en faisant cela que vous les modifiez. »

Le brigadier n'avait pas jugé utile de lui donner plus d'explications. Il avait failli, à cause de lui, passer pour un imbécile et un incapable. Eh bien ! à chacun son tour.

« Ordre du procureur, Tanière, nous n'avons rien à dire, rien qu'à nous exécuter. Je souhaite simplement que nous n'ayons pas à le vider entièrement. Mais tout est possible.

– Mais, même si vous ne le videz pas totalement, il me faut quand même installer les râteaux à la bonde. Vous vous rendez compte du travail ? Nous ne sommes pas plus de trois pour porter les grilles, moi-même et deux de mes collègues. Encore faut-il pouvoir les toucher ? J'espère qu'ils pourront venir. Il est bien rare, certes, que du poisson se laisse prendre dès les premiers jours, mais ça s'est vu. Des brochets parfois, lorsqu'en chassant ils passent près du tourbillon. Le courant violent peut les happer. Et puis brigadier, si l'on doit vider en totalité, c'est qu'il faut que je sois prévenu rapidement. Car alors, c'est une pêche qu'il faut mettre sur pied et ça immobilise plus de trente personnes. Dans ce cas, il faut aussi le temps de réaliser des bassins de réception. Puis comment fera-t-on pour vendre ?... À la sauvette ? Mais, Brigadier, ce sont des tonnes de poissons qui arrivent chaque fois. Ça ne s'improvise pas, tout ce travail, vous vous en doutez bien. Sans compter que ces improvisations vont entraîner des pertes d'argent importantes. Il faudrait tout de même essayer de ne pas en arriver là. »

Tanière était dans tous ses états, et le brigadier n'était pas mécontent de le laisser dans ses incertitudes.

« Nous ferons pour le mieux, Tanière. Ouvrez dès ce soir. Nous ne pouvons rien vous fixer avant une semaine. Tout ne dépend pas de nous, vous le comprenez bien. »

Fontary

L'enquête autour de la noyade de Fontary continue. La justice exige la vidange de l'étang. Que cherche-t-elle ? Nous tiendrons nos lecteurs informés au fur et à mesure des informations qui pourront nous parvenir.

Chez la Raymonde, la quantité de journaux nécessaire pour satisfaire la clientèle ne cessait d'augmenter.

Les râteaux avaient été mis en place et le *palou*, la lourde porte en bronze fermant la bonde, avait été montée en douceur grâce à ses crics latéraux. Depuis quarante-huit heures, l'eau s'engouffrait dans la bonde, mais l'étang, le grand étang, n'accusait pas encore le coup, à peine quelques centimètres, presque imperceptibles sur toutes ses rives. Une ou deux semaines de sécheresse en auraient fait autant, et pourtant l'eau sortait à gros bouillons, couvrant les grilles dans leur totalité.

Matin et soir, la maréchaussée arrivait avec sa fourgonnette, jetait un coup d'œil circulaire, faisait quelques photos et repartait.

Tanière fulminait.

« Mais enfin, que veulent-ils faire ? Qu'est-ce qui leur prend ? Ils cherchent un autre Bourru ? Ils ne peuvent pas nous foutre la paix ! Mais enfin, Raoul, toi qui es peut-être dans les secrets du brigadier, as-tu une idée ?

– Oh ! ma foi non ! Je sais qu'ils obéissent à des ordres, mais c'est tout. Je n'en sais pas plus que vous. »

Seul le Gustave avait l'air de se réjouir.

« Enfin ils se réveillent et se décident à faire quelque chose. Ce n'est pas malheureux. »

Albert, en revanche, s'était de nouveau effondré. La Ginette ne savait plus que faire ni que dire. Elle lui avait, à tout hasard, confisqué son fusil.

« Vous savez, Monsieur le Maire, voir faire tout ça autour d'un membre de sa famille, à cause de notre oncle, et plus de quatre mois après l'avoir porté en terre, avouez qu'il y a bien de quoi démolir l'homme le mieux trempé. »

« Tu sais, Raymonde, il faut bien reconnaître que c'est une épreuve quand même pour l'Albert et même pour Ginette, qui ne mérite pas de voir son mari dans cet état.

– Oh là ! je t'en prie ! stop ! laisse-la tranquille, celle-là. Ce n'est pas parce que tu as couché avec elle de temps à autre et qu'elle s'est entichée de toi que tu dois te croire autorisé à la soutenir ou à la plaindre devant moi. C'est une salope, une jalouse et une voleuse d'hommes, qui ne rêve que d'une chose, te mettre dans son lit. Mais tu sais, je ne me laisserai pas faire, Raoul. Je te défendrai contre elle s'il le faut. J'ai été en classe avec elle, je sais ce qu'elle vaut.

– Raymonde ! Voyons Raymonde ! Tu n'en auras jamais besoin. Tu le sais bien, c'est toi que j'aime.

– Oui, je sais, mais je sais aussi que depuis quelques jours, elle cherche par tous les moyens à te rencontrer. Cela fait déjà plusieurs semaines que j'observe son manège devant la porte de l'épicerie. Je trouve aussi qu'elle vient beaucoup trop souvent ici chercher des timbres, et un par un qui plus est, au lieu d'en prendre un carnet comme tout le monde. Je n'ai rien dit jusque-là, mais qu'elle se méfie. Je me charge de le lui éteindre le feu, si elle l'a au cul.

– Raymonde, je t'en supplie, laisse ça tranquille. »

Cette fois, c'était fait : l'étang saigné à blanc commençait à perdre sérieusement ses entrailles. Un étang qui se vide est triste à mourir. En quelques jours, d'un seul coup, il perd toute sa majesté. Ses rives rapidement se cernent de noir, libérant les roseaux, les branches mortes accumulées et les feuilles qui en secret y pourrissaient. L'étang pue. Il sent la vase.

Les arbres et les buissons qui le bordaient n'y retrouvent plus leur image. L'étang ne scintille plus. Son eau habituellement calme et sereine est maintenant parcourue de rides et de remous inquiétants et profonds. Elle se retire, et dans son hémorragie découvre au gré des courants des plaques de boues croupissantes ou des sables noirâtres instables et mouvants. Les herbes aquatiques légères et flottantes s'écrasent maintenant sur elles-mêmes, gisant en tapis malodorant. Des pierres ignorées crèvent l'une après l'autre la surface de l'eau, et les zones découvertes sont parsemées de moules.

Avertis du désastre, les corbeaux, amateurs de cadavres, parcourent ce terrain vierge jusque-là inconnu, alors que les grands hérons cendrés, locataires des lieux, sortant de leur réserve, explorent les trous d'eau à la recherche des alevins mourants. Les colverts, dès la première alerte, ont fui vers des lieux plus cléments et les poules d'eau, pourtant si nombreuses et si visibles d'habitude, ont disparu. Le petit martin-pêcheur est encore là, certainement décontenancé de ne plus voir son vol toujours aussi émouvant s'inscrire sur une eau qui n'est plus.

Les terriers des ragondins émergent maintenant au grand jour aux contreforts des rives, et des squelettes d'animaux, morts déjà depuis longtemps, resurgissent, de-ci de-là, au milieu des joncs.

« Tenez, voyez les restes de la carcasse du veau. Elle n'a pas bougé de place lorsqu'elle s'est enfoncée. Les écrevisses l'ont parfaitement nettoyée.

– Fernand, prends des photos de tout cela... De tout l'étang, si tu peux. Mets en évidence les parties découvertes en même temps que les courants, s'il en persiste.

– On les distingue encore nettement, Brigadier. L'un passe en plein milieu et suit le lit de la rivière d'amont en aval, l'autre bifurque et vient frôler le Rocher Perdu. Je pense que les photos seront explicites, la lumière est très bonne.

– Celles que tu as faites hier étaient déjà parfaites. Bien ! je crois que l'on va pouvoir en rester là et arrêter la vidange. On va prévenir Tanière. Il peut refermer. »

Tanière n'était toujours pas content.

« Un travail énorme pour rien ! Il faut rabaisser le palou ! Pourvu qu'aucune pierre n'empêche la manœuvre ! Puis il faut retirer les grilles, les laver, les ranger. On voit bien que ce ne sont pas eux qui ont à le faire. Qu'est-ce que c'est que cette histoire de courants ? Adrien, tu y comprends quelque chose ?

– C'est pour voir comment le Bourru a pu dériver de sa sapinière jusqu'au Rocher Perdu. D'après ce que j'ai entendu dire, le procureur n'admettait pas cette possibilité, et c'est pour cela que l'on a rouvert l'enquête. »

Tanière pressentait un coup de Jarnac. Le brigadier, il le sentait hostile. Certainement qu'on lui cachait quelque chose qui ne pouvait lui être favorable. C'était sur sa déposition, comme le lui avait dit le brigadier, que s'appuyaient les éléments déterminants du dossier.

S'ils s'avéraient négatifs, c'était lui, Tanière, qui, par contrecoup, en subirait toutes les retombées. Du mal fondé de ce rapport dans l'avenir pouvait dépendre en haut lieu sa crédibilité. Il était garde fédéral assermenté et, dans cette position, on peut avoir des comptes à rendre. Allez donc essayer de rendre service ! Dorénavant, la maréchaussée se démerderait comme elle voudrait et se passerait de ses services.

« Cela fait une semaine qu'on ne les a pas revus, Monsieur le Maire ! Qu'en pensez-vous ? Que vont-ils inventer encore ?

– Je n'en sais ma foi rien, Poulou. Mais s'ils ont repris l'enquête, c'est bien qu'ils ont une idée derrière la tête. J'ai été surpris par le changement d'humeur du brigadier. De toi à moi, je crois qu'il a eu maille à partir avec le juge d'instruction qui lui a reproché certaines négligences. Rien de cela ne serait arrivé s'il n'y avait eu ces fameuses lettres anonymes.

– Ça, vous m'avouerez, Monsieur le Maire, que c'est lamentable, dans un pays où tout le monde se connaît. Il n'y aurait pas eu moyen avec l'une d'elles de trouver leur provenance grâce aux empreintes digitales ?

– Crois-tu ? Ils y ont pensé, mais tout ce qu'ils y ont trouvé ce sont les leurs et probablement sur les enveloppes, celles des facteurs. Elles ont toutes été bricolées, certainement avec des gants, des journaux locaux et du papier d'écolier. Va savoir avec ça ! La dernière arrivée remonte à trois semaines et c'est le procureur, paraît-il, qui l'a reçue. D'où la suite.

– Ce qui est sûr, c'est que l'Albert est rudement secoué par tout ça. Moi qui lui ai vendu un matériel du tonnerre ! Il paraît qu'il ne mange plus, qu'il ne dort plus, et qu'il s'est mis dans la tête que tout ce qui arrivait venait du Gustave. Heureusement qu'il y a son beau-frère et sa belle-sœur avec eux. Je me demande ce que Ginette ferait sans cela !

– Je l'ai vue. Elle est venue à la mairie. Que voulais-tu que je lui conseille ? Son médecin n'est pas rassurant. Il voudrait hospitaliser l'Albert, mais ce dernier ne veut rien entendre. Ah ! il serait temps que tout ça finisse pour la tranquillité de tous. »

« Alors, Brigadier, où en sommes-nous ?

– J'enquête, Monsieur le Juge. J'enquête, et cette fois nous avançons. C'est en effet devenu évident, la chute de cet homme à l'endroit où nous pensions qu'elle avait pu se produire ne pouvait le conduire vers l'autre rive. Comme vous l'aviez suggéré, nous avons fait une étude approfondie des courants sur l'étang plein avec des balises flottantes et sur l'étang à moitié vide. Tout concorde et laisse supposer que l'homme a été déposé en pleine eau sur la rive même où il a été retrouvé.

– On s'achemine donc vers une thèse criminelle, Brigadier ?

– Je le pense, Monsieur le Juge. Je le pense.

– Mais enfin, Brigadier, cet homme n'a pas été tout de même tout seul au milieu de l'étang. Il a bien fallu que quelqu'un l'y transporte.

– Nous y avons pensé, Monsieur le Juge, et nous avons poussé nos investigations dans ce sens. Mais que voulez-vous, ça peut paraître surprenant mais c'est ainsi, à Fontary presque toutes les maisons ont une barque. De vous à moi, j'ai la conviction que malgré Tanière, le garde fédéral, tout le monde braconne plus ou moins dans cet étang. Mais dans ce domaine, pour tirer les vers du nez à qui que ce soit, vous pouvez toujours vous les arrondir.

– Pardon ?

– Excusez-moi, Monsieur le Juge, je voulais dire, on doit y renoncer. C'est une expression du pays qui m'a échappé.

– Que vous devez éviter de mettre dans vos rapports, Brigadier, ce serait mal perçu.

– Oh ! bien sûr, Monsieur le Juge !

– Bon, il reste encore ce problème soulevé dans toutes les lettres, relatif à ce permis d'inhumer délivré, paraît-il, avec un peu trop de légèreté. Pour cette raison, je vais donc demander une exhumation suivie d'une autopsie. Après ça, que voulez-vous, vous comme moi aurons fait ce que nous aurons pu. Il ne nous restera plus qu'à mettre cette enquête en sommeil ou, suivant les résultats du médecin légiste et l'avis du procureur, à la confier à la P.J. C'est votre avis, Brigadier ?

– Ma foi, oui, Monsieur le Juge ; mais cet homme est enterré depuis trois mois et Dieu sait en quel état il était déjà. Vous pensez qu'une autopsie, Monsieur le Juge…

– Oh ! ça c'est l'affaire du médecin désigné pour ce travail. C'est son métier, il est payé pour ça. Il verra bien ce qu'il peut en tirer. C'est certain, ce ne sera pas pour lui une partie de plaisir. »

« Raymonde ! sers-nous deux petits cognacs bien tassés. Nous en avons besoin. »

Marcel avait jeté son chapeau sur la table, Adrien avait relevé son béret sur le haut de son crâne.

« Tu ne crois pas qu'il y va un peu fort, le juge ? Demander une autopsie ! On voit bien qu'il n'était pas là lorsqu'on l'a sorti de l'eau.

– Je suis de ton avis, Adrien. Je l'ai dit au téléphone au brigadier qui m'a répondu qu'il n'y pouvait rien. Que c'était l'avis du procureur, donc qu'il fallait s'y tenir.

– Tu as prévenu le Jeantou, Marcel ?

– Oh là ! oui ! Il va commencer à creuser demain matin, mais tu peux me croire, il a commencé à gueuler dès ce soir. Il aurait fallu que tu l'entendes : "J'ai autre chose à faire que de déterrer les morts. Je n'ai pas le temps, un point c'est tout." J'ai dû me fâcher un peu, mais assez fermement quand même. J'ai été obligé de lui dire que s'il ne le faisait pas de bon gré, on allait le réquisitionner. J'ai dû le menacer du procureur, qui en avait parfaitement le droit : "Et le procureur ! c'est lui qui viendra demain me tailler mes pommiers ?" L'hôpital envoie un fourgon demain à 14 heures. Je crois que le procureur et la gendarmerie seront là. Il faudrait que l'un de nous y soit. Pourrais-tu y aller à ma place, Adrien ? Il se trouve que j'ai un empêchement. Tu me rendrais service. Il y a des papiers à signer. Il te faut prendre mon écharpe à la mairie.

– Entendu, Marcel, j'y serai. Tu dis à 14 heures ? »

« Bonjour, Raoul, comment vas-tu ?... Oh ! dis donc, qu'est-ce qu'il a grandi ton chien ! Quelle belle bête !

– Il est à sa taille normale, Adrien, il ne grandira plus. Il s'avère un excellent chasseur. Tu vois, nous rentrons des canards. Nous venons d'en faire six en une heure. Je t'assure qu'il ne traîne pas pour aller les récupérer. L'eau froide ne lui fait pas peur. Si un colvert vous fait plaisir à chacun de vous, je vous les offre. Il m'en reste quatre, c'est plus qu'il ne m'en faut. Raymonde, mets chacun le leur dans un journal. Les plus gros, bien sûr. Quoique je les crois sensiblement du même poids. Dans ces conditions, donne-leur alors de préférence les canettes. Elles sont plus grasses et plus tendres en général que les mâles.

– Et c'est vrai ce que tu dis là, Raoul, dans toutes les espèces, une dinde mieux qu'un dindon, une poule plus tendre qu'un coq. Il n'y a que dans notre race que les qualités s'inversent.

– Merci, Raoul !

– Dis donc Raoul, je t'ai vu chasser l'autre jour avec ta chienne, j'ai été surpris de la voir travailler comme elle le fait à tes côtés. C'est quand même d'autres chiens que les courants. J'aurais aimé en avoir un. Pourrais-tu me donner l'adresse de ton éleveur ?

– Bien entendu, Adrien... Raymonde, marque-lui ça sur un papier, tu veux bien ?

– Accepterais-tu par contre de me le dresser ? Tu sais, moi, j'en suis incapable. Or, c'est essentiel le dressage.

– Promis, Adrien. Procure-toi un jeune de quatre ou cinq mois, et je m'en occuperai. Fais-le tout de suite, si tu veux en profiter à l'automne prochain. Prends un mâle, si tu peux. Nous l'accouplerons un jour avec Folette, et nous aurons avec eux des produits de première bourre. Cela peut-être intéressant.

– Tu n'as pas peur d'une consanguinité, venant du même élevage ?

– Non. Il suffira que tu t'assures que ton chien n'est pas issu du même mâle que Folette. Je sais qu'ils ont plusieurs géniteurs dans le chenil. Tu contrôleras avec les pedigrees.

– Dis donc, Raoul, c'est bien un grand duc que tu as sur l'étagère. Il n'y était pas hier ? Je l'aurais certainement vu. Il est assez grand ! C'est toi qui l'as naturalisé ?

– Et qui veux-tu que ce soit, Adrien ? C'est le Châtenet du Rieu qui me l'a apporté, il y a déjà une huitaine. Je viens de le terminer ce matin. Il doit le récupérer ce soir. Figure-toi qu'il l'a piégé dans une de ses cabanes isolées au Boisabot. Il paraît qu'il y faisait un raffut de tous les diables. C'est que ça porte terriblement loin le hululement de ces bêtes. La nuit, on les entend de plusieurs kilomètres.

« Tu le trouves à ton goût, Adrien ?

– Ah ! si je le trouve à mon goût ! Mais il est fantastique, presque aussi impressionnant que la grande buse que tu as faite pour Antoine. Pas étonnant qu'une bête comme ça fasse peur aux gens la nuit. Je t'avoue que c'est bien la première fois que j'ai l'occasion d'en voir un d'aussi près. C'est curieux qu'il se soit réfugié dans une grange. Ce n'est pas dans leurs habitudes. J'ai toujours entendu dire qu'ils se logeaient au creux des arbres, au plus profond des bois. Les greniers, les granges, c'est plutôt le domaine de prédilection des chouettes. Peut-être que le froid l'y a poussé ? Quel travail splendide tout de même ! Il n'y a pas à dire, on le croirait vivant.

« Tu es un grand artiste, Raoul !

« Alors, c'est entendu pour le chien. Je te tiens au courant. »

ALORS, JEANTOU, il paraît que tu ne t'es pas laissé faire tout à l'heure ?

« Donne-moi d'abord un petit Pernod, Raymonde... Ils te feraient attraper la crève, “ces gaziers”, si on les écoutait. Et Monsieur le Procureur par-ci, et Monsieur le Procureur par-là. Et ne mettez pas les pieds là, vous allez vous salir ; ne vous approchez pas trop, vous risquez de glisser ; et quoi de plus alors !... Tu comprends, moi, j'y suis depuis ce matin dans la boue, et tu parles si j'en suis sorti propre !

– Mais avec la pelleteuse, Jeantou, ça t'a quand même facilité ?

– Bien sûr, Raoul, jusqu'à un mètre, mais après, il a fallu finir à la pelle. Il y avait quand même le cercueil au-dessous. Même pas question de se servir de la pioche. Remarque que la terre n'était pas encore tassée, mais rien que pour faire le tour de la boîte, je me suis amusé. C'est tout juste si je n'ai pas dû le faire à la main.

– Ils étaient venus nombreux ?... Trois voitures !

– Oh ! le procureur et son chauffeur dans l'une, la brigade au complet, soit quatre dans une autre et le fourgon de l'hôpital. Beaucoup de monde, mais personne décidé à m'aider. On ne tient pas à se salir dans l'administration. Pourtant, le conducteur du fourgon et les gendarmes, à part le brigadier, ont bien été obligés de s'y mettre. Et j'ai vu le moment où on n'y arrivait pas. En trois mois, le cercueil avait fait sa place dans cette glaise collante que nous avons dans le cimetière, et il adhérait au point de faire ventouse. Ils m'ont fait passer des cordes autour des poignées. Je les avais prévenus. "Elles ne tiendront pas." Ça n'a pas manqué, à la première traction, elles ont cassé. Encore heureux qu'elles ne se soient pas arrachées. Ça, il n'y a rien à dire, l'Antoine avait fait du bon travail et du solide. Il n'avait pas plaint l'épaisseur des planches et le Bourru ne risquait pas de s'échapper. Le bois n'a pas bougé.

– Alors, comment avez-vous fait ?

– Eh bien ! remarque, c'est une chance, il n'y avait pas de tombes à côté. Il a fallu que je ramène la pelleteuse et que j'agrandisse le trou de plus d'un mètre de part et d'autre, pour qu'on puisse descendre passer des barres à mines de chaque côté. Et là, encore une fois, on s'est planté. Les barres s'enfonçaient dans la terre sans trouver de résistance. Il a fallu glisser deux madriers sous le cercueil pour trouver de solides appuis. Tu t'imagines, deux gendarmes d'un côté, un gendarme et le type du fourgon de l'autre, et le Jeantou à genoux pour passer des cordes d'abord à l'avant, puis après à l'arrière du cercueil. Tu vois le tableau ! Une fois ficelé, c'est la pelleteuse qui l'a remonté. Heureusement qu'elle était là, car sans elle, nous y serions encore, et il n'est pas dit que nous y serions arrivés. Sans compter qu'à part l'Adrien, tous les autres n'y connaissaient rien et faisaient n'importe quoi.

– Tiens, voilà justement Adrien qui arrive. Oh ! là là ! Il a déjà été se changer !

– Alors ça y est quand même, Jeantou ? Tu parles de rigolos ! Je crois que tu as bien fait de ne pas te laisser marcher sur les pieds et de parler un peu sec. Le procureur en fera ce qu'il voudra.

– Pourquoi ? Que leur as-tu dit, Jeantou ?

– Je leur ai dit que j'en avais marre d'enterrer et de déterrer les gens. Que je voulais bien savoir ce qu'ils comptaient faire, et si je devais ou non fermer la fosse. Je ne me suis pas gêné. Je leur ai même dit que si je la fermais, ils pourraient chercher quelqu'un d'autre pour la rouvrir. Tu comprends, avec le trou que l'on a dû faire, les parois ne tiennent plus. Si l'on devait recommencer il faudrait étayer. Ils ont compris et m'ont dit de laisser tout ouvert. Je vais donc simplement bâcher par précaution au cas où il pleuvrait. Tu ne vois pas qu'à leur retour ils tombent sur une piscine ! Il est vrai que le Bourru a l'habitude. Ça ne ferait qu'une fois de plus qu'il serait dans le bouillon.

– Le procureur a dit qu'il n'envisageait pas de le garder plus de trois ou quatre jours. Je reconnais que le Jeantou n'a pas eu tort. Tu parles d'un travail. Il a fallu laver le cercueil à grande eau et au jet avant de le rentrer dans le fourgon. Je crois qu'ils veulent l'ouvrir dès ce soir. Les gendarmes ont mis des scellés. Tu parles ! Comme s'il risquait de leur être fauché ! Ils ont signé une décharge à la mairie et tout est parti.

« Qu'ils en fassent ce qu'ils voudront ! »

Les journaux avaient relaté l'événement en détail, cette fois non plus en un simple entrefilet, mais sur deux colonnes à la une.

L'affaire Berthier rebondit. Après avoir vidé l'étang de Fontary, la mort de Berthier Armand paraît suffisamment suspecte pour qu'il ait été décidé d'une exhumation en vue d'une autopsie. L'on se perd en conjectures sur la mort de cet octogénaire bien connu depuis toujours sous le sobriquet du Bourru, dans tout le canton de Fontary… Affaire à suivre.

Une autopsie ! on n'avait jamais vu ça à Fontary ! On ne parlait plus que de l'événement dans les maisons, dans la rue, à l'épicerie, chez le Poulou, et bien sûr chez la Raymonde, un carrefour idéal et obligé où tous les ragots s'échangeaient, et où toutes les opinions entretenaient les plus exigeantes curiosités. La Raymonde y trouvait son compte. Sans jamais être tout à fait plein, son bar n'en était pas moins constamment occupé. Et Raoul avait dû à plusieurs reprises aller au chef-lieu d'urgence pour en rapporter de la bière, des apéritifs et des journaux ; encore d'autres journaux.

« Mais voyons ! soyons sérieux. Ils pensent vraiment que quelqu'un aurait pu jeter le Bourru dans l'étang ?

– Et que veulent-ils faire avec cette autopsie ? Voir quoi ?

– S'il était déjà mort lorsqu'il est tombé à l'eau ?

– Certainement, c'est une chose qui peut se voir, paraît-il au niveau des poumons.

– Les premiers jours, je veux bien le croire ! Mais quatre mois après !

– Et puis qui voulez-vous en vérité qui ait fait ça au Bourru ?

– Tu sais, il y avait tellement de gens qui lui en voulaient. Il s'était disputé avec tout le monde. Pour une chose ou l'autre, il menaçait du fusil. Certains ont pu mal le prendre.

– Oui, certes, sur le coup peut-être, mais de là à lui en vouloir assez pour le foutre à l'eau ! C'est un peu raide.

– Au début, on pensait bien qu'il s'était noyé seul en tombant accidentellement ?

– Au début oui, mais d'après les constatations de la gendarmerie, c'était impossible, étant donné l'endroit où on l'a repêché.

– C'est moche quand même pour Fontary. Un coin si tranquille et où il ne se passait jamais rien !

– Dis donc, Pierre, as-tu entendu dire que cela va mal chez l'Albert ?

– Mais oui, on le dit. Il paraît que ça lui a porté à la tête. Depuis qu'il a appris cette décision du procureur, il est devenu comme fou. Il a retrouvé son fusil, que la Ginette lui avait caché, et il se balade toujours avec lui, un lot de cartouches dans chaque poche. Il déclare à qui veut l'entendre qu'il tuera tous ceux qui sont à l'origine de ce scandale. Il accuse, et c'est cela qui est grave, de plus en plus ouvertement le Gustave qui, lui, par contre, n'en mène pas large.

– On m'a dit que Marcel y avait été, à la demande de Ginette, pour essayer de le raisonner.

– C'est vrai, mais il a été très mal reçu, et son intervention a produit l'effet contraire à ce qu'ils espéraient. En désespoir de cause, ils ont fait revenir le médecin. Celui-ci est formel : “Il faut l'interner immédiatement pendant quelques semaines, le temps qu'il retrouve ses esprits.” Il faudrait un papier du Marcel pour décider de ce placement d'office et d'urgence. Évidemment, Marcel hésite.

– Et je le comprends ! C'est quand même une responsabilité de faire boucler quelqu'un contre son gré. On ne sait pas ce qui peut en résulter pour l'avenir. C'est souvent qu'une fois guéris, ces malades gardent rancune à ceux qui ont pris cette décision.

– C'est tout de même curieux que l'Albert réagisse ainsi. Qui aurait cru ça de lui. Car enfin, depuis que nous le connaissons, il s'est toujours montré un homme pondéré, plutôt calme.

– À moins ! À moins que l'Albert ne redoute quelque chose que nous ignorons.

– Oh ! dis donc, Pierre, tu ne vas pas remettre ça ! Tu ne trouves pas que tu y vas un peu fort ? Que veux-tu, c'est son oncle ! On a beau être brouillé, ça peut quand même lui faire quelque chose. Moi, je trouve que sa réaction s'explique. Mettez-vous à sa place.

– Marcel a demandé à l'Adrien, qui est son meilleur ami, d'aller voir l'Albert demain. Après ça, si cela ne s'arrange pas, et qu'il persiste dans ses menaces, il faudra l'interner de gré ou de force, en tant que dangereux pour tierce personne.

– Qui d'autre pourrait encore avoir quelques influences sur lui ? On avait pensé au Poulou. On le lui a demandé, mais il ne veut absolument rien savoir. Il a dit qu'il était bien trop jeune pour se permettre d'aller donner des conseils à l'Albert… Tu ne veux pas essayer, toi, Raoul ?

– Je te l'interdis, Raoul. Ça ne nous regarde ni toi ni moi.

– Tu n'as pas besoin de me le dire, Raymonde. M'as-tu vu quelquefois m'occuper de quoi que ce soit chez les uns ou les autres, si ce n'est pour leur rendre service ?

– Non, mais à plus forte raison dans ce cas. Nous nous comprenons. Tu n'as rien à faire, ni chez l'Albert ni chez la Ginette. Reste tranquille je te prie.

– Tu vois, Pierre, avec les femmes ! »

« Raymonde, sais-tu ce que je viens d'apprendre chez le Poulou ? L'Albert vient de se suicider.

– Un coup de fusil je parie !

– Non. Il s'est pendu. »

La Ginette avait été un peu surprise de ne pas le trouver à ses côtés à son réveil. Mais sans plus, car c'était souvent chez lui une habitude de se lever tôt pour aller faire un tour dans ses étables. Elle avait donc fait sa toilette, préparé ses déjeuners et ce n'est qu'une petite demi-heure après que, ne le voyant pas revenir, elle était partie à sa recherche.

Elle l'avait trouvé pendu dans la grange, se balançant au bout d'une corde à la poutre maîtresse au-dessus du fenil. C'était son beau-frère qui l'avait libéré. Il était mort. Mort depuis très peu, mais mort tout de même. Il n'y avait plus rien à faire… On avait appelé le médecin.

– Cela aurait pu être évité. Il fallait se décider plus vite à l'hospitaliser. Nous avons tous une part de responsabilité. Mais pouvait-on deviner ?… C'est lui qui a choisi. »

On avait trouvé une lettre sur le bureau. L'Albert avait bien prémédité son coup :

Je n'en peux plus de ces lettres tendancieuses, de ces chantages permanents, de ces insinuations malveillantes de bouche à oreille. C'est le Gustave qui en est à l'origine et qui colporte toutes ces médisances. Je préfère la mort, plutôt que de continuer à supporter tout ça. Je ne regrette rien, si ce n'est de n'avoir pu tuer le Gustave, avant de me donner la mort.

Un testament était joint à la lettre, signé, daté, en bonne et due forme.

Ma femme, Ginette Berthier, hérite de tous mes biens. Je lui demande néanmoins de ne jamais vendre ou de ne jamais échanger la moindre parcelle de mon terrain avec Gustave Taranchou, ou un membre quelconque de sa famille, car je le tiens pour responsable de ma mort.

C'était net, précis, explicite.

Les gendarmes prévenus avaient pris connaissance des documents, en avaient fait des copies, et étaient repartis.

Avisés à leur tour, le Marcel et l'Adrien étaient arrivés ensemble chez la Ginette. Essayer de dire quelque chose ! Mais quoi ? Ils ne savaient trop... Faire leurs devoirs de maire, de premier adjoint et d'amis s'ils pouvaient.

« Voilà le résultat, Monsieur le Maire ! C'est le Gustave qui est le grand responsable de la mort d'Albert. Surtout qu'il ne s'avise pas de se présenter à cette porte, car alors je ne répondrais de rien.

– Ginette, nous sommes avec toi dans ton malheur. Tu perds ton mari, nous, nous perdons un camarade de toujours. Depuis le temps que nous le connaissions et que nous étions ensemble au conseil municipal ! »

« Nous ne pouvons pas faire grand-chose pour toi, Ginette, mais tu sais que tu peux compter sur nous. Nous allons, Adrien et moi, nous occuper des démarches pour les obsèques. Quel jour veux-tu qu'elles soient ?... Bon, c'est entendu. Veux-tu que nous prévenions l'Antoine ?

Mais si, mais si, nous allons le faire. Tu as assez de choses à régler par ailleurs. Allons ! Ginette, il te faut du courage. À bientôt.

– Ouf ! Marcel, une visite qui n'était pas drôle à faire. Je suis content que ce soit terminé. Quelle femme tout de même, cette Ginette ! Tu as vu ? Peignée, impeccable dans sa tenue, et même dans son chagrin, agréable à serrer dans des bras et à embrasser.

– J'ai bien vu, j'ai bien vu, Adrien. Au cours de cette visite, c'est sûrement le temps fort qui t'a été le moins pénible. D'ailleurs, tu t'en es très bien tiré. Heureusement que l'Albert ne pouvait te voir, j'ai cru que tu ne la lâcherais pas. Vraiment, tu y as mis beaucoup de cœur et l'on ne peut pas dire que tu aies écourté la séquence.

TOUTE LA COMMUNE, cette fois, s'était mobilisée pour les obsèques de l'Albert. Jamais on n'avait vu telle affluence réunie autour du clocher. La Raymonde et le Raoul avaient eux-mêmes fermé très tôt le bar le jour d'un enterrement, ce qui ne s'était pratiquement jamais vu.

« Nous ne pouvons faire autrement, Raymonde, sous peine d'être sévèrement critiqués. Nous rouvrirons dès la sortie du cimetière.

– D'accord, Raoul, je vais le faire pour le "qu'en-dira-t-on", mais certainement pas pour cette garce.

– Raymonde, je ne te reconnais pas. Autrefois, Ginette était bien ton amie ?

– Autrefois, peut-être ma camarade, aujourd'hui certainement pas mon amie. »

Le prêtre s'était distingué. Devant une assistance de cette importance qui avait conduit à son église, contrairement à la coutume, à la fois tous les hommes, toutes les femmes et le conseil municipal au grand complet (le Gustave lui-même n'avait pas osé se dispenser de venir), il avait célébré une messe qui était un vrai marathon dans le temps. Il s'était lancé dans un sermon dont il ne devait que bien mal entrevoir la sortie. Il s'éternisait comme il pouvait sur quelques lieux communs solides, qu'il essayait tant bien que mal d'adapter à la culture de la pomme. « Vanité des vanités, tout n'est que vanité. » « Rien n'est gagné, sans l'aide du Seigneur, il y a le gel, il y a la grêle. » Tout le monde dormait.

« Il avait été expéditif avec le Bourru, mais cette fois il se rattrape. Qu'est-ce qu'il lui prend à notre curé ? On se gèle les pieds dans son église. »

Tout le monde s'était trouvé soulagé d'être enfin à l'air libre en colonne par deux, en cortège derrière le cercueil et en route vers le cimetière.

« Et voilà, mon pauvre Albert. Dire que tu étais si content d'avoir retrouvé l'intégrité de ta propriété familiale ! À la quarantaine tout juste ! Si ce n'est pas malheureux de mettre ainsi fin à ses jours. Ah ! je voyais bien que, depuis quelques semaines, tu allais de plus en plus mal, mais jamais je ne me serais attendu à un coup pareil. Quand je pense avec quel courage tu avais entrepris de retourner toutes ces étendues, depuis si longtemps restées en friche ! Et tous ces projets que tu avais échafaudés. "Là, j'élargirai ce chemin ; là, je ne ferai qu'un seul champ de ces deux parcelles. Il me suffira de faire disparaître cette haie et de tout aplanir. Là, je continuerai le maïs ; là, près des étables, je veux prévoir une vaste prairie. Des pommiers, des framboisiers. Ginette, tu verras, tu l'auras rapidement ton diamant." Et tout ce matériel ultramoderne que tu venais d'acheter et dont tu étais si fier, tu n'en as pas profité longtemps, mon pauvre Albert.

« Ce n'est pas moi, mais lui, qui avait pensé à ma sœur et à notre beau-frère. "Il y a de la place pour nous tous, avait-il dit. Nous leur ferons une large part sur les bénéfices. Avec leur retraite de la R.A.T.P., ils seront à l'aise, et pour nous deux ce sera une tranquillité supplémentaire." Il était généreux quand même, mon Albert. "Tu vas voir ce que je vais leur construire, à la place de la maison de l'oncle." Il était reparti des fondations pour une demeure toute moderne avec cette fois l'eau, l'électricité et tout le confort. "Tu sais, Ginette, je pouvais faire face, mais je préfère souscrire un emprunt. Ce sera plus avantageux, sur le plan fiscal nous serons gagnants à tous les coups…"

« Mais au fait, que va-t-il se passer maintenant avec cet emprunt ? Je crois savoir qu'en cas de décès, il y avait une assurance de couverture. Mais en cas de suicide, cette clause s'applique-t-elle ? Il va falloir que je me renseigne au plus vite. C'est un suicide, on ne peut le nier, mais un suicide au cours d'une dépression. Il est peut-être possible de le faire valoir et de le considérer après tout comme une complication de maladie ! Enfin, je n'en sais rien. J'irai voir demain le Crédit agricole.

« Et quand je pense que le Gustave a eu le culot de venir à la messe ! Alors que tout ce qui est arrivé est entièrement de sa faute ! Je n'ai pas voulu faire un scandale, et c'est ce qui m'a retenu au cours de l'office d'aller vers lui et de le gifler devant tout le monde. Ah ! Albert n'avait pas besoin de l'écrire sur son testament. Il ne risque pas que je lui cède quoi que ce soit.

« Mais au fait, si ce testament me donne tous les droits sur tous les biens, je vais bien être soumise, malgré cela, à des droits de succession. C'est quand même malheureux d'en arriver là. Heureusement que j'ai gardé de côté l'argent déniché sous la paillasse du tonton. Il va me servir. Je me demande bien à combien peuvent s'élever les frais entre époux ? Il va encore falloir revoir ce notaire. En voilà un qui fait des affaires sans trop se fatiguer, on peut le dire.

« Et puis, ma pauvre Ginette, te voilà à la tête d'une énorme exploitation. Ce n'est pas tout. Tu vas devoir t'y mettre, non pas demain, mais tout de suite. Le travail à la ferme ne s'arrête jamais. Dès ce soir, il faudra s'occuper des bêtes qui sont encore à l'étable. Heureusement qu'il y a Victor et les deux ouvriers agricoles. La terre, ça n'attend pas non plus, et les saisons commandent. Avec le printemps qui arrive, cela ne va pas être le moment de négliger quoi que ce soit. C'est à moi maintenant de diriger, de répartir le travail, et de continuer la mise en valeur de ce qui est commencé.

« Ah ! Albert va bien me manquer !

« Oh ! le pauvre, pas sur le plan de la bagatelle, car dans ce domaine, c'était évident, il n'était pas brillant, bien au-dessous de la moyenne, disons-le même franchement nul. Je le reconnais. Mais sur le plan du travail, par contre, il n'y avait pas à dire, il n'avait pas son pareil. Ce n'était pas un fainéant et personne n'aurait pu lui damer le pion.

« Ah ! certes, je l'ai bien souvent trompé, le pauvre ! Je le regrette, mais sans plus, car ma foi, j'avais bien des circonstances atténuantes. Il faut bien en tenir compte, je n'ai pas plus de trente-cinq ans, et je suis loin d'être de bois… J'avais des besoins… Il ne pouvait pas ! D'accord, je veux bien, mais il aurait pu tout de même de temps à autre me gratifier de quelques gentillesses, de quelques caresses avec les moyens du bord. Après tout, il avait bien comme tout le monde une langue et dix doigts. Eh bien ! non, rien ! alors ! que voulez-vous ?

« Ah ! je sais bien que maintenant que je suis seule, les hommes ne risquent pas de me manquer. Tu vas voir, ma Ginette, avec eux, c'est comme des chiens qui reniflent une chienne en chaleur. Tu n'auras pas besoin de battre le rappel. Tu vas les voir rappliquer de tous les côtés.

« Tiens, le Poulou ! Je te parierai tout ce que tu voudras qu'avant huit jours, il sera venu s'occuper du matériel et que tu l'auras entre tes cuisses. Quant à l'Adrien, il ne sera pas non plus en retard pour venir voir si tu as besoin d'un coup de main. Par contre, celui-là, s'il veut revenir dans mes draps et continuer à me sauter, il faudra qu'au préalable il passe à la douche. Oh ! puis tu verras, il y en aura bien d'autres, et sûrement des nouveaux. Je les connais les hommes. Toujours prêts à consoler une veuve pour peu qu'elle soit jeune, porte des bas noirs, et un slip en dentelles… Ginette, pense aussi aux porte-jarretelles, certains aiment ça.

« Tout cela c'est réconfortant, ma Ginette, mais je le reconnais, ce n'est peut-être pas très sérieux. À ton âge, ne serait-il pas mieux de refaire ta vie ?

« Mon Dieu ! dire que je pense déjà à tout ça, alors qu'on emmène mon pauvre Albert au cimetière. Se marier, bien sûr ! mais avec qui ? Il n'y a pas beaucoup d'hommes libres et valables à Fontary.

« L'instituteur ? … J'y ai pensé quelquefois, à l'instituteur. Il est instruit ! Peut-être fait-il bien l'amour ? C'en est un qui n'est jamais passé dans mon lit. Mais c'est bizarre, il ne m'emballe pas. D'abord, il n'est pas sûr de rester ici, et puis bien que je lui en aie souvent donné l'occasion, il ne m'a jamais ni fait la cour ni même essayé de me peloter. C'est un homme à qui on ne connaît aucune aventure. C'est quand même curieux. J'en suis à me demander s'il ne serait pas impuissant, ou tout simplement un peu pédéraste sur les bords, celui-là. Échaudée comme je l'ai été avec l'Albert, je ne me lancerai pas avec un autre à l'aveuglette, sans l'avoir essayé et bien essayé. Je n'ai pas envie de me retrouver une deuxième fois avec un incapable qui ronfle à mes côtés.

« Il y a aussi le Raoul. Ah ! celui-là ! Par contre, pour moi, ce serait l'homme idéal. J'ai un faible pour lui. Que dis-je, j'en ai un vrai béguin. Je crois bien que c'est le seul auquel je serais capable de faire un serment de fidélité avec quelques chances de le tenir. Avec lui, pas de discours, des actes. Des caresses bien sûr, mais aussi une efficacité fulgurante dans le solide, et jamais pris en défaut.

« Oh ! n'est-ce pas honteux ?... Rien qu'à penser à lui je me sens humide d'un seul coup ! ... Mais je mouille ma parole ! Et en suivant le cercueil de l'Albert, c'est un comble ! J'espère que de là-haut il ne m'en veut pas trop, le pauvre !

« Oui... Le Raoul... Mais avec lui, c'est une autre paire de manches. Il y a la Raymonde, et celle-là ne lâchera pas prise facilement... C'est quand même à envisager, et à essayer.

« Tiens, on arrive au cimetière. Le temps ne m'a pas paru long. Au revoir Albert. Allez, au revoir mon pauvre Albert. »

« Eh bien voilà ! nous n'avons pas vécu longtemps avec notre beau-frère. Ça va faire tout juste trois semaines que nous sommes arrivés et déjà nous sommes derrière son cercueil. C'est sûr, c'est un malheur ! C'était un brave homme, l'Albert, mais sa disparition ne changera probablement pas grand-chose à ce qui avait été décidé. Ginette, au contraire, encore plus que jamais, va avoir besoin de nous. En fait, nos liens de parenté sont avec elle, et non avec Albert. Tout se passe entre Ginette et sa sœur, et elles se sont toujours bien entendues toutes les deux. Il n'y a pas de raison que ça change avec ce décès.

« Il faut bien un homme pour diriger une exploitation comme la sienne. Commander les ouvriers, ce n'est pas tellement le rôle d'une femme. Il faut une autorité qui s'impose. J'ai là, indiscutablement, ma place. Pour le moment, je le reconnais, je manque un peu de pratique, mais j'ai toujours adoré la campagne et regretté le travail de la terre. En un an, je devrais être adapté. Ginette n'a pas d'enfant. Bien que jeune, je ne pense tout de même pas qu'elle cherche déjà à se remarier. Alors ! alors, nous sommes ses seuls parents et nous avons deux garçons. Deux garçons solides et très capables de conduire des tracteurs et d'effectuer tous les travaux, même les plus pénibles d'une ferme. Je suis convaincu qu'ils ne tarderont pas à être indispensables.

« Allons ! le seul point à surveiller, c'est que Ginette ne cherche surtout pas à refaire sa vie. J'ai entendu dire (il y a toujours des gens prêts à vous tenir au courant) qu'elle avait de-ci de-là, pour ne pas dire constamment, des aventures. C'est du moins ce que l'on m'a fait comprendre, et toujours avec des hommes mariés. Bah ! ça alors, ça n'a aucune importance. C'est même tranquillisant, voire à encourager. Après tout, si ça lui fait plaisir. Ce qu'il faut par contre éviter, c'est tout dérapage. Il suffira d'être vigilant. J'expliquerai ça sérieusement à la Marie. Elle sera attentive et aura l'œil, le cas échéant.

« Cette exploitation est très valable et très suffisante pour nos deux gamins. Je les vois volontiers prendre une place de relais. C'est quand même autre chose et un autre avenir que la R.A.T.P. Sans vouloir se donner bonne conscience, c'était bien d'ailleurs le désir de l'Albert, lorsqu'il m'avait dit : “Victor, je n'ai pas d'enfants.” Et quand il avait ajouté : “Du moins, je saurai pour qui je vais travailler.” Ça voulait bien tout dire, ce me semble. Une exploitation comme celle-ci, bien menée, avec la pomme et la poire, je me suis renseigné, ça peut terriblement rapporter. »

« Bon, voilà ma sœur veuve ! C'est une chose que j'aurais bien eu du mal à imaginer en voyant Albert, il y a seulement quinze jours. Je le regrette, l'Albert. Je sentais que j'allais bien m'entendre avec lui. C'était un brave, sérieux et de parole. On pouvait avoir confiance en lui. Bien sûr, je m'entends bien avec Ginette, mais cela ne fait rien, le courant passait mieux avec Albert. Pour les affaires, je préférais de beaucoup traiter avec lui.

« Ah ! il paraît que ma sœur lui en faisait voir de vertes et de pas mûres. Bah ! ça ne m'étonne pas.

Elle a toujours été ainsi, même très jeune. Dieu sait si ma mère a pu lui en dire lorsqu'elle avait quinze ans : “Fais-toi faire un enfant et tu m'entendras. As-tu eu tes règles ce mois ? Je t'interdis de fréquenter ce garçon.” Rien n'y faisait ! Lorsqu'elle avait un gars dans la tête, elle n'était satisfaite que lorsqu'il lui fourrageait dans la culotte. Elle n'a pas changé.

« Il paraît que l'Albert était plus que minable en la matière. Évidemment, cela n'a pas dû arranger les choses, c'est possible, mais même s'il avait été un acharné de la moule, elle l'aurait tout de même fait cocu. C'est malheureux de le dire, mais ma sœur, c'est une femme à hommes. Il lui en faut. Il l'avait compris, l'Albert. Il avait fini par se résigner.

« Qu'est-ce que ça va donner, maintenant, où rien ne va plus la retenir ? Je sais qu'elle galope avec des hommes mariés. On m'en a déjà cité trois ou quatre. Dans la mesure où aucun d'eux ne lui fera d'enfant, ça n'a pas grande importance. Je la connais, on ne l'empêchera pas. À ce propos, il faut que je tâche de savoir si elle prend la pilule… Enfin, ce que je dois à tout pris éviter, c'est de la laisser s'enticher d'un homme libre. Car là, ce serait la tuile ! De toute façon, je vais surveiller tout ça de près. Je me charge au besoin de prévoir et de décourager les candidats au cocufiage, s'il s'en présente. C'est qu'il ne faut pas la sous-estimer, ma Ginette. Elle a bon fond, bon cœur, c'est entendu, mais elle a aussi, c'est non moins certain, le diable au cul. On peut s'attendre à tout avec elle. »

« Ça y est ! J'enterre, c'est sûr, le meilleur membre de mon conseil municipal. Voilà près de vingt ans qu'il sortait toujours de l'urne avec nous et sur la même liste. Un bon esprit, un bon copain, l'Albert. Toujours prêt à me soutenir dans toutes les circonstances et dans toutes les discussions qui pouvaient survenir. Je crois qu'il avait la sympathie de tous les membres du conseil, et son opinion pesait lourd dans la balance. La preuve, c'est qu'aujourd'hui encore, ils étaient tous à la messe. Même le Gustave, et j'en ai été étonné, était venu.

« Celui-là, c'est quand même un faux-jeton. Il est sans conteste pour beaucoup responsable de ce qui est arrivé à Albert. Il est furieux de lui voir récupérer la propriété de son oncle alors qu'il allait la lui souffler sous le nez. Il a bien montré tout son caractère lorsqu'il m'a demandé d'aller le voir pour ses parcelles et ses bornes. C'était bien le moment ! Si l'Albert avait vécu, il y aurait eu à la mairie, entre eux deux, de ces empoignades qui n'auraient pas été tristes. Il fallait que l'Albert lui en veuille aussi sacrément pour avoir mis en garde Ginette jusque dans son testament.

« En voilà une qui va avoir affaire avec la disparition de son mari. Car, s'il ne valait rien au lit, il n'en était pas de même au travail. Avec ce qu'elle a sur les bras, je crois qu'elle aura eu le nez creux de faire venir son beau-frère et sa sœur. C'est que ce n'est pas une mince affaire que de faire tourner une propriété pareille. Surtout si elle veut marcher sur les traces de l'Albert. Lui, était sûrement capable de tout réaliser, mais elle ! une femme ! Enfin, tout va dépendre de son beau-frère, le Victor. On en dit que du bien. Il est solide et il a deux garçons, tous les deux de près de vingt ans, ça fait bien quelques bras tout de même. Il leur manquera peut-être un peu d'expérience, du moins dans les débuts. Mais tout ça, cela s'acquiert. D'après le Poulou, qui les a vus à l'œuvre, le Victor serait très adroit. Il comprendrait tout avec une surprenante rapidité.

« Ginette ! Quelle femme tout de même ! Regardez-la ! Jusque dans le malheur, elle est resplendissante et désirable plus que jamais. Elle était venue me voir, il y a maintenant quatre jours, à la mairie, avec un de ces décolletés ! J'en ai rêvé toute la nuit. Je n'en suis pas encore revenu. Quelle poitrine, tonnerre de Dieu ! Pas de soutien-gorge, des seins pointus, fermes, à crever le tissu. Et ses jambes ! Pas une seule varice ! Un galbe de jeune fille ! Et puis, il faut reconnaître qu'elle sait s'habiller. Court, avec une autre, ce serait ridicule, avec elle c'est divin.

« Il faudra que je me décide, d'ici très peu, à lui faire une petite visite. Pourquoi pas dans le but de la consoler, même si je n'ai pas l'impression qu'elle en ait tellement besoin… Je me demande ? Regrette-t-elle beaucoup l'Albert ? Pas un mouchoir à la main ! Pas une larme !… Cela ne veut peut-être rien dire. Ce n'est peut-être tout simplement pas dans sa nature d'être démonstrative. Allez savoir ce qui se passe dans la tête d'un chacun !

« Ah ! bien sûr, il a été sacrément cocu, l'Albert, mais il faut reconnaître qu'il y avait des raisons. Quand je pense qu'il passait des nuits à côté d'elle sans la baiser, la laissant comme ça, nuit après nuit, sur sa faim ! Voyez, il n'a eu que ce qu'il méritait. Cocu et recocu ! Et encore, si cela lui avait porté chance !

« Je pense tout à coup à quelque chose, ce Victor, s'il n'y a pas trop d'incompatibilité dans l'avenir avec le Gustave, je pourrais le tâter pour le faire rentrer dans le conseil à la place d'Albert. Pourquoi pas ! Enfin, on a le temps de voir ça. »

« Albert fout le camp. Ça m'impressionne et m'inquiète. C'est que nous étions de la classe tous les deux ! Nous nous sommes toujours connus. On jouait ensemble aux billes à la communale, et comme il n'était guère plus malin que moi, nous nous disputions chaque mois les places de derniers. Et puis nous avons été dans le même régiment pour notre service militaire, là où il a attrapé les oreillons. Bref, nous ne nous sommes jamais quittés. On a toujours tout partagé tous les deux... Tonnerre ! c'est vrai, même la Ginette ! Mais ça, c'était sans son autorisation. Oh ! pour ce qu'il en faisait ! Je ne lui ai pas fait grand tort. Peut-être même que, s'il l'avait su, ça lui aurait moins fait de peine que si ça avait été avec un autre.

« Cette brave Ginette, avec ce qui lui est tombé dans les bras, va-t-elle pouvoir tout exploiter ? Elle a bien fait venir son beau-frère, mais le métro parisien et l'agriculture, ce n'est tout de même pas la même chose. On peut savoir conduire une rame sur des rails et ne pas être pour autant un champion sur un tracteur. Si Ginette voulait vendre quelques parcelles, surtout celles qui me touchent, même à gros prix, je serai acheteur. Rien n'est impossible, avec tout l'argent qu'ils ont déjà laissé, et les nouveaux frais qu'elle va avoir. C'est évident, il en avait, l'Albert, mais il y a des limites ! Au besoin, si elle ne voulait pas aller jusqu'à vendre, si elle voulait seulement louer, je serais encore preneur. C'est à voir ! Enfin, je suis placé avec elle. Si elle décidait quelque chose, je suis bien sûr qu'elle m'en parlerait en premier.

« Maintenant qu'il n'y a plus l'Albert, on va pouvoir se rencontrer plus souvent. C'est une chaude, cette Ginette. Bien sûr, elle a ses jours, comme toutes les femmes, mais il ne faut pas en tenir compte. Puis, qu'est-ce qu'elle est délicate ! Pas question de la toucher sans se laver les mains. Je ne sais pas non plus ce que lui a fait mon bouc, mais elle en veut à mort à ce pauvre animal : “Qu'est-ce que tu fais de cette bête, Adrien ? Tu ne peux pas t'en débarrasser et t'acheter un autre parfum ? Tu n'as plus de chèvres que je sache, et tu finiras par puer autant que lui.” Oh ! bien sûr, c'est pour me taquiner. Elle me dit ça, certes, pas méchamment.

« Mon bouc ! mais pas question de m'en défaire. C'est bien grâce à lui si je n'ai jamais d'épidémies dans mes étables. Son odeur fait fuir tous les microbes. L'Albert l'avait bien compris, quand il avait vu que j'avais été le seul dans la région à échapper à la brucellose. À une période, il voulait lui-même en acheter un. Et il l'aurait fait, sans la Ginette. L'Albert me l'a raconté, et ça m'a bien fait rire : "Écoute, Albert, c'est moi ou un bouc dans cette maison, tiens-toi-le pour dit." Il y a renoncé. »

« Bigre ! je l'ai échappé belle ! Il y a moins de quinze jours que l'Albert a fini de me régler tout ce qu'il me devait. Juste avant sa déprime. C'est qu'il y en avait un sacré paquet, et c'est que ça m'aurait drôlement gêné, si j'avais dû beaucoup attendre. Il a eu besoin d'avoir des réserves l'Albert, pour tenir. Il est mort, mais s'il avait vécu, c'est qu'il en avait encore des projets. Il m'avait à la bonne, et m'en parlait volontiers. C'est en vue de tout ça, d'ailleurs, qu'il avait fait venir son beau-frère. Un brave type ma foi, celui-là, et bien loin d'être sot. Il pige encore mieux que l'Albert dans tout ce qui est mécanique. Je n'ai pas besoin de lui répéter deux fois la même chose. Il mène les tracteurs comme s'il avait fait ça toute sa vie. Si l'Albert avait vécu pour l'initier seulement une petite année, je suis certain qu'il se serait débrouillé aussi bien, sinon mieux que lui. Et puis il a deux fils qui sont costauds tous les deux, et pas manchots. Je les regardais faire l'autre jour, tous les trois, sur leur grande parcelle près de l'étang, chacun sur son tracteur. Il fallait voir ! Ça ne traînait pas, mieux que beaucoup de professionnels.

« Quant à la femme de Victor, rien à voir avec Ginette. Jamais on ne croirait les deux sœurs. Elle vient de Paris, mais elle fait déjà paysanne. Elle te soigne le bétail à la fourche, et s'occupe de la traite des vaches comme si elle était née dans une étable. Bien certainement, elle ne doit pas passer autant de temps que sa sœur le matin devant une glace. Vraiment, l'Albert avait pensé juste et aurait été bien secondé avec eux. Qu'est-ce que ça va donner maintenant ? Ma foi, rien n'empêche que ça ne marche pas. Ginette ne peut faire seule, c'est certain, et puis c'est sa famille. C'est pour elle une sécurité. Eux sont dans leur maison toute neuve, et elle va certainement rester dans la sienne. Ils seront un peu éloignés les uns des autres, ils ne se gêneront pas. Ça peut tenir.

« Sans l'Albert, elle va s'en donner, la Ginette, du bon temps, avec son tempérament. Elle va se rattraper. C'est qu'elle est encore pleine de sang. Ah ! il faudra que je passe assez souvent pour vérifier son matériel. Il doit être entretenu régulièrement, c'est certain. Et puis, je peux bien lui faire ça gratuitement, en souvenir d'Albert. »

« Ah ! cette fois elle est libre ! Regarde-moi ça ! Si ce n'est pas une honte ! Une robe mi-cuisses, le jour de l'enterrement de son mari. Je me demande comment elle ose ! Une véritable chienne, cette femme.

C'est vrai qu'elle a toujours été comme ça, ce n'est pas aujourd'hui que cela va changer. Même à la communale, elle se faisait déjà trousser jusque dans les W.C. et dans le fond des préaux. Tous les gamins de son âge, les plus jeunes comme les plus vieux, ont joué à touche-pipi avec elle. Le jour même de sa première communion, je m'en souviens, on l'a trouvée en train de se faire caresser par le Pierre derrière l'église. Ça avait fait d'ailleurs un scandale. Le curé refusait de lui donner l'hostie. Il a fallu un gros denier du culte pour arranger les choses... Elle a toujours été une salope. Je vais sans doute être bien peu charitable, mais je le pense : c'est dans un bordel qu'elle aurait été le mieux à sa place. Pauvre Albert !... Paraît-il qu'il ne bandait pas, c'est possible, mais elle l'a fait cocu comme il n'est pas permis de le faire, avec tous les hommes qui en voulaient. Une nymphomane ! c'est bien comme ça que l'on dit ? Toujours prête à écarter les cuisses, avec n'importe qui. Tant qu'il y avait l'Albert, ça la freinait un peu, mais maintenant ! ça va être quelque chose. Et ce n'est pas sa sœur qui arrivera à la calmer. Ginette est une fille capable de tout pour s'accaparer un homme.

« Je sais bien qu'elle a réussi à s'envoyer quelque fois mon Raoul, mais qu'elle ne se fasse pas d'illusion, je vais avoir l'œil plus que jamais. Raoul, c'est un homme, ce n'est certes pas un saint, mais je sais parfaitement que c'est elle qui le cherche et le provoque. S'il le faut, j'y mettrai bon ordre. Elle va pourtant avoir autre chose à faire avec sa propriété car, si elle en représente des sous, elle va en représenter du travail.

« D'autres qu'elle pourraient en tirer orgueil ! Mais dans ce domaine, il faut être juste, elle n'est pas vaniteuse. Elle n'aligne pas son argent. Elle est simple, elle serait même de bon service si tout n'était pas dominé chez elle par le cul… Ah ! l'argent ! on peut être sûr qu'avec elle il va valser. Si l'Albert avait encore quelques réserves, elle va se charger de les dépenser. Les toilettes, les parfums, les bijoux, et même les voitures, elle va s'en occuper. Quoique avec la succession, elle va de nouveau avoir à donner. Mais ça, ce sont ses affaires. Elle fera bien ce qu'elle voudra. Pourvu qu'elle ne s'avise pas de toucher à mon Raoul, car alors là, c'est moi qui vous le dit, ça se gâterait. »

« Quand même, ce suicide de l'Albert me donne à réfléchir. Cette silhouette penchée sur la barque, il y a plusieurs mois déjà, et je la revois très bien, et si c'était la sienne ? Elle lui ressemblait quand même. Pourquoi s'est-il suicidé ? Tonnerre ! on ne fait tout de même pas ça sans raisons graves ! Bien sûr, si cette silhouette était vraiment la sienne, alors là ça pourrait expliquer bien des choses. Et ce Gustave, quel sale rôle peut-il avoir joué dans cette affaire ? Et si c'était lui cette deuxième vision furtive sur la jetée ?… De cette place, je l'ai vérifié moi-même, la courbure de l'étang n'aurait permis à personne de voir ni la barque ni son trajet. Tout au plus, aurait-il été possible de l'entendre. Alors !... Alors, Raoul, tu t'occupes de tes oignons, et tu t'en tiens rigoureusement à ce que tu as déjà décidé. Ce n'est pas à toi de résoudre les énigmes. Et si elles étaient résolues, à quoi ça t'avancerait ?

« Voilà maintenant la Ginette bien seule. Je me demande comment elle va réagir. Elle est dégourdie, certes, c'est évident ; et puis... il y a près d'elle son beau-frère et ses fils... Pourvu qu'il ne lui vienne pas à l'idée d'en mettre un des trois ou les trois à la fois dans son lit ! Oh ! elle en serait bien capable. Heureusement il y en a une, la Marie, qui a l'air d'avoir les pieds sur terre et qui certainement veillera. Quant à toi, mon vieux Raoul, tiens-toi dorénavant à distance. Tu la connais, elle va essayer par tous les moyens de t'attirer. Attention ! tu n'es pas né de la dernière pluie. Les femmes et leurs combines, tu en as l'habitude. Tu sais à quoi t'en tenir. Tu es bien avec ta Raymonde, restes-y, et ne va pas traîner tes bottes là où tu ne peux avoir que des ennuis. »

« Ah ! ça y est, ils ont rouvert le bistrot. Tu viens prendre quelque chose, Monsieur le Maire ? Tu viens, Adrien ? Tu viens, Poulou ?

– Eh bien ! avec l'Albert, voilà une famille qui risque de s'éteindre. Des Berthier, il n'y en a plus. Il n'y a que la Ginette qui porte encore le nom et comme elle n'a pas d'enfants !

– Mais enfin ! bon Dieu ! qu'est-ce qui a bien pu le piquer, l'Albert, pour en arriver là ? Je n'arrive pas à comprendre. Ça m'a quand même fait quelque chose de voir ces deux tombes ouvertes côte à côte, celle du Bourru et la sienne, l'oncle et le neveu. Ils ne se sont pas suivis de loin, les deux derniers Berthier. Elle est dans de drôles de draps, la Ginette, avec ses deux propriétés, dont l'une est loin d'être encore en état.

– Oh ! mais tu peux lui faire confiance. Tu vas voir Marcel, elle s'en tirera. Elle sait ce qu'elle veut, et c'est une femme de tête.

– De tête et de cul, on peut le dire. C'est qu'elle n'est pas vieille, la garce. Nous sommes de la même année tous les deux. Elle est bien capable, et même bien en état encore, de refaire sa vie.

– Et celui qui la prendrait ne serait pas à plaindre ! As-tu vu cette petite paire de fesses et ses nichons ? Avec des avantages de cette nature, et avec ce qui les accompagne en terre, et probablement encore en argent, si elle le veut, avant peu, elle sera réattelée. Je t'en fais le pari.

– Dites donc, les hommes, bande de sauvages et de cochons, vous n'avez pas honte de parler ainsi ? Vous n'avez pas d'autres sujets de conversation, alors que vous venez d'enterrer votre copain ?

– Allons Raymonde ! Allons ! On ne dit tout de même pas de méchancetés sur l'Albert !... Mais tu as peut-être raison. Ce n'est pas le moment de faire de pareils commentaires. »

Alors Jeantou, ils te l'ont ramené ton client ?

– Ce matin, à 9 heures, et dans la même caisse que celle qu'il avait en partant. Ils l'ont remis en place, et je viens de le recouvrir. Il est 10 heures, et je suis content car la journée n'est pas finie. Avec ce beau temps, j'ai autre chose à faire. Je n'ai pas encore terminé de tailler tous mes pommiers. Je suis en retard de plus d'un mois cette année.

– Ils étaient nombreux, ce matin, pour nous rapporter le Bourru ?

– Les gendarmes et le fourgon… Le fourgon est reparti. Quant au brigadier, il est à la recherche de Marcel pour quelques signatures. Il m'a dit de te dire qu'il passerait te voir quand il aurait terminé… Tiens, ils ont du finir par trouver le Marcel, les voilà qui arrivent avec lui. Bon ! moi je file. J'ai perdu assez de temps comme ça. Allez ! au revoir Raoul. »

« Bonjour messieurs, salut Monsieur le Maire. Alors, c'est le beau temps que vous nous amenez ?

– Le beau temps et le Bourru. Ils n'ont pas voulu le garder là-bas, à l'hôpital.

– Le Jeantou vient de me le dire. Alors, vous avez fait des découvertes grâce à lui ?

– Oh ! tu sais, Raoul, dans ces affaires, les gendarmes sont toujours les derniers informés, mais d'après ce que j'ai pu comprendre ils n'ont pu rien en tirer ni rien en conclure. Le toubib chargé de l'autopsie était fou lorsqu'on lui a ouvert la caisse. Il n'a pas fait traîner, je t'assure. Le corps était totalement décomposé. Il n'a pas encore remis son rapport, mais il en a déjà donné un résumé au procureur : *Impossible de conclure à quoi que ce soit.* Avec ça, tu vois, on n'est pas plus avancé après qu'avant.

– Qu'est-ce que vous prenez tous les deux, Brigadier ? Et toi, Monsieur le Maire ?

– Il est 11 heures. Allons-y pour trois Pernod. Ça ne peut faire de mal, et c'est meilleur pour la santé que tous ces vins cuits.

– Quel temps magnifique nous avons depuis quelques jours ! Il gèle encore un peu tous les matins, mais c'est excellent, en retardant un peu la végétation ça peut nous mettre à l'abri des surprises tardives. Tant qu'on n'a pas passé les saints de glace du mois de mai, et en particulier la Saint-Georges, malgré tout rien n'est gagné. Sur les bourgeons, un coup de gel n'a pas grande importance, mais sur les fleurs, surtout s'il y a un peu d'humidité, il suffit de quelques heures pour tout foutre en l'air. La culture, on a beau dire, c'est aléatoire. Vous n'avez pas ces problèmes, vous, Brigadier ?

– On en a d'autres, Monsieur le Maire, on en a d'autres.

– Mais ils ne touchent tout de même pas vos mandats à la fin du mois ?

– Ah ! ça non… Heureusement, c'est bien le seul côté positif car, par contre, ces derniers ne bougent guère d'une année à l'autre. Bon allez ! au revoir tout le monde. Nous ne vous disons pas à bientôt. Vous nous avez assez vus ces jours derniers… Dis donc, Raoul, si tu passes vers la gendarmerie, viens donc me voir. On parlera le temps de prendre un verre, ce sera ma tournée pour une fois. »

« Tu as l'air de bien le connaître, le brigadier, Raoul ?

– Oh ! sans plus ! On a sympathisé. Il avait pris l'habitude de venir au bar à chacun de ses passages.

– Monsieur le Maire, ça y est, mon P.M.U. fonctionne depuis huit jours. J'attendais de vous voir pour vous le dire.

– Alors te voilà rassurée et contente, Raymonde ? Tu vois, contrairement à ce que tu pensais, j'ai encore quelques influences. Tu fais bien de me prévenir, je vais donner un coup de fil à notre député pour le remercier.

« Dis-moi Raoul, les bécasses passent-elles encore ?

– Il en reste quelques-unes, des attardées dans les bas-fonds, mais avec ce temps elles ne vont pas tarder à partir. Le passage de printemps se termine.

– Tu pourrais peut-être quand même m'en procurer quelques-unes ? J'ai quelques invitations en ce moment.

– Vous faites bien de m'en parler aujourd'hui, Monsieur le Maire. La chasse ferme ce dimanche, mais on a encore le temps. Je vais y penser dès cette fin d'après-midi. Ce soir, j'irai à la Croule.

– Ta Folette commence-t-elle à s'y mettre ?

– Mais bien sûr. Elle travaille comme une grande. Sans elle, à cette époque, je n'aurais rien pu vous promettre, mais avec elle, je ne crois pas qu'il puisse y avoir de surprises. Elle en lève à toutes nos sorties. C'est certainement la chasse qui lui convient le mieux. Elle est brillante sur la plume, bien moins peut-être sur le poil.

– Ah ! c'est le contraire de nous deux, Raoul ! N'est-ce pas, Raymonde ?

– Vous ne changerez pas, vous, Monsieur le Maire.

– Mais c'est que je n'en ai nulle envie, Raymonde. Je n'y tiens pas. »

C'est dans les grandes landes de bruyères d'ajoncs et de genêts, ou sous les taillis encore dénudés, que Raoul allait à la rencontre de ses bécasses. C'est là que, confondues au tapis de feuilles mortes, elles se réfugiaient dans la journée. Les fougères tombantes, les rejets épais, tout était favorable à leur vie discrète, presque clandestine. Leurs robes brunes et mordorées s'harmonisaient et se confondaient si parfaitement avec ce qui les entourait que l'œil le mieux exercé n'aurait jamais pu, même à quelques mètres, les distinguer. Immobiles, écrasées sur elles-mêmes, elles savaient ne pas bouger, conscientes que cette immobilité à elle seule pouvait suffire à les sauver. Perdreaux, faisans, ou n'importe quel autre oiseau pouvaient se tirer, posés au sol ou branchés, une bécasse jamais. On ne pouvait la voir qu'en plein vol. Sans Folette, Raoul se contentait de les attendre à la Croule. Maintenant, avec elle, la solution était toute différente. Si les bécasses arrivaient à se jouer facilement des yeux d'un chasseur, il n'en était pas de même du nez d'un chien, et Folette pouvait aller les surprendre sur leurs territoires les plus secrets.

« Veux-tu venir avec moi, Adrien ? J'ai besoin de trois ou quatre bécasses ? Ah bon ! tu ne peux pas dans l'après-midi. Viens donc me rejoindre à la Croule, ce soir, si tu veux… »

« Ah ! ces pommiers, toujours leurs pommiers ! S'il y a une chose qui peut me réjouir, c'est bien de ne pas avoir ces soucis. »

Les bécasses étaient le gibier de prédilection de Raoul. Ce gibier intelligent, solitaire, sauvage comme lui, qui demandait plus qu'aucun autre patience et attention, lui convenait. C'était le gibier de tous les problèmes et, charme supplémentaire, qui ne se prêtait le plus souvent qu'à un seul coup de fusil.

Folette s'était dressée seule et, d'instinct, s'était pliée au travail difficile qu'il imposait. Un travail où l'œil n'avait que peu de place mais où, en revanche, un odorat subtil comme le sien était roi. Se coulant sous le couvert des branches sèches et des ronces épineuses, Folette suivait avec patience les émanations légères, seuls éléments qui pouvaient trahir l'oiseau, et la conduire fatalement vers ses remises. Là, invariablement, commençaient d'ingénieuses parties de cache-cache, jusqu'au moment où, lassé, l'oiseau de lui-même décidait de son envol. Jamais Raoul n'arrivait à distinguer à terre sa partenaire. C'était certainement cela qui lui plaisait. Ce jeu imprévisible dans son déroulement, suivi de ce départ que ni lui ni Folette ne décidaient. Une montée en chandelle, soudaine, en quelques coups d'ailes, et l'oiseau, qui avait toujours réussi sa surprise – si le coup de fusil ne le ramenait brutalement au sol – avait déjà trouvé la solution que le seul baliveau du coin lui offrait pour protéger sa fuite. Chacun avait sa chance. Mais Raoul était rapide, précis, et l'entraperçu de quelques quarts de seconde le plus souvent lui suffisait. En quelques bons, Folette, quelle que soit l'épaisseur du fourré, était sur la victime pour l'offrir encore chaude à la main de son maître. Un plomb, deux plombs, suffisaient à ces efficacités.

« Ah ! te voilà, Adrien. C'est encore un peu tôt. Il faut que la nuit tombe pour qu'elles se décident à gagner l'humidité des prés. Tu te mets là, à ma droite. Tu tires toutes celles qui passent de ton côté, moi du mien. Comme ça, nous ne nous gênerons pas. Si nous en voyons une ou deux, ce sera déjà beau. Si elles tombent, ne va pas les chercher : à cette heure tu ne les trouverais pas. Folette s'en chargera bien mieux que toi. »

« Voilà, Monsieur le Maire, ce sont les dernières de l'année. J'ai eu de la chance, car le passage est bien fini, tout comme la chasse.

« Il va falloir ranger le fusil et se rabattre, plus discrètement, sur les lapins et sur les lièvres. Le lièvre revient. Il y en a beaucoup cette année et ce ne sont pas des lièvres migrateurs que l'on rencontre, mais des lièvres trapus du pays. On va leur préparer quelques collets au cas où nous aurions envie de manger, de tant à autre, quelques civets.

– Merci, Raoul ! Combien je te dois ?

– Rien pour cette fois, Monsieur le Maire. C'est Raymonde qui vous les offre. »

L'autopsie n'avait rien donné. Le maire en avait été officiellement averti. Le Bourru était revenu dans son trou, dans un cimetière qu'il n'aurait jamais dû quitter. Tout était rentré dans l'ordre. Fontary aspirait dans une tranquillité retrouvée à revenir à ses petites, mais importantes occupations quotidiennes : la taille des pommiers, urgente pour ceux qui ne l'avaient pas encore terminée, les plantations des nouveaux vergers pour ceux qui les avaient décidées. Et tout cela pressait.

C'était méconnaître l'acharnement de la justice dans une affaire où il y avait mort d'homme. L'instruction menée par la gendarmerie avait été un fiasco total, il n'en était pas moins vrai qu'elle était encore ouverte et que la police judiciaire, la P.J., venait de s'en saisir. En civil, cette fois, elle avait pris la place des gendarmes en uniforme et, bien que plus discrète, son arrivée en quelques heures avait été connue.

« Tu te rends compte, ils posent des questions sur ce que nous avons fait il y a cinq mois ? “Que pensez-vous d'untel ? Que pensez-vous de tel autre ?” Qui peut se souvenir de ce qu'il a fait tel jour à telle heure, au bout de ce temps ? Il n'y en a pas pour longtemps pour qu'ils fassent battre tout le pays s'ils continuent.

– Raymonde, tu vas me ranger cet épervier et ces nasses dans le grenier, où ils seront à l'abri de leur curiosité, et tu entends, je ne vais jamais à l'étang. Je suis dans ton lit tous les soirs. Tu t'en tiens à ça. Je vais voir Marcel de ce pas pour lui demander de ne leur parler en aucun cas de poisson ou de gibier. Il suffirait que l'on sache que je braconne un peu pour que j'aie les pires ennuis. Oh ! certes, pas avec eux, mais par contre, sans aucun doute, avec Tanière. Il vaut mieux éviter les histoires. »

Les interrogatoires étaient systématiques, de maison en maison. Tout le monde finissait par y passer, d'une façon plus ou moins avouée. Le Poulou, l'Adrien, le Pierre y avaient eu droit, et le Gustave plus qu'aucun autre. Les femmes n'avaient pas échappé aux questions plus ou moins insidieuses qui, tout en paraissant anodines, n'en restaient pas moins d'une égale précision. Après le Gustave, la Ginette avait été longtemps cuisinée : « Et votre mari savait-il ? Et votre mari pensait-il ? » Elle était restée près d'une journée sur la sellette. Lassée, elle avait fini par s'énerver et leur avait répondu vertement : « Allez le lui demander vous-même. Vous le trouverez au cimetière. »

Ça avait déplu.

« Entrave à la justice, Madame, cela peut aller très loin.

– Entrave à rien du tout. Mais à la fin qu'est-ce que vous me demandez là ? Puis-je savoir ce que pensait mon mari ? »

On avait fini par la laisser en paix.

Tanière avait été convoqué. Il avait dû s'expliquer sur toutes ces carcasses qui arrivaient l'une après l'autre sur l'étang, et sa qualité de garde assermenté en avait souffert.

« Mais oui, bien sûr, tous ont une barque dans ce village, car presque tous sont plus ou moins mitoyens de l'étang, et parce que presque tous y braconnent plus ou moins lorsqu'ils en ont le temps.

– Mais alors, que faites-vous pour les empêcher ? C'est votre rôle de garde tout de même !

– Ce que je peux, mais j'ai autre chose que cet étang à surveiller. Même à deux, on n'y arriverait pas. »

Les inspecteurs s'étaient rabattus sur ces barques qui les intriguaient. Il s'avérait que, seules deux personnes au bourg, le Raoul et le maire, n'en avaient pas. Tous les autres étaient pourvus « mais ne s'en servaient jamais, au grand jamais ! Elles étaient là parce qu'elles y avaient toujours été. C'est curieux ? C'est possible !... Ne le croyez pas si vous voulez, mais c'est quand même comme ça ! »

Devant de telles invraisemblances, dont personne ne démordait, les inspecteurs s'étaient cassé les dents. Tanière prenait sa revanche et jubilait.

« Ah ! les paysans ! vous croyez qu'on les tord comme vos gars des banlieues ! Avec eux, vous perdez votre temps, aucune évidence ne les impressionne et n'a de prise sur eux. Même si vous trouvez leurs cannes à pêche avec un ver qui se tortille encore à l'hameçon, ils vous diront qu'ils ne s'en sont jamais servi. »

Cela avait duré un long mois avant que leurs visites ne s'espacent et qu'ils finissent par renoncer.

La fièvre s'était enfin apaisée. On avait oublié le Bourru. Il y avait tout de même autre chose à faire à Fontary.

La saison avançait. La campagne, en une quinzaine de jours, était devenue un immense bouquet de fleurs. Toutes les collines s'étaient couvertes de blanc. C'était un éclatement de toute part. À l'hiver rigoureux succédait un printemps idéal pour tous les fruitiers, que ce soit pommiers ou poiriers. Pas de grêle, pas même de giboulées, une pluie légère et un soleil très doux. Tout laissait entrevoir une énorme réussite de la nature. De tous côtés, on s'affairait, on sarclait, on binait, on butait. Tout le monde était dans les vergers ou dans les champs. Les journées étaient trop courtes. On se frottait les mains de contentement. On prévoyait des rendements exceptionnels. On supputait déjà des bénéfices à faire rêver.

Tout allait vraiment trop bien.

Quelques heures au lever du jour, malgré toutes les précautions prises, avaient suffi à transformer cette euphorie générale en sinistrose collective. Une gelée brutale, sans préavis, au cours de laquelle le thermomètre était à peine tombé au-dessous de zéro en rien de temps, venait de tout remettre en question.

« Tonnerre de Dieu ! Regarde-moi ça, Adrien. Depuis ce matin les fleurs sont déjà devenues noires. Elles vont tomber au moins par moitié. »

Certaines espèces plus que d'autres étaient touchées. La sainte-germaine et la royale gala, qui étaient en pleine floraison, payaient le prix fort et y passaient toutes les deux en totalité.

« Il semble que la golden y échappe. Encore faut-il attendre quelques jours pour en être certain. Tu vois, Pierre, je le dis souvent, on ne devrait jamais faire qu'une seule variété. C'est trop dangereux. »

Tout le monde était consterné. Fontary se perdait en regrets.

« Je t'assure que l'on a allumé nos feux de protection trop tard. Quant aux pneus, tu vois, il ne faut pas compter sur eux. Avant qu'ils ne prennent et donnent de la fumée, le mal est fait.

Huit jours après, tout se confirmait. C'était un désastre sur toute la région.

– La moitié de la récolte est perdue dès maintenant. Il ne nous manque plus qu'une bonne grêle, et ce sera complet.

– Contre la grêle, Adrien, on a quand même les Nylon !

– Ah ! si tu avais à faire à des grêlons aussi gros que ceux que l'on a eus il y a quatre ans, je n'en donnerais pas cher, de tes Nylon.

– Sais-tu si ça a fait beaucoup de mal, chez la Ginette ?

– Eh bien ! tu me croiras si tu veux, elle y échappe. Elle n'a presque aucun dégât. Tu sais, jusque-là, l'Albert faisait surtout de la golden.

– Elle a tout de même une de ces chances, celle-là. Tu vois, les autres y laissent des plumes, elle rien. Bien secondée avec le Victor et sa famille, elle se sortira de tout. Tu verras. Elle est née coiffée, ma parole, pour avoir une baraka pareille.

LA GELÉE AVAIT ÉPARGNÉ la Ginette. Tout paraissait lui réussir. Autour d'elle, le Victor et sa femme menaient un train d'enfer. La propriété de l'Albert non seulement ne souffrait pas, mais paraissait en plein rendement, et, sur les terres du Bourru, les tracteurs tournaient en permanence. Les travaux avançaient rapidement.

« Elle est bien tombée, la Ginette ! Certes, elle a perdu l'Albert, mais elle peut être satisfaite de voir la façon dont elle s'en sort. »

Qui aurait pu penser que la Ginette en vérité se désolait ? Qu'un mal profond la rongeait, et que le temps passant, plus les semaines se succédaient, plus elle se sentait perturbée et dans le désarroi.

Elle ne pouvait pourtant pas se plaindre d'être abandonnée. Jamais la Garénie n'avait été l'objet de tant de sollicitudes.

Le Poulou, deux fois par semaine, sans que l'on soit obligé de le lui rappeler, s'y rendait pour des graissages systématiques ; l'Adrien, qui avait fini par accepter l'idée de la douche, s'était mis volontiers à la disposition de Victor, pour le conseiller, et arrivait au moindre appel ; quant au Marcel, étant parvenu sans grande difficulté à ses fins, il ne savait que faire pour s'en rendre digne… Alors !

Alors, malgré tous les efforts conjugués de ces hommes toujours prêts à s'exprimer, et bien que sa nature généreuse ne puisse qu'être royalement comblée, Ginette ressentait un manque. Le manque d'un élément qui lui seul, elle le savait, pouvait la sortir de son marasme. Un élément essentiel qui l'obsédait et la laissait toutes les nuits aux prises avec les pires des insomnies… Raoul !

Raoul, et lui seul, pouvait lui redonner goût à la vie.

Elle le voulait. Elle le désirait au point d'en devenir folle.

Folle d'amour ! De jour comme de nuit, elle ne pensait qu'à lui. C'était devenu une obsession. L'obsession de tous les instants.

Elle surveillait les chemins par où il aurait pu arriver à la Garénie, les coins de chasse où autrefois elle voyait sa silhouette, et elle sursautait au téléphone à l'idée tout à fait impensable que ce soit lui qui l'appelait. Elle se demandait ce qu'il pouvait faire, s'il pensait à elle, et elle restait indifférente aux bonnes nouvelles concernant ses pommiers.

Raoul ! Mais enfin pourquoi ? Elle ne le savait pas. Peut-être cette aura plus ou moins secrète qui l'entourait, peut-être cette nature racée, cette minceur presque féline, qui contrastait tellement avec tous les autres, peut-être aussi son attitude désinvolte presque animale, lorsqu'il lui faisait l'amour. Comment savoir les vraies raisons de cet ensorcellement qui ne la quittait pas ?

Elle jouissait rien qu'en pensant à lui, et ne pensait qu'à lui, lorsque les autres la faisaient jouir. Il était le partenaire voluptueux de tous ses rêves, l'objet de tous ses désirs, l'objet de tout son désespoir, et de tous ces énervements qui l'obligeaient à se tordre les mains.

Et Raoul, jour après jour, ne se manifestait pas !

Elle avait pris son courage à deux mains et était allée jusqu'au bar de la Raymonde pour un tiercé, pour un achat de cigarettes dont elle n'avait nul besoin. Tout cela s'était avéré inutile. Elle ne l'avait même pas aperçu.

C'était évident, Raoul l'évitait. Si elle voulait le voir, elle devait changer de tactique. Ce n'était pas facile, mais elle arriverait à trouver une solution. Coûte que coûte, elle y arriverait. Il le fallait.

« Ginette, je voudrais bien que tu me dises ce que tu veux que nous envisagions pour notre nouvelle plantation. Tous les arbres ont pris. Ils n'ont plus besoin d'être arrosés. Devons-nous commencer à disposer des Nylon, ou attendons-nous à l'année prochaine ?

– Victor, fais comme tu penses. Ce que tu feras sera bien fait. Achète ce qu'il faut et fais au mieux.

– Mais Ginette, voilà une semaine que l'on ne t'a pas vue sur les chantiers. Tu ne t'occupes plus de rien. Nos pommiers sont magnifiques mais cela n'a pas l'air de te faire plaisir. Qu'est-ce qui ne va pas ? Es-tu fâchée contre nous ?

– Mais voyons, Victor ! sûrement pas ! Je suis un peu lasse, c'est tout. Ça s'arrangera. Et puis ce que vous faites est toujours parfait. C'est la raison pour laquelle je ne m'en occupe pas. Dis à Marie que je passerai demain sans faute. À demain, Victor… »

« Raoul, je le coincerai. Je sais à peu près où il pose ses pièges le soir. J'irai de jour et de nuit s'il le faut, mais je le trouverai. »

Dans une demi-obscurité, tout attentif à la pose de ses lacets, il ne l'avait pas entendu venir, et il avait été sidéré de la voir devant lui lorsqu'il s'était retourné.

Sans un mot, elle s'était collée à lui, cherchant sa bouche et d'autorité son sexe. Sans un mot, elle s'était mise nue, toute nue, et, couchée sur lui, lui avait fait l'amour avec fougue sur l'herbe dans l'ombre de la nuit qui tombait. Son étreinte avait été une étreinte sauvage, un véritable viol venu d'un désir profond depuis des mois contenu, et il lui avait répondu de tout son sexe dressé, brusquement tendu, et dirigé. Une fois, deux fois, elle l'avait chevauché et vidé de sa sève avant que de l'abandonner fourbu et sans plus de possibilités.

« Raoul, pourquoi m'as-tu fait souffrir ? Pourquoi n'es-tu pas revenu ? Tu savais bien que je t'attendais. Tu sais bien que ma porte t'est ouverte maintenant jour et nuit. Voilà bientôt trois mois que je t'attends.

– Je viendrai, Ginette, je viendrai. Mais il y a Raymonde, tu le sais bien. La chasse va reprendre, alors ce sera pour moi plus facile. Sois gentille, Ginette, attends un peu.

– Je ne peux plus attendre, Raoul, et je ne veux plus attendre. J'ai besoin de toi, Raoul. J'en ai besoin physiquement, souvent tous les jours, toutes les nuits. Je veux avoir une explication avec toi. Je ne peux supporter même l'idée d'avoir à te partager. Si Raymonde se met en travers de notre amour, je la briserai. Je m'occuperai d'elle et fais-moi confiance, ce sera vite fait.

– Je t'en prie, Ginette, laisse Raymonde en paix. Elle n'est pour rien dans mon silence et nos affaires. »

Collée à son corps, lèvres contre lèvres, tout laissait comprendre à Raoul que Ginette, capable de tout, ne plaisantait plus. La menace était sérieuse. Une explication ne pouvait se différer.

« Je viendrai demain soir, Ginette. Tu as une façon de voir les choses qui n'est pas forcément la mienne. Nous en parlerons. »

Raoul avait passé vingt-quatre heures désagréables. Le lendemain, il était dans le lit de Ginette. D'une Ginette comme de coutume survoltée, mais à laquelle il était bien décidé à résister : « Une femme ne m'a jamais fait fléchir jusque-là, ce n'est pas aujourd'hui que cela va commencer, et qu'on me dictera mes décisions. »

« Raoul, je suis amoureuse et folle de toi. Je ne saurais me passer de toi. Je te veux. Je te veux pour moi toute seule, et je t'aurai. C'est ça… Tu as parfaitement compris… Je veux que tu quittes Raymonde, et que tu viennes vivre avec moi. Je sais que ça va changer tes habitudes, mais tu verras, ce sera facile et je t'y aiderai. Je suis libre, Raoul, et nous nous marierons. Tout ce que j'ai sera à toi. J'ai de l'argent, beaucoup d'argent. Tu ne feras rien, si ce n'est surveiller et commander. En échange, je ne te demande même pas la fidélité, alors que moi-même je ne te tromperai jamais. Reconnais que je te demande bien peu, en comparaison de tout ce que je t'offre… Tu me feras par contre l'amour à longueur de journée, toutes les nuits, comme tu vas me le faire dès ce soir. Tu me feras aussi de beaux enfants à ton image. Raoul, ne discute pas. Si tu ne veux pas rester à Fontary, si la propriété ne te convient pas, je la vendrai et nous partirons. Je te suivrai où tu voudras. Dis-moi, je ferai tout ce que tu voudras. Règle tes affaires avec Raymonde. Si tu n'en as pas le courage, j'irai les régler pour toi. Donne-moi seulement le feu vert.

– Attention Ginette ! Attention ! je t'interdis d'aller voir Raymonde. Tu m'entends, je te l'interdis. Si jamais tu te mêles de ça... »

Raoul s'était levé et venait de se rhabiller.

Ginette restait stupéfaite.

« Si tu me quittes, Raoul, je ne le supporterai pas et tu seras responsable de...

– De rien du tout, Ginette, car je ne t'ai jamais rien promis. Je suis un homme libre et tiens à le rester. Tu as tout pour être heureuse, Ginette. Tu fais ta vie sans moi, un point c'est tout. Souviens-toi que jamais on ne peut disposer de quelqu'un contre son gré.

« Au revoir Ginette, ne m'attends plus. »

« Raymonde, je dois m'absenter quelque temps.

– Comment ? Pourquoi ? Et pour longtemps, Raoul ?

– Je n'en sais trop rien, Raymonde, mais ne te fais aucun souci, je ne tarderai pas à revenir. Tu peux me croire. Je pars en te laissant Folette et mon fusil. Tu sais, ce sont là des gages solides.

– Raoul, tu ne peux pas me dire ce qui se passe ? Dis-moi au moins où tu vas. Que t'ai-je fait pour que tu me quittes ?

– Mais rien, bien sûr, Raymonde. D'abord je ne te quitte pas. Je m'absente, ce n'est pas pareil, seulement ne me pose pas de questions, je ne pourrais y répondre. Tu as confiance ? Voyons, ne pleure surtout pas. Je te répète, et tu as ma parole, que je reviendrai. Mais ça, il ne faut surtout pas le laisser entendre. Plus on me croira parti sans retour, plus ce dernier sera rapide.

– Mais Raoul, tu me laisses pour longtemps ?

– Je n'en sais rien, Raymonde. Peut-être quelques semaines, peut-être quelques mois. Cela ne dépendra pas totalement de moi. Si on te pose des questions, tu t'en tiens à ça : je suis parti sans te prévenir, tu ne sais pas où, je ne t'ai rien dit… »

« Dis donc, Poulou, tu sais ce qui arrive à la Raymonde ? Son Raoul a levé l'ancre !

– Qu'est-ce que tu me racontes, Adrien ? Raoul, je l'ai encore vu hier au soir. Il avait l'air très bien. Nous avons même bu un verre tous les deux.

– Peut-être, mais il est parti cette nuit et à pied. Raymonde est en train de pleurer derrière son comptoir. C'est elle qui me l'a dit. Je t'avoue que je n'ai pas cherché à en savoir davantage, se sont-ils disputés ? Cela fait combien qu'ils étaient ensemble ?

– Dix ou douze ans, et ils s'entendaient parfaitement. Jamais une dispute. Oh ! ça me paraît bizarre cette affaire. Je vais en avoir le cœur net… Yvette, va chez la Raymonde, tu me prendras quelques timbres, et tâche de savoir ce qui se passe. Il paraît que le Raoul a fait la malle cette nuit. »

Il était bien parti, le Raoul, sans rien dire, sans laisser un mot, et ils avaient pourtant fait l'amour hier au soir comme d'habitude.

La Raymonde ne l'avait pas trouvé à ses côtés en se réveillant.

Elle ne comprenait pas ce qui lui avait pris. Ils ne s'étaient pas disputés. Elle n'avait aucune idée de l'endroit où il avait pu aller. Non, elle n'avait pas trouvé d'argent à dire. Il n'avait emporté que le sien. Il n'avait pas pris son fusil et il n'avait pas emmené Folette.

– Ah ! nous allons le regretter, notre Raoul ! C'était quand même un brave type. Je ne lui connaissais pas un seul ennemi, et vraiment il ne faisait aucun tort à personne. Toujours prêt à rendre service.

– Dans la mesure où il pouvait chasser et braconner un peu de-ci de-là, il était content. Même Tanière, qui pourtant aurait eu des raisons de lui en vouloir – car souvent il se jouait de lui, et il le savait –, ne lui en tenait pas rigueur. Je crois même qu'il l'admirait. Il lui demandait, paraît-il, quelquefois, des conseils. Jamais je ne lui ai entendu dire du mal de lui.

– Pour Raymonde, c'est un coup dur. C'est que, sans avoir l'air de rien, il s'occupait beaucoup du café. Depuis le temps, il était comme chez lui.

– Eh bien ! tu vois Adrien, ce qui est arrivé, ça va peut-être t'étonner ce que je vais te dire, eh bien ! ça ne me surprend qu'à moitié. Tu sais comment le Raoul était arrivé, ni plus ni moins qu'en vagabond un jour sans crier gare, tu vois il est reparti de même. C'était à prévoir, et c'est dans la logique des choses. C'est facile à comprendre : nous autres, nous avons nos racines solides ici, nos terres, nos pommiers, notre bétail, nos femmes à la rigueur, mais lui ? Il n'avait rien. La Raymonde et lui n'étaient qu'à la colle, et ils n'avaient pas d'enfants.

– Tu as peut-être raison, Poulou. Des types qui ont la bougeotte, les fourmis dans les jambes, qui ont toujours envie d'aller voir ailleurs et qui ne peuvent se faire à un endroit, aussi bien soit-il. »

Le bar était resté vide une longue semaine. On n'osait plus s'y aventurer. On respectait le chagrin de la Raymonde, car on l'aimait bien elle aussi.

Le Poulou, avec un de ses clients habituels, fut le premier à en franchir de nouveau le seuil. Dès lors, la glace fut brisée. Ça ne pouvait d'ailleurs durer, ça gênait tout le monde. Le bistrot de la Raymonde avait trop d'importance à Fontary pour rester plus longtemps désert. On y était donc revenu, gêné au début, n'osant plus parler de Raoul, pas plus que s'il n'avait jamais existé. Mais cela non plus ne pouvait durer.

« Il y a combien de temps qu'il est parti maintenant, ton Raoul ?

– Ça va faire deux mois, Monsieur le Maire.

– Et tu n'as toujours aucune nouvelle ?

– Aucune, Marcel, et ça me désole. J'étais habituée à lui. Il m'aidait beaucoup. Je me sens perdue sans lui. Il faudra bien pourtant que je m'y fasse.

– Tu vois, Raymonde, si je peux te donner mon avis, il est en Sologne ton Raoul. Il était hanté par cette région faite de chasse et de pêche. Pour lui, la Sologne représentait un pays rêvé. Que de fois il m'en avait parlé, je ne serais pas étonné qu'il y ait été faire un tour. Il reviendra après ça.

– J'y crois de moins en moins, Marcel. Il m'aurait déjà donné signe de vie. Ce qui m'étonne, malgré tout, c'est qu'il n'ait pas emmené Folette et son fusil. Ce sont deux choses qui comptaient pour lui.

– Voyons, Raymonde, un fusil sur l'épaule ! Ce n'est pas l'accoutrement idéal pour voyager, quant au chien, ça se comprend aussi. S'il ne savait pas où il allait, il n'a pas voulu faire partager l'aventure à sa bête. Un chien, il faut le nourrir.

– C'est égal, Marcel, il aimait sa chienne et sa chienne le lui rendait bien. Dans les premiers jours, elle refusait toute nourriture, elle le cherchait partout et ne s'arrêtait pas de geindre.

Puis il y a aussi son petit commerce de cartouches et de fusils, et il ne m'a laissé aucune directive. “Vends les cartouches. Pour les fusils, ne t'en occupe pas.” C'est tout ce qu'il m'a dit. Ça ne pose pas encore de problème avec les maisons, aussi je ne prends bien sûr aucune décision, mais cela ne pourra pas toujours durer.

« Regarde son atelier ! Alors qu'il l'aimait tant ! Tout est resté là comme il l'a laissé en vrac. Je n'ai même pas l'envie d'y mettre de l'ordre. Quoi répondre à ceux qui m'apportent encore, et de fort loin, du travail ? Qu'il est en vacances ?... Et s'ils me demandent quand est-ce qu'il rentrera, que pourrais-je dire ? Tiens, avant-hier encore, on m'apportait une fouine. Je l'ai refusée, bien sûr.

« S'il tarde à revenir, je vais avoir aussi quelques difficultés avec le restaurant. Mes réserves en champignons s'épuisent... Oh ! remarque, ce n'est pas ça qui me tracasse. Pourvu qu'il revienne ! C'est ça l'important.

« Et son fusil, Marcel, ce fusil qu'il avait tant désiré et qu'il graissait toutes les semaines, qu'il ait servi ou pas ! Le voilà ! Il ne quitte plus le râtelier !... L'ouverture de la chasse approche. Faut-il que je commande d'autres cartouches ? Je vais toujours lui prendre son permis, tout comme d'habitude, on verra bien.

« Je ne sais plus trop quoi penser, mais c'est à cause de tout cela que je me raccroche encore et que je garde un peu d'espoir. Peut-être reviendra-t-il ? Ah ! je le voudrais bien ! C'est un vide immense pour moi. »

« Oh ! Marcel !... Voyons, comment oses-tu ? Tu ne ferais pas ça si Raoul était là. Tu as fini ! Voyons, enlève ta main de dessous ma jupe.

– Je ne sais pas ? Ça ne te manque pas un peu depuis deux mois ? Lorsqu'on y a goûté avec régularité, en général, ça vous manque.

– Marcel ! laisse ma culotte, je te dis. Je vais me fâcher. Ce n'est pas bien ce que tu fais... Oui, parfaitement, je l'ai toujours réservé à Raoul. Eh bien ! si ta Rolande t'entendait. Elle qui t'a fait trois beaux enfants... Tu sais, Marcel, je ne m'appelle pas Ginette.

– Bon ! bon ! je vois bien qu'il n'y a rien à faire ! Excuse-moi Raymonde.

– Oh ! tu es excusé, Marcel. Tu es bien comme tous les autres hommes. Vous êtes tous les mêmes, de vrais cochons.

– Comment va-t-on faire, Raymonde ? Qui va nous fournir en gibier et en poissons ? Tu vois, il me manque aussi à moi, ton Raoul. »

« EH BIEN ! ÇA Y EST CETTE FOIS, la famille Berthier est décapitée. La Ginette vient à son tour de se suicider. C'est sa sœur qui l'a trouvée ce matin, pendue elle aussi, exactement à la même poutre que celle à laquelle s'était pendu l'Albert. Elle y était déjà accrochée depuis deux ou trois jours.

– Ah !... mais, ils sont tous fous ma parole ! Qu'est-ce qui leur prend dans cette famille ? Ils ont tout, la terre, l'argent et ils se détruisent comme des rats. Tu te rends compte, Marcel ! Une si belle femme et en pleine jeunesse ! Qui t'a prévenu, Marcel ?

– Un des enfants du Victor. Oh ! je t'avoue que ça m'impressionne. Je n'ai aucune envie de la voir. J'y descendrai tout à l'heure avec les gendarmes et seulement parce que je ne peux pas faire autrement.

– Je me demande pourquoi elle a fait ça, Ginette ? On dit qu'elle avait beaucoup changé depuis quelque temps. Qu'elle était dépressive à son tour, qu'elle ne s'intéressait plus à rien. Le Victor, comme la Marie, s'en plaignait, paraît-il. Mais comme elle ne paraissait pas particulièrement malade, ils pensaient que ça lui passerait. Et voilà !

– Peut-être l'excès de responsabilités… Je ne sais, moi !

– Penses-tu, elle ne décidait pratiquement plus de rien. C'était Victor et sa femme qui se chargeaient de tout.

– Peut-être le chagrin de l'Albert qui lui est remonté. Tu sais, ça s'est souvent vu, ces choses-là. Sur le coup, les gens réagissent, il semble qu'ils tiennent le bon bout, et puis crac ! une lame de fond… J'y croirais volontiers du fait qu'elle a choisi cette sacrée poutre pour se suicider !

– Tu vois, Adrien, on peut se tromper parfois sur quelqu'un et porter de faux jugements. On avait l'impression qu'entre Ginette et l'Albert il n'y avait pas grande affection, que dans le fond Ginette ne l'avait pas tellement regretté, eh bien ! on a la preuve du contraire. Va savoir ce qui s'est passé dans la tête de cette femme ! Si ça se trouve, nous n'avons rien compris. C'est une maison de catastrophe tout de même ! Voilà comment une famille disparaît en quelques mois.

– C'est le Victor et la Marie qui vont avoir à faire face à une situation bien chargée. Ce sont eux maintenant les héritiers. Tu te rends compte, Marcel ! Encore des droits à payer. Je serais curieux de savoir ce que l'État aura pu ramasser en moins d'un an sur cette propriété. C'est scandaleux tout de même. Remarque que cette fois, la propriété devrait avoir de l'avenir avec le Victor, la Marie et leurs deux garçons. Ça va démarrer sec ou ça m'étonnerait. Ils ne se suicideront pas tous, sans doute !

– Parce que tu crois qu'avec tous ces frais ils vont pouvoir continuer ?

– Mais bien évidemment. Devraient-ils emprunter… N'importe quelle banque d'ailleurs leur prêtera. Et puis on a affaire à des vaillants.

– Tiens, voilà la fourgonnette des gendarmes. On commence à la connaître, celle-là… Allez ! à tout à l'heure, Adrien, je descends avec eux.

– Alors Raymonde, que vient de me dire votre maire ? Que Raoul est parti ! il y a deux mois.

– Mais oui, Brigadier, sans raison, sans rien me dire, et surtout en me laissant sans nouvelles depuis.

– Ne te tracasse pas trop, Raymonde. J'ai la conviction qu'il te reviendra. Tu sais, je connais un peu ce genre d'hommes. Ils ont beaucoup de défauts, mais ils sont francs et honnêtes. S'il ne devait pas revenir, il te l'aurait dit. Et puis, je peux bien te l'avouer, il m'a parlé un jour, et je sais qu'il t'estime, qu'il t'aime, et qu'en plus il se plaît ici avec toi.

– Mais où est-il allé ? Et quoi faire, Brigadier ?

– Ça, Raymonde, ce sont des gens secrets qui, en général, parlent peu, et qui ne font jamais de confidences. Il faut les prendre comme ils sont. Tiens, donne-moi un petit Pernod. On va boire à sa santé et à son retour… Mais dis-moi, Raymonde, qu'est-ce qui se passe dans ce patelin depuis quelques mois ? On ne va plus voir que nous ! Un noyé, deux pendus, et dans la même famille ! Ça fait beaucoup ! Cette femme de l'Albert, cette Ginette, tu la connaissais bien, Raymonde ?

– Oh ! fichtre ! Brigadier, depuis toujours. Elle est du pays, née ici comme moi. Que voulez-vous que je vous dise ? Qu'elle était plus aimée des hommes que des femmes ! Vous devez bien déjà le savoir, Brigadier. Il n'y avait d'ailleurs qu'à la voir pour le comprendre.

– Certes, Raymonde, certes, c'était une jolie femme, mais dans ce domaine, tu n'as rien à lui envier. Elle avait des amants, cette Ginette ?

– Oh ! vous savez, Brigadier, avec les hommes ! »

« Tu viens, Raymonde ? Ils arrivent à l'église…

– Je ne peux pas, Yvette. Regarde, ma salle est pleine à craquer. Je ne peux tout de même pas les mettre dehors. Tant pis, elle se passera de moi. »

C'était une habitude dans le pays, au cours de chaque office, l'église était livrée aux femmes, le bistrot à l'assaut des hommes qui voyaient là un moyen d'affirmer leurs positions anticléricales. L'enterrement de l'Albert avait été une exception.

Cette fois, c'était l'élément féminin qui s'était tout particulièrement mobilisé. L'église encore une fois faisait son plein. Le prêtre dépêché du canton en était impressionné. Devant une affluence pareille qui lui paraissait anormale, en quelques secondes, il avait cru bon de s'informer : « Un suicide survenu quelques mois après celui d'un mari et dans les mêmes conditions. » Il y avait fichtre matière à improvisation. Et c'est devant un parterre féminin médusé que ce brave curé, sans hésiter, s'était investi dans une homélie interminable sur l'amour conjugal, terminant brillamment en proposant en exemple à toutes les femmes de Fontary cette Ginette, épouse modèle, qui avait voulu pousser la fidélité jusqu'à son extrême limite, jusque dans la mort.

« Adrien, ils sortent ! »

En quelques secondes, l'estaminet de la Raymonde s'était vidé, et la queue du cortège s'était allongée.

En route pour le cimetière.

Victor, en tant que seul parent, ouvrait la marche.

« Eh bien ! cette fois il va falloir se débrouiller seul. J'avoue que j'aurais bien aimé qu'elle vive un peu plus, la belle-sœur. Le bénéfice d'une récolte aurait arrangé mes affaires. Et puis je vais être contraint de plus en plus à avoir recours aux conseils de l'Adrien. Cela me gène un peu et va me créer encore des obligations. L'expérience me manque, je vais être obligé de suivre l'exemple de ceux qui m'entourent. Il va me falloir beaucoup d'observation et beaucoup d'application si je veux m'en sortir. Pour le travail, ça ne changera guère. C'est vrai que ces derniers temps la belle-sœur ne faisait plus rien. Par contre, il va se soulever un autre problème, sérieux celui-là, celui des frais relatifs au notaire. Car cet héritage inespéré et qui nous tombe du ciel, malgré cela, nous ne pouvons le laisser passer. Heureusement que j'ai quelques économies, mais il ne faut pas se faire d'illusions, tout va fondre en un rien de temps. Enfin, tant pis, ce n'est pas grave, on se rattrapera dans les années à venir. L'Albert m'avait donné un aperçu des bénéfices qu'il réalisait rien qu'avec ses anciens vergers, alors qu'est-ce que nous pouvons espérer maintenant ! »

Le Gustave, cette fois, avait tenu à se rendre jusqu'au cimetière.

« Après l'Albert, la Ginette ! Les voilà tous les deux sous terre. Je sais bien tout ce qu'ils disaient de moi. Dieu les a punis ! Rien que ça me ferait croire à une justice immanente. Après tout… C'était bien normal que j'essaie d'obtenir un viager du Bourru. C'était bien mon droit, et eux ne pouvaient y prétendre, puisqu'ils étaient brouillés. Ah ! c'est tout de même fichu pour nous maintenant. Et tout ça à cause de l'Angèle ! La garce ! Je me charge de le lui faire payer, à celle-là. Elle n'a pas fini de se l'entendre dire et de manger la soupe à la grimace.

« Ce Victor va probablement reprendre la propriété. Et il réussira, j'en suis sûr. Il n'y a qu'à le voir.

C'est un sérieux, et ses deux fils sont des solides. Ah ! je regrette bien cette affaire pour les miens. Peut-être qu'avec lui ce ne sera tout de même pas pareil qu'avec le Bourru, l'Albert ou la Ginette. Peut-être sera-t-il possible de faire quelques arrangements sur nos parcelles. Peut-être même quelques rectifications sur les bornes… Oh ! les bornes ! je m'en fous. Dans le fond, ça n'avait aucune importance. C'était en vérité plus un prétexte de dispute qu'autre chose. On va essayer de nouer des relations avec lui. Par ses enfants, qui ont à peu près le même âge que les miens, on devrait pouvoir y arriver. On ne risque rien d'essayer. »

L'enterrement était fini. Le bar de la Raymonde s'était de nouveau garni. C'était l'effervescence des grands jours, une activité démente que, sans Raoul, la Raymonde avait bien du mal à maîtriser.

Il y avait comme toujours les habitués, le Poulou, l'Adrien, le Marcel, autour d'une même table dans leur angle favori. Le nez sur leur pastis et pour éviter toute conversation sur Ginette, on parlait élection.

« Tu ne pourrais pas prendre la place de l'Albert sur notre liste, Poulou, pour les prochaines élections ?

– Impossible, Monsieur le Maire. Vous savez, dans le commerce, il faut éviter les prises de positions trop voyantes, même si l'on a d'évidentes sympathies. Vous savez, les gens sont susceptibles.

– Il y aurait bien eu le Raoul, si ce coquin n'avait pas joué ripe.

– Attention ! Marcel, il n'était pas du pays, et la Raymonde tient elle aussi un commerce.

– Oh ! il était là depuis plus de dix ans. Je crois qu'il aurait eu sa chance. Il était bien accepté depuis longtemps, et de tout le monde.

– A-t-elle de ses nouvelles la Raymonde ?

– Oh ! ce n'est pas le moment de le lui demander, avec le boulot qu'elle a ! Et je l'ai vu pleurer encore ce matin.

– Le Raoul, au fait, n'était-il pas un peu en amitié avec la Ginette ?

– Dis donc, Adrien, tu crois que tu serais pour la tranquillité des familles, toi ! Laisse-moi donc ces histoires de cul de côté. Dans ce domaine, moins on en dit, mieux ça vaut, et il n'y a pas que le Raoul qui y a trempé… Commande donc ta tournée, plutôt que de poser des questions explosives. Ce n'est pas le moment, d'ailleurs, ce ne sera jamais plus le moment. La Ginette ! on n'est pas prêt d'en retrouver une comme elle, et c'est une perte pour nous tous, les hommes.

FOLETTE AVAIT DONNÉ L'ALERTE et réveillé en sursaut la Raymonde, car elle s'était mise à gémir en grattant à la porte, ce qui n'était pas dans ses habitudes. On frappait.

À la fenêtre, Raymonde avait failli s'évanouir. Raoul était là, revenu, comme il était parti, sans préavis, au milieu de la nuit.

Il avait regagné tout simplement le lit de Raymonde et repris sur-le-champ ses habitudes. On l'avait revu le lendemain matin au bar, s'occupant comme avant des petits déjeuners.

À côté de lui, la Raymonde, les yeux cernés, rayonnait.

« Mais où étais-tu passé, animal ? A-t-on idée de disparaître ainsi sans rien dire ? C'est ta Raymonde qui s'est fait du mauvais sang. Tu aurais mérité qu'on te la souffle pendant ton absence. Je parie que tu étais allé faire un tour en Sologne ? Y as-tu trouvé des villages plus beaux que Fontary ?

– Sûrement pas, Monsieur le Maire. Beaucoup trop d'eau, pas assez de bois, et surtout je n'y ai jamais vu plus d'un pommier en fleur. Et puis je me languissais de vous tous et de Folette, mais me voilà revenu, et pour ne plus repartir cette fois, c'est certain.

– Et tu tombes à pic. Tu sais qu'on ne mange plus ni poisson ni gibier dans ce pays depuis ton départ. Crois-tu que tu pourrais me procurer rapidement quelques brochets pour ce week-end ? J'ai des besoins pour ce dimanche… Tu n'as pas oublié les bons coins de l'étang, j'espère !

– Bien sûr que non, Monsieur le Maire, et vous allez en remanger, du poisson. Vous pouvez me faire confiance. Mais par contre, pour cette fin de semaine, cela ne sera pas possible. Je n'ai pas encore eu le temps de me retourner. Je suis arrivé il y a à peine vingt-quatre heures et j'ai eu des urgences avec ma Raymonde. Vous vous en doutez. Depuis deux mois !… Je n'ai, je vous l'avoue, à aucun moment pu penser à mes nasses. Certes, si l'épervier avait été en état, j'aurais pu tout de même essayer, mais je l'ai suivi ce matin et je me suis rendu compte que je devais le revoir maille par maille. D'ici samedi, c'est trop court.

– Voyons, que peut-on faire ?…

– Un beau plat d'écrevisses, cinq ou six douzaines, Monsieur le Maire, vous conviendrait-il ? Je connais un coin sur l'étang où sûrement elles abondent, où il y en a de fort belles, et où ma fois elles seraient faciles à attraper.

– Raoul, sacré farceur ! tu peux te les garder, tes écrevisses, pour tes clients de passage. Je ne crois pas que pour elles tu trouves un seul amateur sur la commune.

– Bon ! eh bien ! une douzaine de truites de rivière ? Je peux vous prendre ça aisément à la main. Je connais assez de souches et de rochers où elles se tiennent en permanence.

– Va pour des truites, Raoul. Mais alors si tu peux, des saumonées bien calibrées.

– Mais bien sûr ! vous allez les avoir, vos truites, de tailles correctes, pour samedi dans l'après-midi. Vous pouvez les envoyer chercher, Monsieur le Maire.

– Ah ! heureusement que tu es revenu ! Tu nous manquais Raoul, tu nous manquais.

MONSIEUR LE PROCUREUR de la République,

Lorsque vous recevrez cette déposition, je serai morte et j'aurai rejoint mon mari Albert Berthier au cimetière de Fontary. Déçue de la vie, pour des raisons personnelles sur lesquelles je n'ai pas à donner de détails, j'ai pris la décision de mettre fin à mes jours. Ma décision irrévocable n'est plus qu'une question d'heures. Je laisse cette lettre en évidence sur ma table avec la mention urgente, sachant bien que quelqu'un se chargera de vous la faire parvenir.

Devant la mort, vous conviendrez, Monsieur le Procureur, que je n'ai aucune raison de faire une déclaration suspecte, erronée ou mensongère. Je vous prie donc d'ajouter foi aux faits que je vous relate spontanément.

C'est moi, Ginette Berthier, qui ai causé bien involontairement la mort d'Armand Berthier, dit le

Bourru. Cette mort est en fait due à un banal et malheureux accident.

J'avais appris l'intention du Bourru de déshériter son neveu, en l'occurrence mon mari Albert Berthier, au profit d'un voisin. Sachant tout l'intérêt que portait mon mari à cette propriété familiale, j'avais décidé de ma propre initiative, et sans en avoir parlé à qui que ce soit, d'avoir une entrevue avec son oncle pour tenter de le persuader de renoncer à ce projet que je savais imminent.

Je me suis donc rendu, c'était un mardi soir, chez le Bourru dans l'intention de lui demander de revenir sur sa décision, en lui assurant que mon mari et moi-même étions prêts à nous engager avec lui dans un viager aux conditions qui lui conviendraient.

Je n'ai pas eu le temps de m'expliquer. Ma proposition a été immédiatement rejetée et a fait l'objet de sarcasmes ironiques et violents.

« Ni toi ni ton mari n'aurez jamais cette propriété. Tu peux le dire à l'Albert. Mon opinion, c'est que l'Albert n'est qu'un fumier impuissant et toi qu'une vulgaire pute. Et tu sais comment on les traite les putes, même à mon âge ? »

Je vous fais grâce, Monsieur le Procureur, des grossièretés et de la nature des propositions qui accompagnaient ces paroles.

Des propositions, il est passé aux actes. Ses intentions et ses possibilités étaient évidentes. Il s'en est suivi une brève bousculade au cours de laquelle le Bourru, m'ayant troussée, tentait ni plus ni moins que d'essayer de me violer. Bien que fort, c'était un homme âgé et mal assuré sur ses jambes, et j'ai dû le repousser un peu trop violemment. Il a perdu l'équilibre et est tombé à la renverse.

Sa nuque est venue frapper le bord de la table.

Il est mort sur le coup.

Affolée, je suis partie en courant chez moi et j'ai tout avoué à mon mari.

C'est alors que nous avons commencé à commettre de lourdes erreurs.

Nous aurions dû laisser le Bourru sur place ; on l'aurait retrouvé rapidement, et on aurait conclu à un accident ou, mieux, tout simplement, aller tout avouer et expliquer à la gendarmerie. Il ne m'aurait pas été difficile de me disculper. Mais voilà, Albert tout comme moi avions totalement perdu la tête.

Au lieu de prendre une de ces deux décisions, Albert est descendu à la Combe et a chargé son oncle dans sa voiture.

Ce dernier est resté deux jours chez nous, fermé sous le hangar.

Nous ne savions plus qu'en faire.

Albert, dans un premier temps, avait pensé l'enterrer chez nous, près de la maison, dans un coin de notre jardin. Mais il y a renoncé. Outre que la terre profondément gelée rendait cette aventure de nuit difficile et périlleuse, Albert m'a dit : « Si nous faisons ça, Ginette, nous ne pourrons plus passer dans ce coin. Ce sera pour nous une obsession. » C'est alors qu'il a pensé que le mieux et le plus simple serait de le noyer dans l'étang : « En le dissimulant dans la zone des joncs, Ginette, il y a bien peu de chance pour qu'on le retrouve de longtemps. »

Il a mis son projet à exécution au milieu de la nuit du vendredi. Il a gagné l'eau sous le couvert de la sapinière qui jouxte l'étang et, avec sa barque, a transporté le corps vers l'autre rive au plus épais des herbiers.

Bien que ce soit la pleine lune, personne n'aurait pu voir Albert lors de son déplacement sur l'étang. Il était d'abord près de minuit et enfin je m'étais assurée moi-même, en me rendant sur la jetée, qu'il n'y avait aucune présence sur les lieux.

Si tout s'était passé selon les prévisions d'Albert, au bout de quelques semaines, le Bourru aurait gagné le fond, et n'aurait pu être retrouvé. Malheureusement, Albert n'avait pas compté sur ces courants importants, qui durant les grandes pluies traversent l'étang, et c'est à cause d'eux que le Bourru a dérivé vers un espace où il ne pouvait qu'être repéré.

Monsieur le Procureur, l'énigme de la mort de Berthier Armand, dit le Bourru, n'a aucune raison de durer plus longtemps. Elle a fait assez de mal comme ça. Si mon mari s'est suicidé, c'est uniquement parce que, de caractère sensible, il n'a pu supporter l'idée que des soupçons criminels puissent peser sur lui alors qu'il ne les méritait pas, malgré les erreurs qu'il avait pu commettre.

Étant seule à connaître toute la vérité, je tenais à m'en libérer avant de mourir. La mort du Bourru encore une fois, Monsieur le Procureur, n'est pas due à un crime, mais à un accident.

Monsieur le Procureur, vous pouvez maintenant clore cette enquête si vous le désirez.

À Fontary, le 14 septembre 1976.

Épilogue

Des articles successifs nombreux, distillés avec adresse sur plusieurs colonnes, relatant dans tous ses détails l'épopée du Bourru, avaient déclenché chez Raymonde, durant une quinzaine, des ventes ahurissantes de quotidiens locaux. Personne n'aurait voulu ignorer le moindre détail relatant le scandale de Fontary.

« Tu parles d'un saligaud, ce Bourru ! Avoir voulu violer notre Ginette ! C'eût été donner de la confiture à un cochon ! À cet âge ! Est-ce permis ? Mais on aura bien tout vu, ma parole !

– Pauvre Ginette, pour une fois où elle a voulu repousser un homme ! Ça ne lui a pas réussi. »

Tout avait fini quand même par se calmer. Le ramassage des pommes était arrivé, remettant tous les bras disponibles au travail car malgré toutes les découragеantes prophéties antérieures, les dégâts de la gelée printanière n'avaient pas été aussi dramatiques qu'on avait pu le supposer. Et c'est dans cette euphorie retrouvée qu'un autre événement inattendu avait fini par reléguer définitivement l'histoire du Bourru aux oubliettes.

« Alors, Raoul, ça y est ? Enfin tu te décides ?

– Ça y est, Brigadier, et c'est fixé. Nous avons rendez-vous avec le Marcel à la mairie jeudi à 10 heures, et je compte sur toi comme témoin. Tu ne peux me refuser. À part une petite heure, le bar sera ouvert toute la journée, et le champagne sera pour tous.

– Sacré Raoul ! Mais qu'est-ce qui t'a enfin décidé aussi rapidement ? Tu ne nous y avais pas préparés.

– Un baptême que nous prévoyons dans les premiers mois du printemps, lorsque tous les pommiers en fleur feront de Fontary un énorme bouquet. Vois-tu, Brigadier, trente ans pour Raymonde, autant pour moi, il est bien temps d'assurer la relève. Tu ne crois pas ?

– Ah ! Raoul ! tu as fait le bon choix ! Tu as fait le bon choix.

– Je le crois, Brigadier, je le crois. »

•

Chez le même éditeur

Sagas familiales et destins singuliers sont au cœur des romans De Borée. Découvrez-les sans plus attendre.

ANGLADE Jean
Le Chien du Seigneur

AUCOUTURIER Alain
Aux innocents les mains pleines
La Mère-Nuit
Le Besacier
Le Bon Dieu dans les orties

AUDIDIER Robert
Les Sentiers de traverse
Le Voyage de Pierre Angibaud

AUDOUX Marguerite
Marie-Claire suivi de *L'Atelier de Marie-Claire*

AUJOULAT Noël
Le Village perdu

BARBET Jean-Louis
Le Chocolat des temps amers

BARDOT Thierry
Le Hameau des Tailles

BARTHOMEUF Georges,
ROUZAIRE Roger
Le Prix de la terre

BÉLARD Paul
Moissons d'enfance
La Ferme aux écrevisses

BÉNÉ Robert
La Belle Virginie
La Belle Marguerite
La Belle Mathilde
Le Trésor d'Alpaïde
La Belle du Saint-Laurent

BERTHÈS Colette
La Mémoire des chemins

BERTHOD Michel
Le Temps des hirondelles

BESSON PIERRE
Un pâtre du Cantal

BOBÈCHE Adrien
La Fille de la meunière
Les Confitures du haut de l'armoire
Au vent des brandes

BORMANN Christian
Les Coulées douces

BOSQUET Roland
Les Yeux de Chloé

BOUCHARDY Christian
Le Fugitif de la Saint-Jean

BOUCHET Maurice
La Pierre au mercier
Le Chêne foudroyé
La Fille du pertuis
Là où disparaît le torrent

BOUDOU Josette
Les Grillons du fournil
La Maison d'école
Marie, fille des montagnes
Les Chemins de toile
La Ronde des saisons

BRIAND Charles
Le Foulard de l'aviateur

BUICHE Jean-Pierre
Une petite âme

CALLEROT Geneviève
Treize grains de maïs

CAPPEAU Marie Nicole
La Mule blanche
Chantemerle
Désacœur

CASTELAIN Anne-Marie
Le Loup du marais
Les Amours de Louise
La Promesse
Le Passant de l'été

CHALAYER Maurice
Les Promesses du haut pays
La Paix des collines
Un buisson d'aubépine
Le Secret de Jean

CHATRY Colette
Les Rubans roses

COGNÉRAS François
La Mémoire engloutie

COLLIN Yvon
L'Écorce amère

COSEM Michel
Justine et les loups

COSMOS Jean
La Dictée

DEMURE Jean-Paul
Les Rosiers de la rue Vermenouze

DRAVAINE Claude
Le Grand Domaine

DUHAMEAU Jacques
Le Vent du Peyradoux

DUPUY Daniel
Fontcouverte
Les quatre jeudis

FABRE François, RICHARD Jean
La Bête du Gévaudan

FABRE Jean-Luc
Le Colporteur des âmes

FARINELLI Bernard
Terre-Dieu

FRONTENAC Yvette
Les Années châtaignes
La Soupe des autres
Les Années chantepleure
Éléonore

GALLOIS Christiane
La Clairière aux genêts
Nanou, les doigts pleins d'encre

GAMARRA Pierre
Le Maître d'école
Les Coqs de minuit suivi de *Rosalie Brousse*

GIMBERT Yveline
La Méprise
L'Ombre des chênes

GONZALÈS Daniel
La Demoiselle du port

JAILLER Isabelle
La Ferme des hautes terres

JUBIEN Aurélie
Un jour d'octobre

JUDENNE Roger
Drôle de moisson
Les Terres brunes
Les Bons Jours
Une vie de dimanche
Louison la douce

LABORIE Christian
L'Arbre à pain
L'Appel des drailles
Les Drailles oubliées
Le Secret des Terres Blanches
L'Arbre d'or
Le Saut-du-Loup

LACOMBE Michel
Les Brûlots de paille

LAVARENNE Michelle
La Belle Vie d'Anna

LAVISSE Suzanne
Le P'tit Louis de la loge

LEBERT Karine
Nina et ses sœurs

LEDOUX Ivan
La Guerre des marrons

LEMAIRE Philippe
Les Vendanges de Lison
Le Chemin de poussière
La Belle absente
La Soureillade
Compagnons de fortune

MALLOUET Jacques
Années vertes, années noires
Japperenard

MICHELIN Yves
L'Héritage trahi

MOSCA Lyliane
Les Gens de Laborde

NAVARRO Christine
Le Bonheur en été
L'Échappée belle

NEGRI (DE) Gérard
La Brûlure des pierres

PALET (DE) Marie
Les Terres bleues
La Demoiselle
Retour à la terre
Tistou
Mademoiselle Fine
Amandine
Céline, une vie toute simple

PECOU Raymond
Allée des Alyscamps

PERRÈVE Paul
La Pierre levée
La Burle

PERROT Philippe
Les Pommiers sauvages

PICCINO Sylviane
Les Sabots de peine

PINCE Jacques
Tustou et Marie
Les Premiers Sillons
Les Blouses grises
Le Goût du blé
La Vengeance de Bogis

PLAIT Annie
Les Longues Saisons

PONTY Monique
Un orage dans la tête

PUIJALON Bernadette
L'Œil du vivier
Un parfum de gentiane
L'Heure de l'alouette
Des monts de tempête

QUEREILLAHC Jean-Louis
Trois sillons de terre rouge

RIPERT Pierre
Le Temps d'un été

ROCHE Florence
Des monts de résistance
Les Hautes Terres

ROYER Roger
La Colombière
La Colline des Maures

SABOURIN Pierre
La Terre des coteaux
Le Boulanger de Saint-Laurent

SAND George
La Ville noire
Jean de la Roche
La Mare au Diable
Le Péché de monsieur Antoine (tomes I, II)
Le Marquis de Villemer
François le Champi
Le Compagnon du Tour de France *
Le Compagnon du Tour de France **
Contes d'une grand-mère *
Contes d'une grand-mère **

SOYEZ Jean-Marc
La Vigne à Saint-Romain
Le Bonheur selon Félisse
Les Galoches de Julia
La Ramandeuse
Julia

STEVENSON Robert Louis
Voyages avec un âne dans les Cévennes

TAMAIN Louis
L'Encre violette
Le Renard
Le Temps de l'école – L'Encre violette
Médecin de campagne – L'Encre violette
L'Énigme de Fontary

TESSIER Colette
Les Carnets noirs

THOULON-LANGUET Michèle
Le Tablier bleu
Maria du bout du monde

TOUATI Claude-Rose et Lucien-Guy
Une maison dans les herbes

VAISSIÈRE Marie-Louise
Marie, fille de cocagne

VALETTE Paule
Les Feuilles du pêcher

VÉDRINES Jean-Pierre
Un jour d'orage
Froides Vendanges
Marie des vignes
Soleil de femmes

VERRIER Henri
La Fille du bénitier

VERRIER Michel
La Ferme des Pitaval

VINCENT Claude
Les Roses de l'hiver
La Révolte du père

VITTÉ Louis-Olivier
La Vallée des illusions